山东女子学院高层次人才科研启动费资助项目

人文学视域下的韩国现代诗教育研究

李明凤 著

中国社会出版社

国家一级出版社·全国百佳图书出版单位

图书在版编目（CIP）数据

人文学视域下的韩国现代诗教育研究 / 李明凤著 .
--北京：中国社会出版社，2018.11

ISBN 978-7-5087-6069-8

Ⅰ.①人… Ⅱ.①李… Ⅲ.①诗歌—人文素质教育—教育研究—韩国—现代 Ⅳ.①I312.607.2

中国版本图书馆 CIP 数据核字（2018）第 259043 号

书　　名	：人文学视域下的韩国现代诗教育研究		
著　　者	：李明凤		
出 版 人	：浦善新		
终 审 人	：李　浩		
责任编辑	：陈　琛		
出版发行	：中国社会出版社	邮政编码	：100032
通联方式	：北京市西城区二龙路甲 33 号		
电　　话	：编辑部：（010）58124835		
	邮购部：（010）58124848		
	销售部：（010）58124845		
	传　真：（010）58124856		
网　　址	：www.shcbs.com.cn		
	shcbs.mca.gov.cn		
经　　销	：各地新华书店		
印刷装订	：天津雅泽印刷有限公司		
开　　本	：710mm×1000mm　1/16		
印　　张	：15		
字　　数	：255 千字		
版　　次	：2019 年 1 月第 1 版		
印　　次	：2019 年 1 月第 1 次印刷		
定　　价	：60.00 元		

中国社会出版社天猫旗舰店

中国社会出版社微信公众号

作者简介

　　李明凤，山东女子学院外国语学院韩国语专业教师，首尔大学韩国语教育学博士，研究方向为韩国现代诗教育。近年来参与主持过多项课题，在中韩核心期刊上发表论文多篇，获得韩国文学翻译院海外翻译出版资助国际项目、山东女子学院高层次人才科研启动费资助项目等。

内容简介

　　教育的最终目的是培养有健全人格的"完人"，外语教育也不例外。外语教育既要培养有良好外语语言能力的人，也要培养具有相关外语人文素质的人。在朝鲜语教育中，进行人文学视域下的韩国现代诗教育便是培养学生相关人文素质，使学生具备较强跨文化交流能力的重要途径。本书通过对韩国现代诗的梳理，并结合我国教育实际，构建出了一套具体的教学方案，创新了朝鲜语教学的方法和手段，极富实用性和参考性。

目　录

第一部分

第一部分

外语教育不仅关系着个人的全面发展，还关系着国家的发展战略，因此外语教育非常重要。世界上主要的发达国家都根据国际发展趋势与国家需要制定了不同的外语教育政策，我国在全球一体化、世界多元化的形势下，随着"一带一路"倡议的提出，也非常重视外语教育，尤其是包括朝鲜语在内的非通用语种教育，制定、颁布了非通用语教育政策。

教育的最终目的是培养具有健全人格的"完人"，外语教育也不例外。外语教育不仅要培养具有良好外语语言能力的人，还应该培养学生的人文素质，外语教育本质上就是通识教育的一部分，要特别加强培养学生的适应能力、创新能力、跨文化交际能力。

本部分共分为六章，第一章对世界主要发达国家的外语教育政策、我国的朝鲜语等非通用语教育政策进行分析，探讨当今世界形势和"一带一路"倡议下朝鲜语教育的目标及指向；第二章对我国开设朝鲜语专业的北京大学、北京外国语大学等代表性大学的朝鲜语专业人才培养目标与开设课程进行分析，探讨各个大学的朝鲜语教育的实际情况；第三章在人文学视域下对朝鲜语专业教育进行分析，提出在新形势下，应该加强培养朝鲜语专业学生的人文素质，应该把人文素质培养贯穿于专业教育始终，通过韩国文学提高学生的人文素质；第四章从韩国现代诗与创新教育的侧面提出了通过韩国现代诗对学生进行创新教育的可能性，诗的多义性与开放性是进行创新教育的前提，本章在理论基础上还构建了具体的创新教育教学方案；第五章从韩国现代诗与情感教育的侧面提出了通过韩国现代诗对学生进行情感教育的可能性，诗的本质是情感，让学生学习韩国现代诗可以丰富学生的情感，提高学生的情感沟通力；第六章从韩国现代诗与生态教育的侧面提出了通过韩国现代诗对学生进行生态教育的观点，并且通过选取具体的生态诗构建了教学方案。党的十九大及"一带一路"倡议都提出了绿色发展，因此要培养学生的生态意识。

第一章　我国外语及朝鲜语专业教育政策

第一节　我国外语教育政策

根据《教育部关于进行普通高等学校本科专业目录修订工作的通知》（教高［2010］11 号）要求，按照科学规范、主动适应、继承发展的修订原则，在 1998 年原《普通高等学校本科专业目录》及原设目录外专业的基础上，经过一系列的研究、论证过程，重新修订了《普通高等学校本科专业目录（2012 年）》，在这个目录中，分设哲学、经济学、法学、教育学、文学、历史学、理学、工学、农学、医学、管理学、艺术学 12 个学科分类，其中文学门类下设专业类 3 个，分别是中国语言文学类、外国语言文学类和新闻传播学类，一共 76 种专业，其中朝鲜语（050209）属于外国语言文学类。

朝鲜语属于非通用语种[①]，我国非常重视非通用语种的人才培养工作，教育部在《外语非通用语种人才培养意见》中指出外语非通用语种人才培养涉及国家主权、安全与发展利益，是一项复杂的系统工程。综观全球，各主要发达国家均重视非通用语种人才培养对国家的战略空间拓展和全球利益布局的重要作用。

外语教育政策在外语教育中发挥着重要的指引作用，科学的外语教育政策有助于满足国内各个学科人才外语学习的需要，保证与外语相关的社会活

---

① 一般的通用语种是相对于英语等通用语种的概念，国家外语非通用语种本科人才培养基地名单：北京大学、北京外国语大学、上海外国语大学、广西民族学院、北京广播学院、广东外语外贸大学、解放军外国语学院、解放军国际关系学院。http://old.moe.gov.cn//publicfiles/business/htmlfiles/moe/s4786/201011/110835.html.

动的可持续发展，促进国际交流与合作，提高国家的国际地位①。国内经济发展和国际合作与交流需要外语人才，科学合理的外语教育政策可以培养符合社会需求的外语人才，引导外语教育的发展。各个国家根据世界局势和自己国家的情况提出了不同的外语教育政策，各国的外语教育政策体现了不同的个性化特点。美国的外语教育政策在重视个人自由和个性发展的同时，体现了对国家安全的关注，尤其是9·11恐怖袭击事件之后，美国的国家安全意识更加强烈。2002年5月美国教育理事会与国际计划中心出台了《超越9·11：国际教育的国家综合政策》的报告，主要内容包括加强外语教育、培养具有跨文化素养、娴熟的外语技能和国际视野的公民和劳动者，联邦政府将大力资助大学的外语教育，培育更多的具有高水平外语能力的专家。美国的外语教育政策充分体现了美国政府把外语教育作为促进国家发展，提高国际竞争力，维护世界和平，增强国家安全的重要战略目标②。美国作为超级大国，在外语政策的制定上具有世界超级大国的特点，体现了全球化的开阔视野，同时也体现了对国家安全战略的重视。

英国作为传统的资本主义国家，同时英语也是世界上应用最广泛的语言，以英语为母语的英国政府在过去一直没有认识到进行外语教育的重要性，但是随着世界发展的多元化，英国政府也慢慢意识到加强外语教育的必要性与重要性。英国于2002年颁布了《外语教育发展战略》，它的目标是首先使英国国民重新认识外语及外语教育的意义和价值。《外语教育发展战略》的出台以及该战略所涉及的内容体现出英国政府已经认识到推进外语教育对于国家的发展起着至关重要的作用③。外语教育不仅可以提高国民的外语语言能力，而且语言本身就是一种思维方式和文化，对国民进行外语教育，不仅可以提高国民的思维能力，而且还可以提高国民的跨文化交际能力，促进个人的全面发展。英语的外语教育政策体现了提高国民素质的特点。

---

① 田建国、常秦：《外语教育政策指导下的普通高校外语教育改革》，载《中国大学教学》2008年第7期，第89页。

② 张沉香：《外语教育政策的反思和构建》，长沙·湖南师范大学出版社，2012年版，第185—187页。

③ 张沉香：《外语教育政策的反思与构建》，长沙·湖南师范大学出版社，2012年版，第190页。

澳大利亚是一个移民国家，在澳大利亚生活着各种不同肤色的民族，来自不同国家的人，无论是语言还是文化都呈现出一种多元化的特点。澳大利亚是世界上制定和实施多语政策的第一个英语国家，1987年，澳大利亚颁布了《国家语言政策》，这是澳大利亚第一项正式的官方语言政策，使澳大利亚社会终止了单一语言（英语）的历史，该政策的目的在于积极支持各种有创见的语言教学，促进澳大利亚向多元化社会发展①。澳大利亚的外语教育政策体现了多元化的特点，这与澳大利亚国内社会的多元化密不可分，体现了国内各民族、各语言平等发展、和谐共处的特点。

外语教育政策随着国家需要而发生变化，我国外语教育政策的价值取向主要经历了政治工具价值—语言工具性价值—人文工具兼有价值—文化输出价值四个阶段②。现在我国积极推动中华文化"走出去"的国家战略，外语教育应该服务于"文化输出"战略，把优秀的中华文化通过外语传播向世界。

我国在全球一体化、世界多元化的潮流中，需要加强外语教育，但是，当前我国外语非通用语种人才培养在语种、开设数量和人才使用等方面与西方主要发达国家相比还有一定差距，高水平非通用语种人才，特别是高级翻译人才、复合型区域问题研究人才培养的紧迫性日益凸显，还不能满足国家发展的需求。

国际外语教育政策的发展并不仅仅围于外语语言技能的教学策略，而且与国际关系、国家战略和社会发展息息相关，凸显其战略发展特征。尤其外语教育政策的发展受到政治、历史、经济和社会文化发展的外语环境影响，为政府或官方意志服务，服从于国家战略③。外语教育不仅关系着个人的发展，更关系着国家的发展战略，良好的外语教育不仅决定着个人语言能力、思维能力、跨文化交际能力等素质的提高，也影响着国家经济的发展、国际合作与交流的开展。我国现在提出的"一带一路"倡议也对非通用语种人才提出了更高的要求，"一带一路"（英文：The Belt and Road，缩写 B&R）

---

① 张沉香：《外语教育政策的反思与构建》，长沙·湖南师范大学出版社，2012年版，第192页。

② 沈骑、夏天：《外语教育政策价值取向的历史演进》，载《教育评论》2011年第5期，第158页。

③ 沈骑、夏天：《外语教育政策发展的战略变革》，载《教育评论》2014年第1期，第45页。

是"丝绸之路经济带"和"21世纪海上丝绸之路"的简称。它将充分依靠中国与有关国家既有的双多边机制，借助既有的、行之有效的区域合作平台，借用古代丝绸之路的历史符号，高举和平发展的旗帜，积极发展与沿线国家的经济合作伙伴关系，共同打造政治互信、经济融合、文化包容的利益共同体、命运共同体和责任共同体。

"一带一路"是我国提出的一种崭新的全球治理理念，也是一项具体的国际合作。首先"一带一路"作为一种全球治理理念与当今的时代形势紧密相关，现在是世界多极化、经济全球化、社会信息化、文化多样化的时代，在这样一个高速发展的时代，和平与创新是时代要求。

同时"一带一路"全球治理理念的提出与我国延续千年形成的丝路精神密不可分。习近平在"一带一路"国际合作高峰论坛开幕式上的演讲中（2017年5月4日）指出："和平合作、开放包容、互学互鉴、互利共赢是丝路精神。"在这种丝路精神指引下，我们要将"一带一路"建成和平之路、繁荣之路、开放之路、创新之路、文明之路。

"一带一路"同时也是一项具体的国际合作，在具体的工作开展中需要各种高素质的人才，"一带一路"蓝图宏大，跨越多个国家和地区，拥有众多建设参与国，这就需要精通各建设参与国官方语言的高素质人才。这种高素质人才不仅需要精通建设参与国的语言，还需要熟悉对方国家的文化、社会等，最重要的是要理解"一带一路"全球治理理念，具有丝路精神要求的合作的精神、开放的视野、包容的态度、普惠的姿态、创新的劲头，也就是既具有良好的科学素质，也同时具有良好的人文素质。

"一带一路"新图包括北线A、北线B、中线、南线和中心线五条线路，其中北线A是北美洲（美国、加拿大）—北太平洋—日本、韩国—日本海—符拉迪沃斯托克（包括扎鲁比诺港、斯拉夫扬卡等）—珲春—延吉—吉林—长春（即长吉图开发开放先导区）—蒙古国—俄罗斯—欧洲，韩国是北线的重要组成部分，是我国"一带一路"倡议的合作国，在"一带一路"倡议中需要精通朝鲜语的高素质人才。

我国"一带一路"倡议急需外语非通用语种人才、国际组织人才、国别和区域研究人才、拔尖创新人才以及来华青年杰出人才五类国家战略急需人才，其中外语非通用语种人才是其中之一，是推进我国"一带一路"倡议的关键。"一带一路"背景下需要的外语人才是国际化的高素质人才，王艺静探讨了"一带一路"背景下国际化外语人才的特点，她提出"一带一路"背景下大量需求综合能力高的外语人才，大量需求创造力强的外语人才，大量需求管理能力强的外语人才，大量需求专业性强的外语人才①。"一带一路"需要的外语人才是专业能力和创新能力等全面发展的人才。

为了加快我国非通用语种人才的培养，2015 年 9 月，教育部印发了《教育部关于加强外语非通用语种人才培养工作的实施意见》（以下简称《实施意见》），拟通过加快培养国家急需非通用语种人才等重要举措，实现所有已建交国家官方语言全覆盖，人才培养、智库建设取得显著进展，基本满足我国经济社会发展特别是扩大对外开放的新需要。

《实施意见》指出，加强外语非通用语种人才培养，是深化高等教育综合改革、提高人才培养质量的内在要求，是实施对外开放战略特别是"一带一路"倡议、维护国家主权安全发展利益的迫切需要。《实施意见》指出，我国非通用语种人才培养工作取得显著成绩、积累宝贵经验的同时，也存在着一些亟待解决的突出问题，主要是非通用语种专业开设不全、相应人才匮乏，人才培养机制单一、师生赴对象国学习进修渠道不宽，教师队伍薄弱、业务水平和教学能力不足，经费投入不够、条件保障不全，国别和区域研究滞后、人才储备和使用政策不完善等，非通用语种人才培养发展机制亟待健全。

针对我国非通用语种人才培养存在的以上问题，《实施意见》也提出了诸如加快培养国家急需非通用语种人才、改进非通用语种专业招生、完善人才培养质量标准体系等措施，其中完善人才培养质量标准体系是加强非通用语种人才培养的关键，为了培养符合我国国家发展战略的非通用语种合格人才，需要制定实施包括非通用语种专业在内的外国语言文学本科专业类教学质量国家标准。不仅需要推动有关部门、科研院所、行业企业与高校共同研究制定非通用语种相关人才评价标准，还要推动高校在听取用人单位意见基础上，制定非通用语种相关专业教学质量标准，修订人才培养方案，进一步

---

① 王艺静：《"一带一路"背景下国际化外语人才培养研究》，载《高教学刊》2016 年第 9 期，第 2 页。

明确人才培养目标，优化课程体系，加强国际政治、法律、经济等课程建设，强化实践育人，提高学生专业素质和实践能力，培养高素质非通用语种人才。

为了培养符合我国发展战略的合格的非通用语种人才，需要教育部门、科研院所及企业等各方的共同努力，需要国家制定非通用语种专业教学质量标准，高校根据人才评价标准修订人才培养方案和人才培养目标。为了实现这种人才培养目标，需要建设良好的课程体系，最终提高学生的外语专业能力和综合素质，培养具有高素质的非通用语种人才。

尤其为了应对我国"一带一路"倡议的要求，2016 年 7 月 13 日，教育部制定、颁布了《推进共建"一带一路"教育行动》（以下简称《教育行动》）。《教育行动》是国家"推动共建'一带一路'愿景与行动"在教育领域的落实方案，涉及"加速人才培养，服务'一带一路'"，《教育行动》的措施主要包括开展教育互联互通合作、开展人才培养培训合作、共建丝路合作机制、开展"丝路金驼金帆"表彰工作。

除了教育部积极制订方案来推进"一带一路"人才培养工作，国家发展改革委员会和外交部也分别围绕"加速人才培养，服务'一带一路'"开展了相应举措。国家发展改革委员会重点围绕"一带一路"建设提供人才培养的制度保障、产教融合发展工程开展工作，为培养高素质国际化人才提供优质资源。外交部主要关注："一带一路"建设相关人才培养工作利用中国外交培训学院平台，培养更多"一带一路"建设需要的高素质、复合型外交外事人才；配合教育部进一步做好非通用语种人才培养工作，支持相关语种退休外交人员赴高校任教，充实高校非通用语师资力量；推动外交部所属外交学院开设非通用语新专业，建立健全"通用语种＋非通用语种"人才培养机制。

第二节　我国朝鲜语教育政策

朝鲜语专业最早于 1946 年在北京大学开设，朝鲜语教育发展大体分为两个阶段：第一阶段是 1949 年至 1992 年中韩建交之前，这一时期的朝鲜语教育大致以北京大学、延边大学、洛阳解放军外国语学院、北京对外经贸大学、北京第二外国语大学为中心，属于朝鲜语教育教学的基础时期；第二阶段是1992年中韩建交以后，随着中韩两国在政治、经济、文化等领域的密切交流，朝鲜语教育事业取得了大幅度、深层次的发展①。现在朝鲜语教育进入了平稳发展的新阶段。

目前国内超过200所高校开设了朝鲜语专业，大致可以分为三种类型：第一种是国内本科院校开设的朝鲜语本科专业，第二种是本科院校下属的独立学院开设的朝鲜语本科专业，第三种是各类高职高专院校开设的朝鲜语专业。前两种朝鲜语专业一般是四年制，第三种根据各个学校情况的不同，高职学校的朝鲜语专业一般是两年，专业院校或本科院校的专科专业一般是三年，在这里我们主要探讨朝鲜语本科专业的情况。

为了培养符合我国战略发展的朝鲜语专业人才，首先需要制定科学的人才培养目标及要求。教育学中的人才培养目标是有关人才培养活动的目标，是学校通过对自身发展情况的认知以及对外界环境变化的了解，确定了内在能力水平与外在社会需求，在理性分析与思考的基础上，结合自己的使命与愿景，而设计出的一种有关学生成长的合理性且理想化的未来图景。人才培养目标决定了高等学校人才培养工作的行动方向，具有导向价值。培养目标体现了高等学校人才培养工作的水平层次，具有标志价值。培养目标影响了高等学校人才培养工作的士气高低，具有激励价值②。人才培养目标是培养人才的指导，是培养高素质人才的前提。

专业培养目标：朝鲜语（050209）专业培养目标是培养具有扎实的朝鲜语语言基础和比较广泛的科学文化知识，能在外事、经贸、文化、新闻出版、教育、科研、旅游等部门从事翻译、研究、教学、管理工作的朝鲜语高级专门人才。

朝鲜语专业学习方向：朝鲜语专业学生主要学习朝鲜语语言、文学、历史、政治、经济、外交、社会文化等方面的基本理论和基本知识，受到朝鲜语听、说、读、写、译等方面良好的训练，掌握一定的科研方法，具有从事翻译、研究、教学、管理工作的较好素质和较强能力。

---

① 张英美：《中国高校韩国语专业国际化复合型人才培养模式探析》，载《延边大学学报（社会科学版）》2013年第6期，第138页。

② 王严淞：《论我国一流大学本科人才培养目标》，载《中国高教研究》2016年第8期，第13—14页。

毕业生应获得以下几方面的知识和能力：

①了解我国有关的方针、政策和法规；②掌握语言学、文学及相关人文和科技方面的基础知识；③具有扎实的朝鲜语语言基础和较熟练的听、说、读、写、译能力；④了解我国国情和对象国的社会和文化；⑤具有较好的朝鲜语表达能力和基本调研能力；⑥具有第二外国语的一定的实际应用能力；⑦掌握文献检索、资料查询的基本方法，具有初步的科学研究和实际工作能力。

主要课程：基础、高级朝鲜语、语音、语法、视听说、写作、翻译理论与实践、文选、文学史、概况、中国与对象国关系的历史和现状。

修业年限：四年。

授予学位：文学学士①。

从上述朝鲜语专业人才培养目标来看，主要是培养朝鲜语高级专门人才，这类朝鲜语高级专门人才不仅具有扎实的朝鲜语语言基础，还应该具有比较广泛的科学文化知识，要求朝鲜语高级专门人才能在外事、经贸、文化、新闻出版、教育、科研、旅游等部门从事翻译、研究、教学、管理工作。这是一般人才培养目标，除此之外，朝鲜语专业还应该响应国家战略的发展，培养高素质、复合型朝鲜语专业人才。

一般性朝鲜语人才主要通过学习朝鲜语语言、文学、历史、政治、经济、外交、社会文化等方面的基本理论和基本知识，受到朝鲜语听、说、读、写、译等方面良好的训练，掌握一定的科研方法，具有从事翻译、研究、教学、管理工作的较好素质和较强能力。与此不同，复合型人才是专业与其他专业的复合，除了具有良好的朝鲜语专业知识或能力外，还应该具有其他某一个专业的知识或能力，还应该具有"一带一路"倡议要求的合作、开放、创新思维和精神，同时还应该具有较高的适应能力、实践能力、全球文化素养。

全球文化素养（global literacy）是要培养学生的跨文化意识和跨文化敏感度，它是语言能力、跨文化意识与敏感度、对世界各民族文化知识的整合体和交织体，它有助于我们处理各类国际问题和各种文化实践②。在新形

---

① http：//www.sczsxx.com/html/ksbd/kh/zy/intro/50775.html.
② 张蔚磊：《我国外语教育政策的实然现状与应然选择》，载《外语教学》2015年第1期，第59页。

势下，尤其是"一带一路"倡议下，与朝鲜语专门人才相比，更需要具有综合素质、能力的复合型人才，这就对我们的朝鲜语专业教育提出了更高的要求，我们朝鲜语专业教育从事者应该与时俱进，适应国家发展需要，培养高素质的朝鲜语人才。

附录

国内开设朝鲜语专业（本科）高校目录①

序号	学校名称	专业名称	重点专业	院校属性
1	北京大学	朝鲜语	是	教育部直属
2	北京外国语大学	朝鲜语	是	教育部直属
3	北京第二外国语学院	朝鲜语	是	教育部直属
4	北京语言大学	朝鲜语	是	教育部直属
5	对外经济贸易大学	朝鲜语	是	教育部直属
6	天津师范大学	朝鲜语（朝英双语）	是	教育部直属
7	天津外国语大学	朝鲜语	是	教育部直属
8	河北大学	朝鲜语	是	教育部直属
9	辽宁大学	朝鲜语	是	教育部直属
10	吉林大学	朝鲜语	是	教育部直属
11	延边大学	朝鲜语	是	教育部直属
12	长春理工大学	朝鲜语	是	教育部直属
13	北华大学	朝鲜语	是	教育部直属
14	通化师范学院	朝鲜语	是	教育部直属
15	吉林师范大学	朝鲜语	是	教育部直属
16	吉林财经大学	朝鲜语	是	教育部直属
17	黑龙江大学	朝鲜语	否	教育部直属
18	哈尔滨工业大学	朝鲜语	是	教育部直属
19	哈尔滨理工大学	朝鲜语	是	教育部直属
20	佳木斯大学	朝鲜语（韩国语）	否	教育部直属
21	哈尔滨师范大学	朝鲜语	是	教育部直属
22	齐齐哈尔大学	朝鲜语	是	教育部直属

---

① 数据来源于中国教育在线网，http：//gkcx. eol. cn/soudaxue/querySchoolSpecialty. html? & argspecialtyname＝％E6％9C％9D％E9％B2％9C％E8％AF％AD& page＝1.

续表

序号	学校名称	专业名称	重点专业	院校属性
23	牡丹江师范学院	朝鲜语	是	教育部直属
24	上海海洋大学	朝鲜语	是	教育部直属
25	上海外国语大学	朝鲜语（英语）	是	教育部直属
26	南京大学	朝鲜语	是	教育部直属
27	苏州大学	朝鲜语	是	教育部直属
28	盐城师范学院	朝鲜语（韩语）	是	教育部直属
29	常熟理工学院	朝鲜语	是	教育部直属
30	山东大学	朝鲜语	否	教育部直属
31	中国海洋大学	朝鲜语	是	教育部直属
32	山东科技大学	朝鲜语	是	教育部直属
33	青岛科技大学	朝鲜语	是	教育部直属
34	济南大学	朝鲜语（韩国语）	是	教育部直属
35	青岛理工大学	朝鲜语	是	教育部直属
36	山东理工大学	朝鲜语	是	教育部直属
37	青岛农业大学	朝鲜语	是	教育部直属
38	山东师范大学	朝鲜语	是	教育部直属
39	曲阜师范大学	朝鲜语（二批）	是	教育部直属
40	聊城大学	朝鲜语	是	教育部直属
41	鲁东大学	朝鲜语	是	教育部直属
42	临沂大学	朝鲜语	是	教育部直属
43	郑州轻工业学院	朝鲜语	是	教育部直属
44	华中师范大学	朝鲜语（韩语）	是	教育部直属
45	中南林业科技大学	朝鲜语	是	教育部直属
46	湖南师范大学	朝鲜语	是	教育部直属
47	湖南理工学院	朝鲜语	是	教育部直属
48	中山大学	朝鲜语	是	教育部直属
49	广西师范大学	朝鲜语	是	教育部直属
50	西南民族大学	朝鲜语	是	教育部直属
51	渭南师范学院	朝鲜语	是	教育部直属
52	西安外国语大学	朝鲜语	是	教育部直属
53	青岛滨海学院	朝鲜语	是	教育部直属
54	吉林华桥外国语学院	朝鲜语	否	教育部直属

续表

序号	学校名称	专业名称	重点专业	院校属性
55	合肥学院	朝鲜语（韩语）（2＋2）	是	教育部直属
56	青岛大学	朝鲜语	是	教育部直属
57	烟台大学	朝鲜语	否	教育部直属
58	潍坊学院	朝鲜语	是	教育部直属
59	吉林农业科技学院	朝鲜语	是	教育部直属
60	黑龙江东方学院	朝鲜语	是	教育部直属
61	淮海工学院	朝鲜语	是	教育部直属
62	山东工商学院	朝鲜语	否	教育部直属
63	辽东学院	朝鲜语	是	教育部直属
64	河北经贸大学	朝鲜语	是	教育部直属
65	上海杉达学院	翻译（朝鲜语方向）	是	教育部直属
66	广东外语外贸大学	朝鲜语	是	教育部直属
67	徐州工程学院	朝鲜语	是	教育部直属
68	上海商学院	朝鲜语	否	教育部直属
69	湖南涉外经济学院	朝鲜语	是	教育部直属
70	烟台南山学院	朝鲜语	是	教育部直属
71	广东外语外贸大学	朝鲜语（朝英复语）	是	教育部直属
72	浙江越秀外国语学院	朝鲜语	是	教育部直属
73	潍坊科技学院	朝鲜语	是	教育部直属
74	安徽外国语学院	朝鲜语（韩语）	是	教育部直属
75	聊城大学东昌学院	朝鲜语	是	教育部直属
76	河北大学工商学院	朝鲜语	是	教育部直属
77	四川外国语大学重庆南方翻译学院	朝鲜语	是	教育部直属
78	吉林师范大学博达学院	朝鲜语	是	教育部直属
79	长春大学旅游学院	朝鲜语	是	教育部直属
80	上海外国语大学贤达经济人文学院	朝鲜语	否	教育部直属
81	天津外国语大学滨海外事学院	朝鲜语	是	教育部直属
82	东北师范大学人文学院	朝鲜语	是	教育部直属
83	吉林大学珠海学院	朝鲜语	是	教育部直属

序号	学校名称	专业名称	重点专业	院校属性
84	天津师范大学津沽学院	朝鲜语	是	教育部直属
85	苏州大学应用技术学院	朝鲜语	是	教育部直属
86	青岛农业大学海都学院	朝鲜语	是	教育部直属
87	济南大学泉城学院	韩国语（朝鲜语）	否	教育部直属
88	济南大学泉城学院	朝鲜语	是	教育部直属
89	哈尔滨工业大学（威海）	朝鲜语	否	教育部直属
90	山东大学（威海）	朝鲜语（Korean）	否	教育部直属
91	解放军外国语学院	朝鲜语	是	教育部直属
92	四川外国语大学	朝鲜语	是	教育部直属
93	大连民族大学	朝鲜语	是	教育部直属
94	大连外国语大学	朝鲜语	是	教育部直属
95	长春师范大学	朝鲜语	是	教育部直属
96	齐鲁工业大学	朝鲜语	否	教育部直属
97	河北外国语学院	朝鲜语	是	教育部直属
98	长春科技学院	朝鲜语	是	教育部直属
99	黑龙江外国语学院	朝鲜语	是	教育部直属
100	天津外国语学院滨海外事学院	朝鲜语	是	教育部直属
101	长春光华学院	朝鲜语	是	教育部直属
102	四川外国语大学成都学院	朝鲜语	是	教育部直属
103	青岛工学院	朝鲜语	是	教育部直属
104	齐鲁理工学院	朝鲜语	是	教育部直属
105	哈尔滨远东理工学院	朝鲜语	是	教育部直属
106	哈尔滨剑桥学院	朝鲜语（商务韩国语）	是	教育部直属
107	辽宁民族师范高等专科学校	初等教育（朝鲜语方向）	是	教育部直属

第二章　朝鲜语专业人才培养目标及课程设置

　　人才培养目标是朝鲜语专业教育的指导，培养目标是关乎培养什么人的问题，是指导人才培养实践活动的"航标"，具有引领作用。培养目标是在一定的教育思想或教育理念的影响下形成的，应体现出办学者和管理者对教育思想或教育理念的价值选择和判断。培养目标在其形成和诉诸实践的过程中，不仅表现为具体的教育预期和价值选择，而且应体现出潜藏在其背后的一种教育思想或教育理念，成为整个人才培养实践活动的行动纲领或方向引领，决定着人才培养活动的性质、形式、内容和方向①。人才培养目标在朝鲜语专业教育中发挥着重要作用，人才培养目标制定得合理与否，决定着人才培养目标能否实现。

　　我国的朝鲜语专业教育经过几十年的发展，为我国的社会、经济、文化各个行业输送了众多人才，为我国的经济、文化、社会、外交等各个层面的发展做出了突出贡献。在取得以上成绩的同时，朝鲜语专业教育也存在着一些问题，例如，朝鲜语毕业生技能、知识单一，这种情况的出现与朝鲜语专业人才培养目标单一、课程设置和教学内容不合理紧密相关。

　　高等学校外语专业教学指导委员会制定的《关于外语专业面向 21 世纪本科教育改革的若干意见》中也指出了我国外语专业本科教育存在的此类问题。首先是人才培养模式的不适应。最近进行的一次问卷调查证明，参加此次调查的国家部委、国有企业、外经贸公司、部队和教育部门对于单一外语类毕业生的需求量已降至零，而期望外语专业本科生具有宽泛知识的则占

---

① 尹宁伟：《培养目标——本科人才培养模式改革的关键》，载《内蒙古师范大学学报（教育科学版）》2012 年第 3 期，第 10 页。

66％。人才培养要紧跟时代、社会需求，才能培养合格的人才。

第一节　国内重点高校朝鲜语人才培养目标

一、北京大学

北京大学朝鲜语专业创建于 1945 年，前身为南京国立东方语专韩国语科，1949 年随全国高校院系调整编入北京大学，更名为朝鲜语专业，成为国内高校中设立最早的朝鲜语专业。2009 年 3 月由朝鲜语专业升格为朝鲜（韩国）语言文化系。

该系以培养朝鲜、韩国学研究的高尖端精英人才为目标，每年招收研究朝鲜、韩国语言文化方向的本科生、硕士研究生及博士研究生。为本科生开设基础朝鲜（韩国）语、朝鲜（韩国）语视听说、朝鲜（韩国）语会话、朝（韩）汉/汉朝（韩）翻译、朝鲜（韩国）文学史、朝鲜（韩国）语语法、朝鲜（韩国）经济、朝鲜（韩国）国际关系史、朝鲜（韩国）史、韩国当代政治与社会等课程，在实际教学中以训练学生的朝鲜（韩国）语基本功为重点，注重对学生听、说、读、写、译等技能的训练。另外，该系还创造条件为学生提供赴朝鲜、韩国进行语言实习的机会，鼓励学生在学好专业课的基础上攻读经济、哲学、艺术等系的第二学位或辅修专业，强调对学生实际应用能力的培养，力争把学生培养成为既具有扎实的专业基础知识，又具有较强的敬业精神和适应能力的复合型人才；为硕士研究生和博士研究生开设韩国语发展史、韩国语语法理论、韩国文化交流史、韩国思想史、朝鲜半岛问题研究、韩国文化史料导读、韩国译学研究等课程，为社会培养具有较高科研水平的专门人才。

从北京大学朝鲜语专业人才培养目标来看，首先强调培养学生的朝鲜语听、说、读、写的交际能力，让学生掌握扎实的语言知识和技能。为了实现这个首要目标，提供、创造了留学等机会培养学生的语言能力；其次北京大学朝鲜语专业学生可以选择其他诸如经济、哲学、艺术等专业获得第二学位或辅修专业，这体现了一种复合型人才培养的思路。

随着经济、社会等各方面的发展，与外语专业型人才相比社会更需要外语与其他能力、知识复合的复合型人才。高等学校外语专业教学指导委员会

制定的《关于外语专业面向 21 世纪本科教育改革的若干意见》（以下简称
《意见》）中也提出在 21 世纪新形势下外语专业本科教学改革要培养复合型
人才。《意见》提出从根本上来讲，外语是一种技能，一种载体；只有当外
语与某一被载体相结合，才能形成专业。过去常见的是外语与文学、外语与
语言学的结合。应该看到，即使在社会主义市场经济的条件下，我国高校仍
肩负着为国家培养外国语言文学学科领域的研究人员的任务。同时，我们也
应当清醒地面对这样一个现实，即我国每年仅需要少量外语与文学、外语与
语言学相结合的专业人才以从事外国文学和语言学的教学和研究工作，而大
量需要的则是外语与其他有关学科——如外交、经贸、法律、新闻等——结
合的复合型人才，培养这种复合型的外语专业人才是社会主义市场经济对外
语专业教育提出的要求，也是新时代的需求。

复合型人才是指具有两个或两个以上专业（或学科）的基本知识和基本
能力的人才，复合型的实质是打破学科或专业之间壁垒森严的界限，接触并
把握不同专业领域的知识及思维方法，这种复合包括社会科学与自然科学之
间的复合、多种专业之间的复合、智力因素和非智力因素之间的复合。具体
来讲，复合型人才具有知识的集成性、能力的复合性和素养的全面性的特
征[1]。复合型人才不仅是专业知识的复合，也是创新能力、学习能力、实践
能力的复合，更是思想道德素养、文化素养、身心素养的复合。复合型人才
是全面发展的人才，不仅具有广泛的学科专业知识，而且还具有多种能力，
更重要的是同时具有深厚的人文素养。

复合是学科间的交叉、融合和渗透。特别需要强调的是，培养复合型外
语人才的核心是外语人才。我国现有外语专业的院校大致可以分为五种类
型：外语院校、综合性大学、理工科院校、师范院校和其他专科类院校。由
于各院校的发展不平衡，因此复合型人才培养的模式、内容和进程也必须因
地、因校、因专业而异。应该鼓励各校闯出各自复合型外语专业人才培养的
道路，力求办出特色。目前正在试验的模式有："外语＋专业知识""外语＋
专业方向""外语＋专业""专业＋外语"和双学位等。各外语专业要从本专业
的发展状况、师资队伍、学生来源、所在地区的社会和经济发展的需求及

---

① 辛涛、黄宁：《高校复合型人才的评价框架与特点》，载《清华大学教育研究》2008 年第 3
期，第 49—50 页。

就业市场的需求出发，实事求是，因地制宜，因校制宜，自主确立人才培养模式，并选择复合的专业，努力培养出服务于本地区经济建设和社会发展的需求、受到社会欢迎、有特色、高质量的复合型外语专业人才，创出学校和专业培养人才的特色。

北京大学是我国的一流综合性大学，北京大学朝鲜语专业探索的复合型人才培养模式呈现出"外语＋专业"和双学位的模式。

二、北京外国语大学

北京外国语大学是我国一流的外语院校，北京外国语大学亚非学院朝鲜语专业创建于1994年，本科阶段学制四年，现每年面向全国招生两个班共48人。北京外国语大学的朝鲜语专业以培养高素质、高水平的复语型、复合型朝鲜语人才为目标，重视教学质量，注重培养学生扎实的语言基本功和一定的专业技能。

北京外国语大学应对新形势的变化，于2016年重新修订了朝鲜语培养方案（2016版），把朝鲜语专业分为了两个方向，一个是朝鲜语方向，一个是朝鲜语（国际商务）方向。在朝鲜语方向的新版培养方案中提出本专业培养德、智、体、美全面发展，适应社会经济发展需要，具有扎实的朝鲜语语言基础和比较广泛的科学文化知识，能在外事、经贸、文化、新闻出版、教育、科研、旅游等部门从事翻译、研究、教学、管理工作的高素质、高水平的复语型、复合型朝鲜语高级专门人才。北京外国语大学作为我国一流的外语院校，体现了精英教育的倾向，提出了培养高素质、高水平的朝鲜语高级专门人才的培养方案。

北京外国语大学朝鲜语专业新版培养方案呈现了新的修订思路，发生了一些变化。适度降低总学分、总学时要求，鼓励学生自主构建知识结构，跨院系选修课程；在校级学科方向课的基础上，大量开设本专业的语言学、文学、翻译学三个方向的自选课程，帮助学生在这三个学科方向上获取更多的专业知识；主修专业课程大幅度更新，各类型课程更加注重课程内容与内涵；大幅增加主修专业课中选修课的数量，给学生更多自主选课的机会。

北京外国语大学朝鲜语专业新版培养方案体现了注重培养学生的综合素质的要求，不仅关注学生的朝鲜语专业语言知识与技能，还让学生获得更多的包括文学在内的综合知识，同时与以往传统的选课模式不同，学生不仅可以自主选择公共选修课，还加大了主修专业课的选修，这体现了重视学生自主性的建构主义教学理论，真正让学生成为学习的主体。

北京外国语大学的朝鲜语专业培养要求中提出本专业学生主要学习韩国语言、文学、历史、政治、经济、外交、社会文化等方面的基本理论和知识，使学生受到朝鲜语听、说、读、写、译等方面良好的训练，掌握一定的科研方法，具备从事翻译、研究、教学、管理工作方面较好的素质和较强的能力。

北京外国语大学作为国家一流外语院校，对毕业生也提出了较高的要求，提出毕业生应获得以下几方面的知识和能力：①了解我国有关的方针、政策和法规；②掌握语言学、文学及相关人文和社科方面的基础知识；③具有扎实的朝鲜语语言基础和较熟练的听、说、读、写、译能力；④了解我国国情和对象国的社会与文化；⑤具有较好的汉语表达能力和基本调研能力；⑥具有第二外国语的实际应用能力；⑦掌握文献检索、资料查询的基本方法，具有初步科学研究和实际工作的能力；⑧具有经济、管理、外交、新闻、法律、计算机等相关学科的专业知识。

从以上北京外国语大学对朝鲜语专业毕业生的要求来看，体现了知识和能力并重的特点。从知识层面来看，学生不仅需要掌握专业知识，还需要掌握语言学、文学及相关人文和社科方面的综合知识，并且还应该具有经济、管理、外交、新闻、法律、计算机等相关学科的专业知识，这种专业知识的掌握主要体现了复合型人才培养的目标；从能力层面来看，学生不仅需要掌握朝鲜语语言能力，还需要具有第二外国语的实际应用能力，除了外语能力以外，还提出了作为母语的较好的汉语表达能力。北京外国语大学不仅培养各行各业的应用型人才，还培养学术研究人才，因此对毕业生还提出了掌握文献检索、资料查询的基本方法，具有初步科学研究和实际工作的能力的要求。

北京外国语大学为了应对21世纪的新形势，为培养符合中国未来战略发展急需的复合型、复语型人才，于2016年北京外国语大学亚非学院与国际商学院共同开设朝鲜语（国际商务）方向本科专业。该专业的设置以《国家中长期教育改革和发展纲要》为指导，以创新人才培养模式、提高人才培养质量为核心，充分利用学校不同学科的办学优势，建设创新型本科专业。

该专业由亚非学院负责管理，由亚非学院与国际商学院共同实施教学。其中朝鲜语专业课程由亚非学院朝鲜语专业单独编班授课，国际商务方向课程大都与国际商学院学生混班授课。作为主修专业的朝鲜语按照1296学时的要求进行高标准培养。在此基础上，学生还将学习国际商务方向 306 学时的课程，该方向课程注重理论与实践相结合，部分核心课程大量运用案例和实践教学。

朝鲜语（国际商务方向）专业新版培养方案修订思路和主要变化主要体现在：适度降低总学分、总学时要求；主修专业课程大幅度更新，各类型课程更加注重课程内容与内涵；语言技能课程与国际商务方向课程深度融合。

朝鲜语（国际商务方向）专业培养德、智、体、美全面发展，适应社会经济发展需要，具有扎实的朝鲜语语言基础和较强的语言运用能力，同时掌握国际经济与管理基础理论知识与实务操作技能，熟悉经济、金融、商务相关的国际惯例及规则，拥有广阔的国际视野，较强的沟通能力与创新能力，具有良好的综合素质，能在国家部委、大型企业、金融机构和跨国公司等相关机构工作，国家急需的应用型、复合型高级朝鲜语商务人才。

北京外国语大学的朝鲜语（国际商务方向）专业学生主要学习韩国语言、政治、经济、外交、社会文化等方面的基本理论和知识，学生能够受到朝鲜语听、说、读、写、译等方面良好的训练，掌握一定的科研方法，同时学习国际商务方向的基础知识，具备从事经贸、翻译、研究、教学、管理工作方面较好的素质和较强的能力。

朝鲜语（国际商务方向）专业与前面的朝鲜语专业的培养目标不同，体现了强烈的国际商务方向的特点，朝鲜语专业与国际商务专业的双重专业复合，目的是培养既具有良好的朝鲜语语言能力，同时具有良好的国际商务知识和能力的复合型人才，这类复合型人才与当今我国战略发展要求相适应。

对朝鲜语（国际商务方向）专业毕业生的要求与前面的朝鲜语专业的要求既有相同点，也有不同点。朝鲜语（国际商务方向）专业毕业生应获得以下几方面的知识和能力：①了解我国有关的方针、政策和法规；②掌握语言学、文学及相关人文和社科方面的基础知识；③具有扎实的朝鲜语语言基础和较熟练的听、说、读、写、译能力；④了解我国国情和对象国的社会与文化；⑤具有较好的汉语表达能力和基本调研能力；⑥具有第二外国语的实际应用能力；⑦掌握文献检索、资料查询的基本方法，具有初步科学研究和实际工作的能力；⑧掌握国际经济与管理基础理论知识与实务操作技能，熟悉经济、金融、设备相关的国际惯例及规则；⑨了解外交、新闻、计算机等相关学科的基础专业知识。

朝鲜语专业和朝鲜语（国际商务方向）专业都要求学生了解我国有关的方针、政策和法规，除此之外，从能力要求来看，除了掌握扎实的朝鲜语语言基础和较熟练的听、说、读、写、译能力以外，还都要求学生具有良好的汉语表达能力和基本调研能力、第二外国语的实际应用能力。从知识要求来看，这两个方向都对毕业生的人文知识和素质提出了要求，要求毕业生掌握语言学、文学和相关人文和社科方面的基础知识，还让学生了解外交、新闻、计算机等相关学科的基础专业知识。

朝鲜语（国际商务方向）专业作为朝鲜语专业与国际商务方向的复合专业，体现了自己鲜明的特点，要求毕业生掌握国际经济与管理基础理论知识与实务操作技能，熟悉经济、金融、设备相关的国际惯例及规则，着重培养学生国际商务方向的知识与技能，这是"专业＋方向"的人才培养模式，培养的高素质、高能力的复合型人才符合我国战略性发展对外语人才的需求。

三、中国传媒大学

中国传媒大学是一所综合性研究型大学，朝鲜语专业隶属于中国传媒大学外国语学院，创建于 20 世纪 90 年代初，朝鲜语专业的培养目标是培养复语型、复合型人才，即培养语言基本功扎实、人文素养深厚、传媒特色鲜明、实践能力较强、具有国际视野和较强跨文化交际能力的优秀外语人才。中国传媒大学朝鲜语专业的人才培养目标与现在的形势特点、学校特色紧密相关，要求学生既掌握朝鲜语语言知识和能力，还要求具有深厚的人文素养，同时要求学生传媒特色鲜明。

中国传媒大学包括朝鲜语在内的非通用语专业培养方案具有鲜明的特点，首先是"双语＋人文""外延＋特色"的"双结合"课程体系。除"3＋1"办学和"英语＋对象国语言"教学外，各非通用语专业培养方案注重专业语言、英语基本功和对象国社会、文化知识的结合，兼顾了本学科的拓宽课程和该校特色课程的结合。同时各非通用语专业普遍采用 3（专业教师、外聘专家、外籍教师）＋1（英语教师）的师资配备方式。

其次，中国传媒大学非通用语专业培养方案实行"全程化"和"延展式"实践教育体系，突出实践教学导向，各专业实践类课程学分增至占总学分的近 20％，更加突出教学内容的应用性和教学过程的实践性，实践教学贯穿于大学四年的全过程。根据各年级学生特点，中国传媒大学逐步深入开展实践教学，由语音、演讲、笔译到辩论、口译，由仿真训练、模拟实训、竞赛实战到毕业实习实训。同时，中国传媒大学外国语学院的实践教育体系形成了从课程实践教学体系—校内平台实践训练体系—校外实习体系的"扩展"，即从课堂内的语言实践扩展到课堂外的校内实践实训再扩展到校外实习，为学生搭建不断递进的实践扩展平台，实践强调语言底色和传媒特色，以提升人才培养质量，符合外国语学院育人目标定位。

中国传媒大学的朝鲜语人才培养目标具有专业教育和通识教育相结合的特点，在专业教育层面，注重培养学生的朝鲜语语言能力，要求学生具有扎实的语言基本功，在通识教育层面，要求学生具有深厚的人文素养，同时还注重培养学生开放的国际化视野、卓越的实践能力和较强的跨文化交际能力。中国传媒大学为了实现人才培养目标，提出了合理的人才培养方案，构建了"双语＋人文""外延＋特色"的"双结合"课程体系与"全程化"和"延展式"实践教育体系。

中国传媒大学朝鲜语专业要求毕业生具备以下几方面的知识和能力：①具有坚实的朝鲜语语言基础，在听、说、读、写、译全面发展的基础上具有较强的交际能力；具有良好的汉语修养，并较好地掌握英语，具备听、说、读、写等综合技能；②具有广博的知识，熟练掌握对象国的政治经济、文化社会、外交传播等方面的知识；③掌握英语语言文学基本理论和基本知识，英语要达到专业四级水平；④具有获取信息的能力，具有独立思考、分析和解决问题的能力以及创新能力；⑤熟悉计算机和网络基本原理与技能，具备熟悉使用网络交流的能力，通过北京市计算机二级水平测试；⑥具有良好的心理素质，较强的适应环境的能力，具有健康的体魄，达到国家规定的《大学生体育合格标准》①。

中国传媒大学朝鲜语专业对毕业生的知识和能力要求比较广泛，既要求毕业生掌握朝鲜语语言能力，还要求毕业生具有良好的英语语言能力和汉语修养，这体现了"复语型"的人才培养目标。"复语型"人才培养目标不仅瞄准对象国，还瞄准世界，体现了一种高标准的人才培养目标。

---

① 梁岩、洪丽：《非通用语特色专业教学与研究》，北京·中国传媒大学出版社，2012年版，第202页。

中国传媒大学朝鲜语专业不仅要求毕业生具有对象国有关的政治经济、文化社会等方面的知识，还要求学生具有获取知识的能力、分析判断能力、创新能力和良好的心理素质、适应能力，这体现了对学生人文素质的要求，体现了教育的最终目的是培养全面发展的人的通识教育的理念。

四、广东外语外贸大学

广东外语外贸大学是教育部直属的三所著名外国语大学之一，但是与北京外国语大学不同，广东外语外贸大学位于广州，是一所地方性大学。广东外语外贸大学朝鲜/韩国语专业，于2003年开始正式招生。

从广东外语外贸大学的培养目标来看，朝鲜/韩国语专业着力于培养具备优秀的朝鲜语语言能力，全面了解对象国（韩国）国情与文化，同时达到一定的英语水平以及掌握某一其他专业的基本知识，能在外事、经贸、文化、新闻出版、教育、科研、旅游等部门从事关于翻译、研究、教学、传媒、管理等工作的德才兼备的朝鲜语高级人才。

广东外语外贸大学的人才培养目标体现了对朝鲜语与英语双语能力的重视，并且在外语能力以外，还要求学生掌握某一其他专业的基本知识，例如外贸、新闻出版、旅游等，目的是培养能够胜任翻译、研究、教学、传媒、管理等工作的应用型朝鲜语高级人才。

为了实现这种培养目标，朝鲜语专业学生主要学习韩国语言、文化、社会、政治、经济、外交、文学、历史等各领域的专业知识和二外英语等外国语言文化知识，通过对听、说、读、写、译等各方面循序渐进、全面系统的专业学习，在对该门语言的了解达到一定程度，并掌握了一定的知识和技能后，派到海外进行一年的学习考察，使学生在毕业时的朝鲜语水平能达到专业水准，同时掌握较强的英语知识与交际能力，具备从事翻译、研究、教学、管理等工作的能力与素质[①]。

广东外语外贸大学的教学要求与人才培养目标相对应，在教学中，首先要求学生学习韩国语言、文化、文学等领域的专业知识，其次要求学生掌握二外英语等语言知识与能力，最终让学生具备"朝鲜语＋英语"的双语能力。

广东外语外贸大学作为地方性重点外语院校，体现了自己鲜明的特色与

① http://foalc1.gdufs.edu.cn/zyyl/cxy.htm.

优势。

（一）"应用型外语人才"的培养定位——专业发展的特色

根据国内朝鲜语同行的情况、广东省对外开放的地缘优势、朝鲜语的市场需求以及毕业生的未来就业走向，广东外语外贸大学把"朝鲜语 ＋ 英语应用型人才"作为人才培养的定位。在具体教学中，广东外语外贸大学采取"朝鲜语 ＋ 英语"的培养模式，让学生不仅在朝鲜语综合实力上占有先决优势，同时还具备较高的英语应用能力。此外，为了跟上社会的发展，应对越发激烈的就业竞争，广东外语外贸大学已经逐步将"朝鲜语 ＋ 英语 ＋ 辅修专业"的复合型人才培养模式付诸实践。为了让学生在毕业后拥有更优越的社会竞争力，积极鼓励更多的学生参加专业课程以外的辅修课程（经贸、法律、计算机等），让学生在通晓两门外语的基础上，再具备一定的其他专业知识或技术应用能力。如此，学生在毕业后，既拥有专业的朝鲜语能力，又达到一定的英语水平，同时还具备一些其他专业知识技能，一专多能，能充分满足各大机构、外企及事业单位的人才需求。

朝鲜语是非通用语种，社会需求有限，相反英语是国际指定的官方语言，也是世界上最广泛的第一语言，同时是欧盟以及许多国际组织和英联邦国家的官方语言，有广泛的市场需求。广东外语外贸大学为了克服朝鲜语市场需求有限的缺点，在朝鲜语专业人才培养目标中提出了"朝鲜语＋英语"的双语能力的要求，并且除了语言能力外，让学生具备一些其他的专业知识技能，以提高学生的就业能力。

（二）"3＋1"的国际型人才培养模式

广东外语外贸大学让学生在大四时，按照学生的个人能力及发展意向，派赴韩国 10 多所著名高校留学深造。经过为期一年的留学生活，学生不仅能在语言能力上得到质的飞跃，而且对韩国的社会、文化、流行思潮等各方面也能得以更深更广地认识与理解。一方面，这对于激发学生学习兴趣和提高学生学习积极性都将发挥无比强大的积极作用。另一方面，"3＋1"的人才培养模式，为学生提供了在海外独立生活与求学的难得机会，在与韩国人的日常交往、在韩国的实地考察、参与韩国大学的各种学习研讨活动等过程当中，学生的独立生活能力、解决实际问题的能力及语言交流、实践能力，都会得到极大的锻炼与提升。

因为学习外国语言的原因，与对象国学校采取合作办学是国内高校外语专业的普遍做法，国内高校朝鲜语专业为了提高学生的朝鲜语语言能力，与韩国高校合作，采取"3＋1""2＋2"、交换生等方式让学生去韩国学习，让学生在具体的语言环境中，不仅能够切实提高自己的语言交际能力，而且能够在实际环境中与韩国人交往，体会韩国的文化等。

广东外语外贸大学采取了"3＋1"的人才培养模式，让学生在国内学习三年，第四年去韩国留学一年，通过国内三年的学习积累语言基础知识，让学生第四年在韩国通过实际应用提高朝鲜语的实际应用能力，并且让学生在与韩国人、韩国社会文化实际接触的过程中，锻炼学生的适应能力与交际能力，最终提高学生的综合素质与能力。

（三）"韩＋英"双语制教学模式

"朝鲜语＋英语"的双语制教学模式，是目前新型的教学模式。双语制教学模式经过不断完善，正逐步向着更具竞争力的"朝鲜语＋英语＋辅修专业"的复合型人才培养模式发展。为了应对教育部提出的复合型人才培养的要求，广东外语外贸大学采取了"朝鲜语＋英语＋辅修专业"的复合型人才培养模式，这是朝鲜语和英语的语言复合，并且也是外语和其他专业技能的复合，体现了外语是工具，需要与其他专业结合的外语本科专业改革的思路。

（四）走向社会，开辟应用型人才培养的新路子

借助韩国驻广州总领事馆、大韩贸易振兴公社广州代表处等韩国驻粤机构的大力支持，利用广东地区韩资企业众多的地缘优势，广东外语外贸大学采取了一系列的积极措施。如，定期邀请韩国驻华大使、领事和国外学者到校召开各种讲座，开展与学生之间形式多样的交流活动；安排学生到各大企业参观和实习，带领学生参加大韩贸易振兴公社等韩国机构筹办的大小型活动等，有效地开阔了学生的视野，锻炼了学生的应用能力，同时潜移默化地培养了学生的外事交往与应对能力[①]。

各个高校的人才培养目标既具有共性，也具有个别性。与北京所在的北京大学、北京外国语大学、中国传媒大学不同，广东外语外贸大学位于广东，是一所地方性外语学校，因此在朝鲜语专业教育中体现了鲜明的地方特

---

① http://foalc1.gdufs.edu.cn/zyyl/cxy.htm.

色，广东外语外贸大学在朝鲜语教育中，充分发挥了广东的地缘优势，与广东当地的韩国驻华机构等开展合作，通过各种参与方式开阔学生的视野，锻炼学生的语言应用能力和办事能力。

北京大学朝鲜语专业、北京外国语大学朝鲜语（国际商务方向）专业和中国传媒大学朝鲜语专业在人才培养目标中提出了通过文学、语言学等提高学生的人文知识和人文素质的要求，体现了对朝鲜语专业学生人文素养的重视，旨在培养学生专业能力的同时，也加强对学生综合素质的培养。广东外语外贸大学朝鲜语专业作为地方性大学的专业，与学生的人文素质相比，主要关注学生的实际语言能力与技能，注重培养应用型人才，缺少对学生人文素质的培养。

第二节 朝鲜语专业课程设置与教学内容

高等学校外语专业教学指导委员会制定的《关于外语专业面向 21 世纪本科教育改革的若干意见》（以下简称《意见》）中指出，我国外语专业本科教育存在着课程设置和教学内容的不适应的问题。《意见》指出，由于外语专业的单科特征，多年来我国的外语专业在课程设置和教学内容安排中普遍忽略其他人文学科、自然学科等相关学科的内容，教学内容和教材知识结构单一，内容陈旧老化。在问卷调查中，无论是用人单位、毕业生还是在校生最不满意的课程恰恰是外语专业课之外的公共必修课和选（辅）修课，满意率仅占 32.3％和 38.3％。

课程体系改革和课程建设是外语专业教学改革的重点和难点，需要从 21 世纪对外语人才的需求、21 世纪外语人才的培养目标和复合型人才的培养模式出发，重新规划和设计新的教学内容和课程体系。

这里以广东外语外贸大学为例，分析其开设的课程，在此基础上提出科学合理的课程体系。广东外语外贸大学朝鲜语专业核心课程有初级朝鲜语、中级朝鲜语、高级朝鲜语、朝鲜语视听说、朝鲜语阅读、朝鲜语翻译、朝鲜语口译、写作与修辞、经贸朝鲜语、朝鲜文学作品选读、朝韩概况[①]等。这些课程中初级朝鲜语、中级朝鲜语、高级朝鲜语是为了培养学生的综合语言

---

① http://foalc1.gdufs.edu.cn/zyyl/cxy.htm.

能力，提高学生的词汇、语法积累；朝鲜语视听说是为了训练学生的听力，朝鲜语阅读是为了提高学生的阅读能力，朝鲜语翻译与朝鲜语口译是为了培养学生的笔译、口译能力，写作与修辞是为了提高学生的写作能力。以上这些课程是朝鲜语专业的基础课程，目的是培养学生听、说、读、写的语言交际能力。除了这些基础课程外，还开设了经贸朝鲜语、朝鲜文学作品选读、朝韩概况等课程。经贸朝鲜语旨在让学生掌握一些经贸知识，目的是提高学生的应用知识和能力，朝鲜文学作品选读目的是为了让学生了解韩国文学，朝韩概况旨在让学生了解韩国、朝鲜的社会、文化、经济等知识。以上开设的课程，主要是训练学生的语言交际能力，缺少对学生情感教育、创新教育等人文素质的培养。

高等学校外语专业教学指导委员会制定的《意见》指出，当前外语专业课程建设主要面临以下几项任务：开设与复合学科有关的专业课、专业倾向课或专业知识课，加强课程的实用性和针对性；探讨在专业课、专业倾向课或专业知识课中如何将专业知识的传播和语言技能训练有机地结合起来，提高课程的效益；在开设新课和改造现有课程的过程中，重点摸索如何培养学生的语言实际运用能力，锻炼学生的思维能力和创新能力；在确保外语专业技能训练课的前提下，加强所学语言国家国情研究的课程，开设一定数量的中文课，以弥补学生在汉语写作方面的不足，适当选开部分自然科学领域的基础课，加强科学技术知识教育；探讨在外语专业进行复语教学，鼓励学生在掌握所学语种的基本技能和运用能力的同时，再学一门外国语。对于非英语专业的学生特别是非通用语种的学生来说，要特别强调学习英语的重要性。复语教学的形式和层次要根据学生所学语种、师资力量等条件来确定。

根据《意见》中提出的课程建设和课程改革的思路，朝鲜语专业要积极根据新形势的要求，加快本专业的课程建设和课程改革。

首先，为了应对我国战略性发展对复合型人才的需求，各高校朝鲜语专业要加强朝鲜语与其他专业的复合，开设培养学生复合能力的专业课等，旨在培养学生的朝鲜语＋其他专业的复合能力。朝鲜语复合型人才同时也应该是国际化人才，关于国际化人才的概念及特点有不同的见解，庄智象等提出国际化人才是指具有宽广的国际化视野、良好的跨文化沟通能力，通晓国际规则，能够参与国际事务和国际竞争的人才。他们一般还具有良好的学习能力、团队合作精神、创新能力、领导力、发现与解决问题的能力等①。庄智象等提出的国际化人才首先具有国际化视野和不同文化间的跨文化交际能力，还需要具有国际化知识，除此之外，还要全面发展。

曹德明（2011）提出外语院校培养的国际化人才，需要具有全球视野、国际观念，了解当今时代问题、世界发展历史与趋势；有民族情怀，熟悉中国传统文化，理解中国现实国情，有报效祖国的社会责任感；有创新精神和思辨能力，善于学习，适应变化，充分胜任竞争；有参与国际事务、国际经营活动所必需的专业知识与能力；至少精通两门外语，听、说、读、写、译本领过硬；有跨文化沟通能力，能理解和尊重不同的文化②。曹德明提出的外语国际化人才除了需要具有国际化视野、创新精神、跨文化交际能力、国际化知识之外，还强调具有中国文化修养、社会责任感等。朝鲜语专业要培养具有国际化视野、跨文化交际能力、创新能力和社会责任感的高素质、高层次人才，在我国经济发展与国际化进程中发挥重要作用。

其次，让学生成为学习的主体，赋予学生更充分的选课自由，尊重学生的个性与选择，让学生根据自己的需求选择课程，建构自己的知识体系。同时社会就业趋向的变化也要求学生发挥更大的积极性与主动性，金秉运认为，中国朝鲜语专业的就业趋向情况大致分为三个阶段：第一阶段是新中国成立后至改革开放之前，这一时期为组织命令统一分配时期；第二阶段是改革开放之后到1995年，当时的就业趋向虽然也是按照组织分配来进行就业，但在一定程度上也反映了个人的意愿，这一时期为"自由选择过渡时期"；第三阶段是1995年到2002年，就业趋向进入了"双向自由选择时期"，在这一阶段，就业单位根据自己的人才标准来选择毕业生，毕业生也按照自己的意愿来自由选择职业③。现在社会更加多元化，学生选择也更加多元化，这就需要培养学生的选择能力，让学生在把握社会发展需求的同时发展自己的个性与潜能，建构自己的知识与能力。

---

① 庄智象等：《关于国际化创新型外语人才培养的思考》，载《外语界》2011年第6期，第72—73页。

② 曹德明：《高等外语院校国际化外语人才培养的若干思考》，载《外语教学理论与实践》2011年第3期，第3页。

③ ［韩］金秉运：《中国的韩国语教育研究》，首尔·韩国太学出版社2003年版，第60—69页。

为了发挥学生的自主选择能力，学校可以推进学分制。学分制作为一种衡量学生学习进程的弹性的教学管理制度，不仅有利于因材施教、充分调动学生积极性、充分发挥学习潜能，而且有利于适应市场经济发展对人才的需求、自主择业、合理配置人力资源，更有利于教学内容的推陈出新、人才的社会需求与市场经济发展相接轨[①]，让学生真正自由选择专业及其他课程，真正培养复合型人才。

再次，在具体的课程改革中，不仅要注重学生的知识积累，更重要的是要注重培养学生的思维能力、创新能力，培养学生成为创新型人才。创新型人才，是指具有创新精神、创新能力和创新人格，并能够取得创新成果的人才。创新型人才的基础是人的全面发展，创新型人才首先是全面发展的人才，是在全面发展的基础上创新意识、创新精神、创新思维和创新能力高度发展的人才。同时个性的全面发展是创新型人才成长与发展的前提，创新型人才不是模式化的、被套以种种条条框框的人，而是一个真正自由的人、具有独立个性和个性特征的人[②]。创新型人才是全面发展和个性化发展的人才，在课程改革及课程设置中要注重学生的全面发展，并且要尊重学生的个性特点，采取灵活的课程制度。

最后，使学生不仅具有良好的专业知识和专业能力，更要让学生具有良好的人文素质，使学生获得全面发展。王雪梅对国际化人才具备的知识、能力和素养进行了探讨，知识包括专业知识、国际知识和语言知识，能力包括跨文化能力、创新能力和终身学习能力，素养包括人文素养、科学素养、信息素养[③]。朝鲜语专业不仅需要培养学生的语言知识和能力，还应该让学生掌握国际知识，具有创新能力和学习能力，最重要的是还应该具有人文素养。学校在课程建设中，专业类课程、语言文化类课程、国际知识类课程、实践类课程等课程设置要全面、合理。

---

① 张英美等：《高校朝鲜语专业学分制改革的实践和反思》，载《韩国语教学与研究》2017年第2期，第95页。

② 庄智象等：《关于国际化创新型外语人才培养的思考》，载《外语界》2011年第6期，第73页。

③ 王雪梅：《全球化、信息化背景下国际化人才的内涵、类型与培养思路》，载《外语电化教学》2014年第1期，第67页。

第三章　新形势下的朝鲜语专业学生人文素质培养

　　人文素质是一切素质的基础，是人的素质的一个重要组成部分，它是指人文科学知识在个体世界观、人生观、价值观及其人格、气质和修养方面的内化。它是做人应该具备的基本品质和基本态度，包括正确处理个人与他人、个体与集体、个人与国家，以及个人与自然的关系。从另一个侧面讲，人文素质也包括文化素质，包括语言文字修养、文学艺术修养、伦理道德修养、文明礼仪修养、政治理论修养、历史和哲学修养等等。它是一个人外在的精神风貌和内在精神气质的综合表现，也是一个现代人文明程度的综合体现①。人文素质主要通过人文学科来培养。

　　人文素质教育是以提高人文素质为目的的教育，就是引导受教育者思考人生的目的、意义、价值，发展其人性、完善其人格，帮助他成为一个真正的人、一个智慧的人、一个有修养的人②。但是目前国内的朝鲜语教育主要关注学生的听、说、读、写等技能教育，忽视文学等人文教育。在新形势下，不仅应该对朝鲜语专业学生做好专业素质教育，同时也应该提高学生的人文素质，重视对学生进行人文素质培养。

　　人文素质教育的主要作用是对人的思想、精神的教育，从功利的目的来看，并没有快速、明显的"用"，但是人文素质教育主要是对人的教化，具体来讲，人文素质教育提供一种正确的价值和有意义的体系，从而为社会提供一种正确的人文导向；人文素质教育对扩大群众和青年大学生进行人文教

---

　　①　李萃英、赵凤平：《面向新世纪人文素质教育研究》，北京·煤炭工业出版社，1999年版，第25页。

　　②　吴小英：《大学人文素质教育新论》，杭州·浙江大学出版社，2012年版，第25—26页。

育，提高整个民族的文化素质和文化品格，塑造一种文明、开放、民主、科学、进步的民族精神。有了这种不断提升的文化素质和文化品格，有了这种民族精神作为支柱，才能不断增强民族的凝聚力、生命力和创造力，才能加速现代化的进程，推动社会的进步，实现民族的振兴；为国家在经济建设和现代化进程中各种决策提供人文咨询、人文设计、人文论证。经济建设和现代化不单纯是一个科学技术问题，也不单纯是一个物质问题，它包含着文化的、精神的、价值的层面①。提高朝鲜语专业学生的人文素质，不仅有利于学生个人精神成长，促进综合素质的提高，而且能够促进社会的和谐与进步。

为了应对21世纪对学生文化素质的要求，1995年，国家教委开始有计划、有组织地在52所高等学校开展加强大学生文化素质教育试点工作，成立了"加强高等学校文化素质教育试点工作协作组"，先后召开了多次加强文化素质教育工作的专题研讨会、报告会和经验交流会。各试点高校做了大量的工作，采取多种途径和方法进行探索，取得显著成绩，积累了不少经验，在高校和社会上引起强烈反响。实践证明，加强文化素质教育，对于促进教育思想和教育观念的转变，推动高等学校人才培养模式、课程体系和教学内容的改革，培养适应21世纪需要的高质量人才，具有重要意义。

第一节 外语教育中人文素质培养的重要性

教育部为了面对新形势下对学生文化素质教育的要求，高教司于1998年4月10日颁布了《关于加强大学生文化素质教育的若干意见》（以下简称《意见》），《意见》中对大学生的基本素质内容进行了说明，它提出大学生的基本素质包括思想道德素质、文化素质、专业素质和身体心理素质，其中文化素质是基础。我们所进行的加强文化素质教育工作，重点指人文素质教育。主要是通过对大学生加强文学、历史、哲学、艺术等人文社会科学方面的教育，同时对文科学生加强自然科学方面的教育，以提高全体大学生的文

---

① 李萃英、赵凤平：《面向新世纪人文素质教育研究》，北京·煤炭工业出版社，1999年版，第27页。

化品位、审美情趣、人文素养和科学素质。《意见》中明确提出了加强大学生人文素质教育，并且提出了主要通过文学等手段来实现。

人文素养即人文科学的研究能力、知识水平和人文科学体现出来的以人为对象、以人为中心的精神，即人的内在品质。人文素养的灵魂，不是能力，而是以人为对象、以人为中心的精神，其核心内容是对人类生存意义和人生价值的关怀①。人文素养不仅是一种能力还是一种精神，而且重点在于精神，这种精神是关注人的内心、人的价值、人的内在品质的精神。提高人文素养是人全面发展的要求，也影响着专业能力的提高。

教育的最终目的是培养完整的人，也就是通识教育，通识教育不同于专业性教育，其目标是培养完整的人，即具备远大眼光、通融识见和博雅精神的人，具有高尚的道德情操、独立思考以及善于探究和解决问题的能力，能够主动、有效地参与社会公共事务，成为具有社会责任感的公民②。现代社会处于多元化、信息化的时代，与专业性教育相比，更需要同时推进通识教育，培养适应时代发展需求的高素质人才。

传统的外语教育是专业性教育，目的是培养具有较高外语语言能力的专门人才，但是随着全球一体化、多元化、信息化的发展，传统的外语教育已经不能适应时代的发展，我们需要转变传统外语教育的单一理念，在外语教育领域树立通识教育的理念。外语教育兼具工具性和人文性的特点，语言是交际和思维的工具，它的本质特征是其工具性和人文性，语言的人文本质与语言的信息传达、认知工具的功能相关③。外语教育本身是通识教育的有机组成部分，在外语教育中需要树立通识教育的理念。

在外语教育中需要结合专业教育和通识教育的理念，不仅需要对学生进行外语专业教育，也需要对学生进行通识教育，培养学生的道德品质、社会责任感、创新能力和思辨能力。外语专业学生不仅需要精通外语知识和能力，还应该具有较强的自主学习能力、创新能力、思辨能力和适应能力，是

---

① 马筱红：《试论英美文学对大学生人文素养的影响》，载《语文建设》2015 年第 35 期，第 95 页。

② 隋晓获：《人文素质教育视阈下的大学英语教学研究》，北京·世界图书出版公司，2013 年版，第 16 页。

③ 隋晓获：《人文素质教育视阈下的大学英语教学研究》，北京·世界图书出版公司，2013 年版，第 19 页。

全面发展的高素质的人才。

在教育部提出加强大学生文化素质教育的背景下，外语教育也做出了应对，提出了 21 世纪的外语人才必须具备良好的素质。即，《关于外语专业面向 21 世纪本科教育改革的若干意见》中提出了 21 世纪的外语人才应该具有以下五个方面的特征：扎实的基本功，宽广的知识面，一定的专业知识，较强的能力和较好的素质。具体来看：

扎实的基本功主要是指外语的基本功，即语音、语调的正确，词法、句法、章法（包括遣词造句与谋篇布局）的规范，词汇表达的得体，听、说、读、写、译技能和外语实际运用能力的熟练。这是适应社会主义市场经济和科学技术发展需要的前提，也是培养复合型外语专业人才的基础。

宽广的知识面是指除了需要熟练掌握的专业知识（含外语专业知识与复合专业知识）外还需了解的相关学科的知识，可能涉及外交、外事、金融、经贸、文学、语言学、法律、新闻和科技等诸多学科领域。对于外语专业的学生来说，除了应该具备人文学科的知识外，还应具有一定的科学技术知识。各类院校可根据各自人才培养规格的特殊性有所侧重。而对非英语专业的学生来说，具备一定的英语基本技能则是一个重要方面。

一定的专业知识是指除外语专业知识之外的某一复合专业的知识，这是培养复合型人才的一个重要方面。复合专业的选择要充分考虑不同院校培养人才的不同规格，不能采用统一的模式。其内容和深度更要依据学生所学的语种、不同的生源、师资队伍等各种具体因素来确定。课程设置可以是中文开设的副（辅）修专业课，也可以是外语开设的专业、专业倾向或专业知识课程。

能力主要是指获取知识的能力、运用知识的能力、分析问题的能力、独立提出见解的能力和创新的能力。其中创新能力的培养是我国高校多年来教学工作中的薄弱环节，而分析问题和独立提出见解能力的培养又是长期困扰外语专业的难题。外语专业学生在工作中的运用能力主要指能够从事不同文化间交流与合作的能力、交际能力、协作能力、适应工作的能力、独立提出建议和讨论问题的能力、组织能力、知人处事的能力、灵活应变的能力，等等。

素质主要包括思想道德素质、文化素质、业务素质、身体和心理素质。其中，思想道德素质是根本，文化素质是基础。对于外语专业的学生来说，应该更加注重爱国主义和集体主义的教育，注重培养学生的政策水平和组织纪律性，注重训练学生批判地吸收世界文化精髓和弘扬中国优秀文化传统的能力。

上述《关于外语专业面向 21 世纪本科教育改革的若干意见》中指出对于外语专业的学生来说，应该具备人文学科的知识，也必须具备良好的素质，这里所指的素质与《关于加强大学生文化素质教育的若干意见》中的素质内容相同，即思想道德素质、文化素质、业务素质、身体和心理素质五种素质，其中文化素质是基础，文化素质主要是指人文素质教育，主要是通过对大学生加强文学、历史、哲学、艺术等人文社会科学方面的教育，同时对文科学生加强自然科学方面的教育，以提高全体大学生的文化品位、审美情趣、人文素养和科学素质。

同时《关于外语专业面向 21 世纪本科教育改革的若干意见》中提出了应该充分认识加强文化素质教育的重要性和紧迫性，从以下三个方面对加强文化素质教育的重要性和紧迫性进行了说明，加强文化素质教育不仅是时代的要求，还是我国高等教育改革的需要，是大学生全面发展的需要。

一、加强文化素质教育是时代发展的要求

随着世界科学技术的发展进步和物质财富的高速增长，社会对科学技术的极大重视和对物质利益的强烈追求，科学教育备受青睐，人文教育受到冷落，并随之带来一系列世界性的社会问题。为此，各国都在采取各种办法整合科学教育和人文教育，特别是把提高学生的人文素质作为高等教育改革的重要方面，以促进精神文明与物质文明的同步发展，建立人与自然、人与社会、人与人之间的和谐关系。加强文化素质教育正是这一时代发展的要求，是社会可持续发展对高素质人才的呼唤。

从现在的社会环境与学校环境中我们也可以感受到人文精神的缺失，在社会环境中，随着商品经济的发展，加剧了企业之间及人之间的竞争，存在着重视物质利益和逐乐享受的倾向，缺少对人文精神的关怀。在学校环境中，大部分学生都去报考学习理工科及商科等实用学科，人文学科呈现了一定的危机状态，并且在学校开设课程中，人文素质课程一般作为公选课开设，缺少对学生人文素质培养的重视。

面对忽视培养人文素质的状况，江泽民在党的十五大报告中指出："建设有中国特色社会主义，必须着力提高全民族的思想道德素质和科学文化素质，为经济发展和社会全面进步提供强大的精神动力和智力支持，培育适应社会主义现代化要求的一代又一代有理想、有道德、有文化、有纪律的公民。这是我国文化建设长期而艰巨的任务。"加强文化素质教育，也是贯彻十五大精神，促进社会主义精神文明建设的需要。文化素质不仅是个体的事情，它关乎着我们整个国家，关乎着我国的经济发展和社会全面进步。

物质文明在社会中非常重要，但是精神文明也同样重要，缺少哪一个文明的发展都不能称为和谐的社会，在实现中国梦的过程中，也需要物质文明和精神文明的共同发展。建设我国社会主义精神文明，需要加强学生的人文素质培养。

二、加强文化素质教育是我国高等教育改革的需要

以前，我国高等教育存在着单科性院校较多，文理工分家，专业设置过窄，单一的专业教育思想和教育观念突出，功利导向过重，忽视文化素质教育等问题。研究解决这些问题，是当前高等教育改革的重要任务之一。在这特定时期提出并实施加强文化素质教育，不仅符合高等教育改革的要求，而且有助于推动教育思想和教育观念的转变与更新，也有助于推动教学改革的不断深化。

当今时代下，出现了知识爆炸与多元化发展的形势，与专业人才相比，更需要具有多种知识背景的复合型人才，现在需要的人才不是需要具有某一学科的知识或技能的专业型人才，而是需要同时拥有良好的人文素质和专业素质的复合型人才，我们的专业教育要顺应这种形势，改变传统的教育思想和教育观念，推动现在专业教学的改革。

三、加强文化素质教育是大学生全面发展的需要

加强文化素质教育，有利于使大学生通过文化知识的学习、文化环境的熏陶、文化活动和社会实践的锻炼，以及人文精神的感染，升华人格，提高境界，振奋精神，激发爱国主义情感，成为"四有"人才；有利于大学生开

阔视野，活跃思维，激发创新灵感，为他们在校学好专业以及今后的发展奠定坚实的文化基础和深厚的人文底蕴；有利于培养基础扎实、知识面宽、能力强、素质高的人才。因此，加强文化素质教育，从更深的层面和更综合的角度体现德、智、体全面发展的要求，是新形势下全面贯彻党的教育方针的重要举措。

人是理性思维和感性思维的统一体，也是科学精神与人文精神的统一体，学生不仅需要有良好的理性思维和科学精神，也需要有较高的理性思维和人文精神，追求理性和感性的和谐发展，是人全面发展的需要，也是作为人的本质。

不仅如此，《关于加强大学生文化素质教育的若干意见》中还提出加强文化素质教育，是一种新的教育思想和观念的体现，不是一种教育模式或分类。因此，各高等学校要确立知识、能力、素质协调发展，共同提高的人才观，明确加强文化素质教育是高质量人才培养的重要组成部分，必须将文化素质教育贯穿于大学教育的全过程，进而实现教育的整体优化，最终达到教书育人、管理育人、服务育人、环境育人的目的。

加强大学生文化素质教育需要各个层面的努力，首先需要学校的努力，学校是进行教育的重要场所，各高等学校要清楚地认识到当今形势下加强人文素质教育的重要性与紧迫性，改变传统的教育思想与教育观念，充分重视人文素质教育，通过各种方法与途径加强培养学生的人文素质。

第二节　朝鲜语专业人文素质培养的思路与措施

国内的朝鲜语教育不仅需要认识到加强朝鲜语专业学生文化素质教育的重要性与必要性，更重要的是应该研究出行之有效的措施切实加强朝鲜语专业学生的文化素质教育，最终提高学生的人文素质。

朝鲜语专业应该回归人文学科本位，致力于重点培养人文通识型、复合型人才。《关于加强大学生文化素质教育的若干意见》还提出了加强文化素质教育的多种途径与方式，即第一课堂和第二课堂结合、将文化素质教育与专业教育结合、加强校园人文环境建设和改善校园文化氛围、开展各种形式的社会实践活动。

一、第一课堂和第二课堂相结合

第一课堂和第二课堂相结合，是提高大学生文化素质的重要途径。第一课堂主要是开好文化素质教育的必修课和选修课，对理、工、农、医科学生重点开设文学、历史、哲学、艺术等人文社会科学课程；对文科学生适当开设自然科学课程。所开课程要在传授知识的基础上，更加注重大学生人文素质和科学素质的养成和提高。第二课堂主要是组织开展专题讲座、名著导读、名曲名画欣赏、影视评论、文艺会演、课外阅读、体育活动等丰富多彩的文化活动，以丰富学生的课余文化生活，陶冶情操，提高文化修养。

我们的朝鲜语专业需要重新审视一下现在第一课堂开设的专业课程与选修课程，保证所开设的课程有利于学生人文素质的提高。学生在第一课堂内的学习是有限的，不能把全部的希望都寄托在第一课堂之内，在做好第一课堂的同时，也要努力地搞好第二课堂。

朝鲜语专业可以组织开展韩国文化、韩国文学、中韩文化对比等专题讲座，让学生在第二课堂接受中外人文浸润。可以引导学生成立各种兴趣爱好小组，举办读书会、影视鉴赏活动等，让学生自主开展人文教育活动，培养学生对各种活动的兴趣，最终提高学生的人文素养。

二、将文化素质教育贯穿于专业教育始终

专业课程和实践课程中蕴含着丰富的人文精神和科学精神，教师在讲授专业课时，要自觉地将人文精神和科学精神的培养贯穿于专业教育始终，充分挖掘和发挥专业课对人才文化素质养成的潜移默化作用，真正做到教书育人。同时，也要把文化素质教育的有关内容渗透到专业课程教学中，使学生在学好专业课的同时，也提高自身的文化素质。

朝鲜语专业学生在大学内的课程中专业课程占据主导地位，加强朝鲜语专业学生的人文素质教育要重视与专业教育的结合，应该将人文素质教育贯穿在专业教育之中，在培养学生专业素质的同时培养学生的人文素质，在基础朝鲜语、朝鲜语阅读、韩国文化、韩国文学等专业课的教学过程中，注重专业教育与人文素质教育结合，提高学生的人文素质。

尤其应该重视对学生进行韩国文学的教育。文学是语言的艺术，又是艺术的语言。文学语言是语言运用的最高层次，文学文本是最好的阅读材料。语言学习的首要目的是培养交际能力，而这种交际能力不仅限于对于目标语言的听说，更重要的是体现在学生的跨文化交际能力和综合人文素养能力上[①]。学生阅读韩国文学作品，体验其中的人文精神与情感，增强文化包容精神，提高情感沟通力与人文情怀。

文学素质本身就是一种人文素质。学文学不仅是学语言的最佳途径，更是素质教育和人文精神培养的有效途径。文学课为学生提供了一个良好的阅读和思考的场景，通过将人类优秀文化成果内化为青年人相对稳定的内在品质，促进其情感智慧的提升。同时文学鉴赏水平也是一个人成熟的标志之一，文学修养是青年人应具备的一项基本素质，具备这方面素质的青年人，在跨文化交际活动中应具有更强的业务能力和亲和力[②]。韩国文学作品中蕴含着丰富的人文情感与人文精神，学生通过韩国文学教育可以洞察人的精神，体验人的情感，熟悉人与人、人与自然、自然与自然的关系，从而不仅积累人文知识，提高人文能力，最重要的是形成人文精神。

三、加强校园人文环境建设，改善校园文化氛围

校园文化对于学生陶冶情操、砥砺德行、磨炼意志、塑造自我具有重要作用。因此，各高等学校必须重视校园人文环境建设，创建良好的校园文化环境。校园的整洁和绿化，明确校训和行为规范，做好人文景点、教室与实验室布置、图书资料建设等，要有利于形成一种良好的学术和文化氛围。同时，学校要与当地政府一起，共同治理好周边环境，提高社会环境的文化层次，使大学生从中受到感染，得到熏陶。

大学生主要的活动在校园内进行，学校要加强校园文化建设，营造一种学术和文化氛围，在校园内开设文化角等，让学生参与文化建设活动，并沉浸在一种校园文化氛围中。朝鲜语专业可以建设文化教室，拓展学生的人文

---

① 马筱红：《试论英美文学对大学生人文素养的影响》，载《语文建设》2015 年第 35 期，第 96 页。

② 王玉：《英美文学教学改革的深化与人文精神的回归》，载《教育研究与实验》2009 年第 S1 期，第 6 页。

知识，在学生学好专业知识的同时，提高人文素质。

四、开展各种形式的社会实践活动

大学生参加社会实践活动，是加强文化素质教育的重要方面。因此，要重视大学生的社会实践活动，要有计划地组织学生参观校内外的人文景点、历史博物馆、自然科学博物馆，参加社会调查、访谈等活动，参与社会服务工作，使学生在实践中提高自身的行为修养。

学生的主要学习活动场所在学校，但是学生不能只局限在校园内，要积极参加社会实践活动。学生不仅需要掌握各种人文知识，而且还需要具体实践这些知识。除了组织学生参加各种文化活动外，还应该积极组织或引导学生参加社会服务工作，让学生充满人文关怀，成长为一个有健全的人格的人。

《关于加强大学生文化素质教育的若干意见》指出以上各种途径与方式，各高等学校可以根据本校的实际情况，学习和借鉴试点高校的经验，采取行之有效的途径与方式，并在实践中积极探索，不断总结完善，将加强文化素质教育工作逐步引向深入。针对加强大学生文化素质教育的要求，国内的朝鲜语专业要顺应时代要求，通过一系列途径与方法对朝鲜语专业学生进行人文素质教育，除了上述几种措施外，朝鲜语专业还要做好以下几个方面，提高朝鲜语专业学生的人文素质。

（一）加强师资队伍建设

加强文化素质教育需要有一大批思想素质好，业务水平高，教学经验丰富的专兼职教师。应积极采取措施，建设一支适应加强文化素质教育需要的教师队伍。教育部将有计划地组织举办加强文化素质教育师资讲习班、研讨班，各校也应采取各种形式培训教师，以提高现有教师的学术水平与文化修养。要继承和发扬教师的敬业精神，发挥教师的表率作用，使其达到言传与身教的统一。学校要关心教师的工作和生活，为他们从事文化素质教育提供必要的工作条件。

教师是人文素质教育的主导者，在人文素质教育中发挥着重要作用。加强朝鲜语专业学生人文素质培养需要一批高质量的师资队伍，这些师资队伍既要有深厚的朝鲜语专业知识与能力，还要有人文社科领域专业知识。从国家、学校层面来看，要加强教师师资的培养、教师培训，提高教师的教学水平，从教师个人层面来看，教师要不停地学习与研究，促进自己的专业发展。教师专业发展就是教师不断成长、不断接受新知识、提高专业能力的过程。它包含教师在从教生涯过程中提升其工作的所有活动。在这一过程中，教师通过不断的学习、反思和探究来拓宽其专业内涵、提高专业水平，从而达到专业成熟的境界。教师专业发展强调教师的终身学习和终身成长，是职前培养、新任教师培养和在职培训，直至结束教职为止的整个过程[1]。教师专业发展贯穿于教师整个职业生涯中，教师要不断接受先进的教学思想与教学理念，积极转变自己的思路，真正做到教书育人。

朝鲜语专业教师不仅要做好科研工作，也要做好教学工作，不断提高自己的专业素质。吴一安认为优秀外语教师的专业素质框架由四个维度构成：外语学科教学能力、外语教师职业观与职业道德、外语教学观和外语教师学习与发展观。外语学科教学能力融外语知识、运用能力与教学能力为一体；学科教学能力含学科知识和教学知识；外语教师职业观与职业道德是教师精神生活的组成部分，是构成他们专业素质框架的重要维度；外语教学观包含学生、教师和外语三个方面，其中学生是教学的主体，外语是客体，教师帮助学生把握客体，是主客体之间的媒介，教师对学生、对外语和对"教"与"学"的认识和信念构成他们的教学观。热爱教学、热爱教师职业、有使命感、喜欢外语等是教师学习与发展的内在动力，起决定性作用[2]。朝鲜语专业教师要不断提高自己的学科教学能力，树立正确的教师职业观与职业道德、外语教学观，并且要坚持不断进取的学习与发展观。在高速发展的现代社会中，积极接受先进的教学理念，在教好专业课的同时还要注重培养学生的人文素质，把专业教育与人文教育结合起来。另外，教师还要做好科研工作，研究人文素质教育的手段与方法。

（二）加强教材建设

高水平的文化素质教育，必须有高质量的教材作保证。教育部将组织国

---

① 卢乃桂、钟亚妮：《国际视野中的教师专业发展》，载《比较教育研究》2006 年第 2 期，第 72 页。

② 吴一安：《优秀外语教师专业素质探究》，载《外语教学与研究》2005 年第 3 期，第 202—204 页。

内知名专家编写有关教材。各省份也可以根据不同类别、不同层次的学校的要求，自行组织高水平的专家编写一些好的教材。有条件的学校也可以自己组织力量制定必读书目，编写必要的导读教材。教材建设一定要保证质量，特别应注意教材的导向性，宁缺毋滥。

教材是教学的重要组成部分，教学围绕着教材展开，教材引导着教学工作的开展，朝鲜语专业教育从事者应该从专业现实出发，开发及编纂人文素质教育教材。教材可以是专门针对朝鲜语专业的教材，也可以是与朝鲜语专业教材结合的教材。教材应该以建构主义、对话主义理论为指导，真正做到以学生为主体，切实提高学生的人文素质。

（三）加强对人文素质教育的研究

做好人文素质教育，需要教师及研究者加强对人文素质教育的研究，研究要先行，来引导人文素质教育的教学实践。在全国高校中开展加强文化素质教育工作，会遇到许多理论问题和实践问题，需要进行认真研究。各校要从实际出发，根据文化素质教育的要求，加强文化素质教育的理论和实践问题的研究。特别要重视文化素质教育对改革教育思想、教育观念和人才培养模式的作用，文、理、工、农、医、师范等各类大学生文化素质教育的培养目标、考核与评价方法，文化素质教育和"两课"教育的关系等问题的研究。承担文化素质教育研究的课题组要尽快拿出切实可行的方案和教材，供各校参考。各校也可以根据自己的情况研究制定大学生文化素质教育的目标要求、实施途径和评估方法。要通过对文化素质教育理论和实践问题的研究，取得一批高质量的研究成果，指导文化素质教育的深入开展，提高文化素质教育的水平。

朝鲜语专业教师及研究者应该关注朝鲜语专业学生人文素质教育研究，探讨朝鲜语专业教育与人文教育结合的途径及方法，开发提高学生人文素质教育的手段、方法等，指导具体的人文素质教育教学实践。朝鲜语专业应该确立韩国文学、文化研究的学科主导地位，与此同时积极向其他相关人文学科领域拓展。胡文仲等提出人文教育同时也应该体现在教学方法和教学模式上，外语专业应该在教学中特别强调学生对于原著的阅读和批评能力的培养，知识面的扩展固然重要，更加重要的是研究能力的培养和思想境界的提升。这就要求教师在教学中更加重视师生互动，重视启发式教学，重视讨论与辩论，重视学术性写作，重视研究方法的训练①。朝鲜语专业教师应该致力于学生人文素质培养的研究，积极探索、研究人文素质教育模式与方法，在具体的教学过程中，验证各种教学方法与模式，在发现问题的同时改善教学方法与教学模式，建构完善的培养学生人文素质的教学方法与教学模式，培养学生的综合素质。

人文素质教育不仅是国家、社会发展经济、加强精神文明建设的需要，也是个人全面发展的需要，朝鲜语专业应该在做好专业教育的同时加强人文素质教育，培养综合素质的人才。

---

① 胡文仲、孙有中：《突出学科特点，加强人文教育》，载《外语教学与研究》2006 年第 5 期，第 246 页。

第四章　韩国现代诗教育与创新教育

创新是一个民族的灵魂，是推动社会进步与发展的动力。高校教育尤其要注重培养学生的创造力，让学生具备良好的创造性思维。《关于外语专业面向 21 世纪本科教育改革的若干意见》（以下简称《意见》）中提出了 21 世纪的外语人才必须具备五个特征，其中较强的创新能力是 21 世纪的外语人才非常重要的素质，同时《意见》也指出，创新能力的培养是我国高校多年来教学工作中的薄弱环节，《意见》还在肯定外语专业教学取得的成绩的同时，指出了面对 21 世纪的挑战我国外语专业本科教育存在的五项问题。具体来看，取得的成绩有：自新中国成立以来，我国的高校外语专业教学已经走过了近 50 年的历程，取得了令人瞩目的成绩。广大外语教育工作者尽心尽力，不倦地探索专业外语教学的规律，寻求符合我国实际情况的教学方法，编写出了一系列具有中国特色的外语专业教材，为我国的外交、经贸、金融、文化、教育、新闻、科技、军事等部门培养了一大批高水平的外语专业人才，为我国的对外交往和社会主义建设做出了积极贡献。

我国外语专业教学在取得以上成绩的同时也存在以下五项问题：

思想观念的不适应。改革开放为我国的外语专业教育提供了极好的发展机遇。多年来，由于生源以及毕业生就业分配的状况都比较好，所以社会上一直把外语看成是热门专业。这就导致了外语院系的领导和教师缺乏危机意识，对于外语专业本科教育的改革缺乏紧迫感。

人才培养模式的不适应。最近进行的一次问卷调查证明，参加此次调查的国家部委、国有企业、外经贸公司、部队和教育部门对于单一外语类毕业生的需求量已降至较低水平，而期望外语专业本科生具有宽泛知识的则占 66%。

课程设置和教学内容的不适应。由于外语专业的单科特征，多年来我国的外语专业在课程设置和教学内容安排中普遍忽略其他人文学科、自然学科等相关学科的内容，教学内容和教材知识结构单一，内容陈旧老化。在问卷调查中，无论是用人单位、毕业生还是在校生最不满意的课程恰恰是外语专业专业课之外的公共必修课和选（辅）修课，满意率仅占32.3％和38.3％。

学生知识结构、能力和素质的不适应。由于课程设置和教学内容的局限，外语专业的本科学生往往缺乏相关学科的知识。在语言技能训练中往往强调模仿记忆却忽略了学生思维能力、创新能力、分析问题和独立提出见解能力的培养。参加问卷调查的80％的外语专业毕业生都承认缺乏良好的身心素质，以致在工作中心理承受能力、协同工作的能力都比较差。

教学管理的不适应。高校外语专业本科教育往往不恰当地强调其系统性，也没有实行真正的学分制，这种教学管理模式背离了因材施教、鼓励学生的个性发展以及早出人才、快出人才的原则。

以上这些问题的存在无疑会影响21世纪外语专业人才的培养，因此外语专业本科教育的改革已成为当务之急，其中外语专业教学存在的一项重大问题是学生知识结构、能力和素质的不适应，外语专业在语言技能训练中往往强调模仿记忆却忽略了学生思维能力、创新能力、分析问题和独立提出见解能力的培养。这就要求我们外语教育首先要从思想上重视对学生创新能力的培养，然后根据具体的学校、专业、学生特点提出培养学生创新能力的教学方法和教学手段，最终把外语专业学生培养成具有较强的创新能力的人。

《意见》中也提出必须进行外语专业教学方法和教学手段的改革，21世纪外语专业人才的培养目标和培养规格以及教学内容和课程建设的改革都需要通过教学方法和教学手段的改革才能得以实现。尽管教学方法和教学手段的改革有多种途径，但以下的原则应该是共同的：教学方法的改革应着眼于培养学生的创新精神和创造能力，应强调学生的个性发展；在外语教学中模仿和机械的语言技能训练是必要的，但一定要注意培养学生的分析、综合、批评和论辩的能力以及提出问题和解决问题的能力；我们外语专业教学需要注重学生专业能力的培养，但是不能只注重培养学生的外语能力，必须在对学生进行专业教育的同时培养学生的创新精神和创造能力，把创新精神和创造能力的培养贯穿于整个专业教育的始终。

第一节　韩国现代诗与创新教育的理论背景

新形势下，对学生的综合素质有了更高的要求，其中创新能力一直是综合素质的重要部分，外语专业学生在这种新形势下也不能例外，如何在提高外语专业学生语言能力的同时提高学生的创新能力是我们外语专业教育必须要解决的问题。

在外语教育中，尤其是朝鲜语教育中，诗教育一直因为各种原因被忽视。究其原因，首先，对诗的误解，一般认为诗由于其晦涩性、抽象性等特点在教育过程中存在难度；其次，现在朝鲜语教育主要关注听、说、读、写实用技能的应用教育，而忽视了作为教育本质的素质教育。本节从诗文本解释的开放性视角，将探讨通过韩国现代诗教育提高朝鲜语专业学生的创新能力。

一、创造力概念、特征及培养

创新教育的目的是培养学生的创造性思维，提高学生的创造力。创造力是推动人类进步的动力，有关创造力的研究很多，但是至今没有形成一个公认的关于创造力的定义。张增常等（2002）对国内有关创造力的定义进行了整理，主要包括以下几种：

创造是指人们在各种社会实践中，充分利用自己的聪明才智，发现新事物，研究新问题，解决新矛盾，开拓新道路，产生新思想、新理论、新产品、新创作，以满足人类社会物质生产和精神生产的需要而从事的推动社会发展的活动过程。

创造是人们将其潜在的创造力转换成现实的创造力，并把它运用到政治、经济、科学、技术、艺术等各种领域，产生出科学的、新颖的且有社会意义的精神或物质产物的过程。

创造是人们潜在的创造才能，在一定的环境里，得到充分解放，并作出新的贡献的一种行为[①]。

---

① 张增常、朱元镇：《创造力开发与培养》，北京·中国建材工业出版社，2002年版，第3页。

以上关于创造力的定义虽然各自描述不同，但同时都强调了三个层面：

首先是都认为创造力需要发挥人们的潜能，即创造力存在于人的潜能中，这就说明可以通过一定的教育手段来激发学生的潜能，培养学生的创造力。

其次是创造力是产生出新的东西，发挥创造力的结果是生产出新的精神或物质产物，这就说明发挥创造力的结果不仅仅是生产出有形的物质产物，也包括生产出无形的精神产物。创造力是推动人类物质文明与精神文明进步的动力。

最后是发挥创造力具有社会意义，最终推动社会的发展。创造力具有社会意义，这也是我国教育重视培养学生创造力的原因，培养学生的创造力的目的是通过发挥创造力推动社会主义社会的发展，促进社会主义文明的进步。

由以上创造力的各种定义及特点来看，创造力是一种潜能，可以通过教育来培养学生的创造力，创造力对于我国社会发展至关重要，我们朝鲜语教育必须重视培养学生的创造力，为此必须构建有效的教育方法。

二、韩国现代诗的形象与创造力

诗的本质是形象，诗通过形象来表现世界，我们在阅读诗的时候是通过诗中的一个个形象来感受、想象诗的世界，也就是主要通过形象思维来阅读诗，阅读诗发挥形象思维可以培养学生的创造力与创新精神。

人的思维分为理性思维和感性思维，形象思维是感性思维，不同的学者对形象思维的概念及特点进行了不同的表述，形象思维是在对形象信息传递的客观形象体系进行感受、储存的基础上，结合主观的认识和情感进行识别（包括审美判断和科学判断等），并用一定的形式、手段和工具（包括文学语言、绘画线条色彩等）创造和描述形象（包括艺术形象和科学形象）的一种基本的思维形式。形象思维不同于逻辑思维，具有多环节性、思维信息的形象性、思维内容的多维性和思维结果的跳跃性等特点[1]。

多环节性。形象思维的过程是由形象思维的感受、储存、识别、创造和形象的描述等多个环节构成的，它是一种由感受器官、脑神经系统和形象描述的生理器官联合在一起的复杂综合的活动过程。

---

① 杨春鼎：《形象思维学》，北京·中国科学技术大学出版社，1997 年版，第 13—19 页。

形象性。形象思维的第二个特点是思维信息的形象性，具体来说，在形象思维活动中，始终不脱离对传递显示形象体系的形象信息的加工。形象思维不能离开形象信息，不能孤立用抽象的概念符号作为形象思维的思维单元，而要用表象和意象进行思维。

多维性。形象思维的第三个特征是思维内容的多维性。人类运用形象思维的形式，总是从整体上去感受、储存、识别形象，从整体上去创造并描述对象。

跳跃性。形象思维还有一条基本特征，是思维结果的跳跃性，形象思维的创造与描述的过程，常常是大跨度的、跳跃式进行的。

还有一种概念说的是形象思维是表象运动的过程，是一种心理过程，主要有形象性、整体性、概括性、跳跃性、直觉性、非语言性和富有情绪色彩[1]。形象性，整个形象思维过程是形象性的，离不开丰富的形象；整体性，形象思维是把一个完整的表象作为一个单位来处理的；概括性，在思维活动过程中，通过多次对表象的比较，可以抓住事物的基本特征和本质；跳跃性是形象思维的又一个特点，逻辑思维是一步一步地有顺序地推下去的，是线型的，而形象思维没有一定程序，是跳跃的、发散的，是属于平面的、二维的；直觉性，形象思维的直觉性是指对事物的识别、判断，不是以规定的程序、步骤一步一步地做出，而是瞬间做出的；非语言性，形象思维是对表象的加工改造，而表象是没有语言的，表象的运动也同样没有语言；富有情绪色彩，认识是主体对客观世界的反映，情感是主体对客观事物的态度的体验。

以上两种概念都认为形象思维是通过形象来进行思考的思维方式，对形象地位的特点概括也有共同点，那就是都认为形象思维表现出形象性、跳跃性的特点，这与创新能力、创造力有很大的类似性，创造力的特点是要求学生不墨守成规，思维要有跳跃性。发挥思维能力的跳跃性，才能创造出不同于常规的东西、崭新的东西。

也有说法认为，形象思维不仅具有形象性、跳跃性的特点，还具有想象性、情感性的特点。形象思维是创新智能系统的核心要素，形象思维具有形

---

[1] 温寒江、连瑞庆：《开发右脑——发展形象思维的理论和实践》，杭州·浙江教育出版社，1997年版，第44—50页。

象性、想象性、情感性、顿悟性等特点①。

形象性。形象性是形象思维的根本特征，它指的是，整个形象思维过程中自始至终都离不开具体的形象。这是与抽象思维根本区别之处，抽象思维完全凭借概念、判断、推理等逻辑形式进行思维，概括出对事物本质的抽象认识。但形象思维则凭借形象进行思维，由浅入深地一级级选择与提炼，把形象不断深化与丰富，直至形成丰满的、多样化统一的立体的典型形象，从而反映出生活的具体本质。形象思维中的形象，是具体的形象，又是变动的、发展的形象。

想象性。想象性也是形象思维的重要特征。它是指整个形象思维过程始终伴随着想象。形象思维中的形象之所以形成与丰满，都需要想象。形象思维的想象，是超越时间与空间的想象，还包含了由此一形象向别的形象的联想。

情感性。情感性也是形象思维的重要特征，它是指形象地位过程始终渗透着作者的强烈情感。

形象思维的想象性与情感性也与创造力具有密切的关系，创造力的发挥伴随着丰富的想象力。

顿悟性。顿悟性也是形象思维的重要特征。顿悟，就是灵感，它是指形象思维过程常会迸发灵感。

形象思维通过创造真实而感人的艺术形象来反映生活，揭示社会生活的有关本质与规律②。艺术教育的认识功能与审美价值建立在形象思维的基础上，使教育具有情感性与高效性。通过对学生进行文学教育可以提高学生的创造力。培养学生的创造力需要明确创造力的特点，创造力是以人的右脑的形象思维和想象力为核心的一种认知能力。创造力的本质与核心就是形象思维和想象。近年来，对割裂脑的研究发现，左侧脑主要负责语言、阅读、书写、数学运算、逻辑推理等心理活动；而右侧脑则主要负担形象思维活动，左侧多担负抽象思维活动。胼胝体约有 2 亿根神经纤维，每秒钟可以传导双侧脑之间的 40 亿个冲动，所以，艺术家在创作过程中抽象思维和形象思维的频繁交替活动，是有其物质基础的。艺术教育可以开发人的右脑，开发右

---

① 何邦泰、焦尧秋：《形象思维学概论》，南宁·广西人民出版社，1989 年版，第 9—13 页。

② 何邦泰、焦尧秋：《形象思维学概论》，南宁·广西人民出版社，1989 年版，第 1 页。

脑可以提高人的智力水平[①]。文学，尤其是现代诗主要是通过形象来表达情感，诗教育可以促进朝鲜语专业学生的创造力。

三、韩国现代诗的开放性与创造性思维

诗教育可以培养学生的创造力与创新精神，不仅与诗的形象相关，也与诗的开放性紧密相连。文学具有创造性，文学的生命力在于创造，在于作品的艺术个性，文学作品的多义性、多层性正是学生创造性思维生成的沃土。阅读文学作品，文学意义的生成过程不是被动地接受过程，而是读者的再创造过程。文学教育中创造力的培养正是建立在文学多义性基础上的发现、反思与表达。发现是极为重要的创造品质，文学是感性的，它要求读者以一颗敏感而善良的心去发现生活的美，发现作者的创造，从这个意义上说，文学教学的过程必须尊重学生自身对文学作品的整体感受，从学生的阅读心理出发，从文本内在的意象与形象出发，把学生的思维、情感、精神由单一、单调引向丰富、多元[②]。作品是作家的创造成果，读者在阅读这种创造成果的时候不仅可以感受、领略、体会作家作品的这种创造性，同时读者也需要发挥自己的创造力去构建文学作品的意义。

诗不同于小说、散文，具有作为诗的独特特点。首先，诗最大的特点是含蓄性，诗的语言凝练，主要通过意象来表现思想，这就决定了诗具有强烈的含蓄性。诗的这种含蓄性往往使学生，尤其是外国学生在理解时具有一定的难度，但是这也决定了诗的开放性。学生在阅读诗的时候，每个人根据自己背景知识会对意象、诗文本语言、结构有不同的认识，因此诗具有开放性。这与解构主义文本观一致，解构主义文本观认为文本是开放的，并不是一成不变的，阅读与理解文本的过程永远是真理与谬误的交缠。每一次阅读诗文本总会有不同的认识，多角度、多方位地阅读现代诗文本，可以激发学生的创造力。

其次，诗通过多种修辞方法来表现思想，象征、比喻等是诗中经常出现的修辞，诗人通过多种修辞手法来表达情感、思想，创造诗的世界。象

---

① 朱晓峰、冯秋季：《当代大学生人文素质教育与培养》，长春·吉林科学技术出版社，2005年版，第286页。

② 黄耀红：《文学教育的价值追求与理念建构》，载《湖南城市学院学报》2007年第1期，第98页。

征、比喻能够激发人的想象力、创造力，学生阅读诗有利于培养学生的创造力。

最后，诗结构具有独特性。诗不同于小说、散文的最明显之处是结构的独特性，诗一般由诗句、诗联组成，诗句、诗联之间具有跳跃性，这要求在阅读诗的时候需要发挥想象力来建构诗的意义，想象是人们在头脑中，把原有表象加工改造成为新的表象的思维方法。想象主要分创造想象和再造想象。创造想象是不依现成的语言描述或图像而独立地创造出新表象的思维过程。想象的过程往往有综合分解、组合、类比、联想等多种思维方法[①]。因此学生在阅读具有多义性、开放性、跳跃性的诗的时候可以充分发挥想象力，形成创造性思维。

第二节　通过现代诗进行创新教育的实践

如前所述，韩国现代诗教育可以培养学生的创造力与创新精神，让学生形成创造性思维，这与韩国现代诗自身的形象性特点与开放性特点相关。本节中选取代表性的韩国现代诗文本构建创新教育教学方法。

通过韩国现代诗对朝鲜语专业学生进行创新教育首先需要选择恰当的韩国现代诗文本，这就需要制定一定的诗文本选择标准。首先要选取具有教育价值的诗，尤其被多次选入韩国基础教育教科书中具有很高的教育价值的诗。其次要选择反映人类普遍感情的诗，这类诗超越国界、时空，在不同的时期对不同的人都可以唤起人的情感，朝鲜语专业学生在阅读这种诗时可以发挥想象力，进行建构。

文学批评文本作为高级读者批评家的阅读产物，可以深化学生对韩国现代诗的理解。因此选取合适的文学批评文本至关重要，在选择文学批评文本的时候要考虑文本的难易度、观点的多样性，批评种类的多样性。

首先，朝鲜语专业学生受到朝鲜语能力的限制，需要在批评语言上进行考虑，选择文字简单、表达清晰的文学批评文本。

其次，在选择文学批评文本时，要选择具有不同观点的文学批评文本，

---

① 温寒江、连瑞庆：《开发右脑——发展形象思维的理论和实践》，杭州·浙江教育出版社，1997年版，第62页。

这样可以让学生接触更多的批评观点，在与批评观点碰撞的过程中，激发自己的想象力与创造力，构建出更深刻的诗文本意义。

最后，要选择不同种类的批评文本，文学批评分为多种，关注诗文本自身的新批评，关注诗的社会文化背景的社会文化批评，关注读者的自由的接受美学与读者反应批评等。在选择批评文本的时候，要选择不同种类的批评文本，让学生了解建构诗文本意义的多种视角。

一、韩国现代诗的形象性与创新教育教学方案

本节中选取了韩国现代代表性诗人李箱的《乌瞰图》之《诗第一号》作为教学文本，这首诗通过一个主要的形象"孩子"来表现了一种恐惧。下面是诗全文。

乌瞰图　诗第一号

十三个孩子在马路上疾走

（路是死胡同也好）

第一个孩子说恐怖

第二个孩子也说恐怖

第三个孩子也说恐怖

第四个孩子也说恐怖

第五个孩子也说恐怖

第六个孩子也说恐怖

第七个孩子也说恐怖

第八个孩子也说恐怖

第九个孩子也说恐怖

第十个孩子也说恐怖

第十一个孩子说恐怖

第十二个孩子也说恐怖

第十三个孩子也说恐怖

十三个孩子是让人恐怖的孩子和恐怖的孩子的集合

（没有别的事反而更好）

其中一个孩子是恐怖的孩子也好

其中两个孩子是恐怖的孩子也好

其中两个孩子是感到恐怖的孩子也好

其中一个孩子是感到恐怖的孩子也好

（路是死胡同也好）

十三个孩子即使不在路上疾走也好

《朝鲜日报》，1934.7.24

这首诗出现了从 1—13 的数字，其中 13 这个形象引起了很多学者的关注，这首诗中《诗第一号》相关的研究主要是关注 13 这个数字，至今为止，13 这个数字被解释为多种意义，如《最后的晚餐》中 13 人（林忠国）、处于危机中的人们（韩泰石）、无数人（杨熙石）、解体中的自我分身（金娇善）等。但是这些解释无一例外都依赖文本外的因素，因为多少隐藏着解释有谬误的可能性。当然所有的诗作品都面向读者开放，不可避免地存在着随意解释或者不合理的成分。但是即便如此，应该首先对文本体系内的意义结构进行精密的分析，在此之后赋予一定的读者意义。

那么《诗第一号》的文本世界中 13 这个记号具有什么意义呢？首先在数学想象力的层面上对其意义进行解释，13 是除了 1 和自己之外没有任何公约数的素数，素数是不能被其他自然数分开的数字，因此这种数字具有同一性，一定要对这个数字进行分开的话，那就重新回到原点，在这一点上这个数字是不安的数字。在这一点上 11 也具有相同的特点，并且 11 在 10 进制上，与 13 在 12 进制上相同，都具有不安性。我们把《诗第一号》的数字排列不从 1—13 进行连接，从 10—11 分开，从第 11 个孩子开始到第 13 个孩子组成了新的一联，这是为什么呢？这分明是通过不安的数字符号来强调内心的高涨的不安，这里面必定隐藏着作者这种创作意图[①]。这首诗主要通过 13 个孩子的恐惧来表现当时殖民地时期人们内心的恐惧。

教师引导学生关注 13 个孩子的形象，学生通过诗中表达的数字来联想、想象诗中描述的恐惧场景，在学生想象的过程中发挥创造性思维，构建不同

---

① ［韩］金同勤：《〈乌瞰图〉的作诗逻辑和文本意义》，载《现代文学理论研究》2001 年第 15 卷，第 36 页。

的意义。

除了诗中的数字以外，这首诗的题目是《乌瞰图》（作者故意将"鸟瞰"写成"乌瞰"），鸟瞰图是建筑学上的一个概念，意思是指从上空俯视地面，从这个意义上来看，上面诗中主人公通过鸟瞰图的视线，在俯视处于殖民地近代化过程中的朝鲜。在李箱的《乌瞰图》中，通过建筑设计的透视角度，在审视这个世界，这里面隐藏着再构人为几何学上的对象的意图。他通过这种鸟瞰来反映近代殖民地的实际情况，帝国主义主体强迫被殖民主体来接受自己的文明规范。为了有效地管理殖民地，让殖民地人们接受自己的方式。但是，这两个主体不能完全相同，虽然相似，但是不能完全相同，这里面存在这种矛盾。被殖民主体虽然带有被慢慢同化为殖民主体的幻象，但是绝对不能实现，所以在这个过程中会经历挫折。霍米·巴巴（Homi K. Bhabha）提出捕捉这种矛盾性，引起殖民支配理论的失衡，从而揭示对殖民的反抗。

霍米·巴巴在拉康理论的基础上提出了混杂性（hybridity）的概念，他非常关注两种异质文化混合中必然发生混杂的情况，提出了被殖民主体的形成过程和反抗的可能性。帝国主义者通过强迫被殖民地人们接受殖民主体的文化来实现他们的殖民，但是殖民地不能完全与殖民者相同，只是模仿他们，这破坏了殖民地文化的纯粹性。即，殖民地的文化与殖民主体的文化不同的部分会混杂在一起，这也破坏了殖民者的权力和文化。

霍米·巴巴提出文化的混杂性包含着反抗的可能性。也就是说，在模仿帝国主义文化的殖民地文化中必然混杂着非帝国主义的土著因素，正是这种因素是反抗帝国主义支配的有效方式。李箱的文本极大地反映了这种双重性和混杂性。

在李箱的文本中试图通过隐喻来产生新的意义，通过把两个不同的事物放置在一起进行对比，来创造新的意义。李箱通过暴力连接两个异质对象，来反映不能同化的近代殖民地的属性，从而对其进行批判和间接反抗。这也就是阿多诺所谓的"从世界的隔离和对主体性的重视"，即，内化的间接化方式，通过内面的后退来表现外面的真相的方法。

李箱的文学在抵抗同一性的蔓延上实现了美的胜利。摇摆的主体位置与在殖民地理论中引起失衡的策略相关，殖民理论本质上是以具有优越性的支配者的统一性或单一性为前提的，因此支配主体单方面对被支配者行使殖民权，但是双重性意识给被殖民者提供了否定殖民理论内在一贯性的依据①。从题目《乌瞰图》的形象出发，可以得出这首诗不同的意义。

诗中描述的场景是俯视殖民地时期的社会状况，通过鸟瞰当时的社会，表现当时社会恐怖的气氛与殖民地的黑暗，通过恐惧的孩子形象来反映了当时的社会气氛。学生通过"鸟瞰图"这个形象来想象当时的黑暗与恐怖气氛，殖民者为了加强殖民统治，一般采取同化政策，意图消灭当地的文化，在殖民地推行自己的文化，但是殖民地文化不会消失，这就出现了殖民者文化与殖民地文化的混杂，这种混杂性是对殖民者文化的反抗，学生可以在这个角度对《乌瞰图》诗进行解读，构建不同的意义。

另一个诗中的形象是题目中的"鸟"的形象，李胜勋指出，从文字上考察《乌瞰图》之《诗第一号》具有的诗意义的主张都停留在"指示意义论"的范畴之内，他的这种主张不无道理。探究 13 这个数字的意义的所有尝试最终都会陷入自己创造的记号和意义之中，至今为止，有无数人去尝试解释这首诗的意义，但是没有形成明确的结论。所以这首诗的意义不是个别单词的意义，而应该从结构上来进行理解。

首先抛开围绕鸟的符号标记的无数争议，考虑到这首诗标记为《乌瞰图》，所谓的鸟瞰图就是从上面俯视整体的意思，所谓"乌"是作者通过乌鸦来代替自己，对于这一点，大部分研究者好像都同意。在这里，分析其前后和偶然性的介入成了争论的核心。问题在"乌"和"鸟瞰图"的关系上，在这种情况下，"乌"这个话完全不介入诗中，俯视整体，反映了被动观察者的姿态，但是这反映了俯视整体的意义，在这一点上有可能是"鸟瞰"。特别是这种情况是电影观赏行为的延续，俯视画面中展开的所有事件，但是完全不介入，那可能是自我的分身。认识到自己的局限性的自我绝望在这种关系中得以体现。

在这种观点上，这首诗可以分为三部分。首先是空间的问题，这首诗的空间结构随着诗的展开可以简化为道路—死胡同—胡同—道路。把这种情况分为两个阶段，通过图表来表现的话，可以分为水平的空间感觉和垂直的空间感觉、平面的空间感觉和立体的空间感觉，这两种空间感觉交替进行。反

---

① ［韩］严成元：《李箱诗的比喻特征和脱殖民反抗的可能性》，载《国际语文》2006 年第 36 卷，第 280—283 页。

复交替进行的空间感觉让这首诗具有了强烈的意义张力，在平面的立体化这种空间感觉中很容易联想到现代绘画中的"立体派"的构成原理。

李箱对立体派原理的准确理解可以通过与具本雄的关系或存留下来的他的几幅绘画作品来推测，在这种观点下，对平面进行立体分析，然后把这个过程表现在一个画面里，这种立体派的原理和反对表现主义的色彩、回到形态主义的立体派的造型原理与这首诗的空间结构具有一定的亲缘性。

第二个需要注意的是疾走这个动作的延续，即在时间的层面上，通过"恐怖"的反复来反映现实。恐怖的反复通过疾走这个动作弱化了时间，非常强大。时间上的快速展开和反复导致的时间弱化进行对比，同时引起了极度的不安。从1—13的物理时间的经过与恐怖带来的时间混乱相遇，极大地钝化了读者的感觉。通过这个过程，把孩子们的情况传达给作为观察者的鸟。

最后通过整体结构营造的"辩证"来综合分析一下诗的空间与时间。这里引人注目的是第1行和第23行，第2行和第22行，第16行、17行的对比情况，"疾走"与"不疾走"，"死胡同"与"打通的胡同"，"恐怖的孩子"与"感到恐怖的孩子"是一个事件带有的两面极端对立，这种对立的前提下，各个部分不能成为整体，只能成为下个阶段的部分。那么这种结构是形成目的论秩序的整体中的两面，这种对立结果只能在辩证法中才能解释，即，在所谓的平面和立体的对立的空间层面和连续与静止的对立的时间层面，加害者和受害者的对立等在诗的整体结构中形成了一个共鸣。这样社会与被隔离的自我通过封闭的视角把俯视社会的荒凉风景转化为了极度不安。

以上辩证综合的过程与当时电影中的电影编辑方法蒙太奇的构成原理相关，它脱离直接影响关系的真伪。李箱的美感中体现的破坏性、极端的构成方式与作为前卫艺术的电影构成方式有一定的亲缘性，这本身可以说是问题，因此以后需要从李箱诗整体上进行研究①。诗人通过"鸟"的视角，把自己放在他者的位置，通过一个旁观者的视角，在客观的角度上描绘了社会整体现实。

另外学生通过诗中的空间形象也可以构建这首诗的意义，这首诗中有两种空间形象，一种是平面空间，另一种是立体空间，道路是一种平面空间，

① ［韩］韩尚哲：《〈李箱〉鸟瞰图诗第一号分析》，载《批评文学》2006 年第 24 卷，第 376—379 页。

死胡同是一种立体空间，这首诗在平面空间与立体空间之间互相交换，通过空间的变换来表现诗人内心的不安。这首诗通过各种形象，例如"孩子""数字""胡同""道路"等来表现了诗世界，学生通过诗中的形象来构建诗的意义，不同的形象带来的思维不同，学生在各种形象的思维过程中，发挥自己作为能动读者的创造性，训练学生的创造性思维。

二、韩国现代诗文本的开放性与创新教育教学方案

通过诗文本的开放性进行创新教育的过程可以分为三个阶段进行，即学生独立构建诗文本意义阶段、学生阅读批评文本意义阶段、学生之间开展小组讨论阶段。

（一）学生独立建构《草》诗文本意义阶段

在这个阶段，教师让学生独立阅读《草》诗文本，在自己的知识背景下，发挥自己的想象力，构建诗文本的意义，每个学生的知识背景不同，构建的意义也不同。下面是诗文本《草》的全文。

草

金洙暎

草，倒伏了
在夹裹着雨意的东风中飘摇
倒伏的草
终于哭了
因天气的阴沉而恸哭着
又一次伏倒了

草，倒伏了
比风倒得更快
比风哭得更早
却比风起得更快

天阴了，草倒伏了
到了脚腕
到了脚底 深深地伏倒了

随着风倒下

却比风先站起来

随着风哭泣

却比风先露出笑容

天色阴霾 连草根也倒伏了①

（1968.5.29）

这首诗一共三联，诗中出现的意象主要是风与草，在这个阶段，教师要鼓励学生多联想、想象，发挥最大想象力去构建诗的意义。

（二）学生阅读批评文本阶段

中国学生在阅读韩国现代诗《草》时，由于没有相关的社会文化背景知识，可能导致学生不能深刻理解诗，这就需要专门读者的引导，让学生能够更深入地理解诗。批评家是具有敏锐的感受力、判断力、表现力的读者群，批评文本是批评家的精神产物，通过让学生阅读批评文本，可以深化学生对诗文本的理解，激发学生的创造性思维。

1. 批评文本 1

首先，在第一联中，"草"和"风"的关系是因果关系，"风"（东风）是引起草倒下的第一原因。草的倒下是吹倒的强化，这时，可以说草处于被风吹的被动状态。因此草的自律行为已经在草倒下的时候结束了。我们需要注意一点，草的倒下和哭泣之间不存在因果关系，风与哭泣之间不存在直接关系，这一点暗示了第一联的第4—6行的主体可能不是草。

在草和风的关系中被忽视的是第一联和第二至三联处于不同的层次的事实。即比较格助词"即使更"和"更"明确表示的那样，第二至三联的草和风不只是因果关系，而是比较的对象。在这里与"草"的运动不同，"风"的运动不能通过肉眼来确定。为了观察"风"的运动需要通过风的拟人化来实现②。

2. 批评文本 2

《草》的第一行是"草，倒伏下"。各联的第一行在不停地重复，引导着

---

① 金鹤哲：《韩国现当代文学经典解读》，北京·北京大学出版社 2011 年版，第 41 页。

② ［韩］张哲焕：《金洙暎的"草的诗学"研究——以〈草〉的解释为中心》，载《韩国诗学研究》2017 年第 49 期，第 155—156 页。

话者的陈述，在作品的结尾行中文章的主语发生了变化，变成了"草根倒下"的形态。一直关注草站起、草微笑的状态与感情，但是根据对作品形态的考察，反而是更强调"草倒下"的事实。

第二联的第一行还是"草倒下"，现在草自己在运动，"比风倒得更快"和"比风哭得更早"体现了草的自律行动，"倒伏""哭""起"等都是所谓的自律行动，即同一个根的多种枝干。在第二联的最后一行副词变成了"更快""更早"，并且设置了比"倒伏"更具有能动性的"起得"这个词。在这首诗的内部结构里，倒伏的动作和哭泣的感情是能动和自律的动作和快乐的感情，但是它们像是风的影子一样受风的影响。所以草不是因为风而行动，而是为了自己能动地、自律地行动，正需要不断地扩大自己的实力。"更早"和"起"的出现需要在这个背景下进行理解。到了第三联草的动作更轻快①。

3. 批评文本 3

看一下文本外界的话可以知道产业化时代导致的因果关系在发生作用。《草》出现的时代背景是产业化开发时代。韩国经济经过第一次经济开发五年计划（1962—1966 年）获得了飞速发展，城市开发政策导致了产业化时代。在这个过程中《草》的出现具有重大的意义。

开发政策和产业化政策是农村子女进入城市的契机，为了抚养家人，这些困难的人从事的职业主要是城市工厂的劳动者、保姆等。在维持生计的现实中，也有很多人去啤酒屋和茶馆工作。在韩国文学中，因为这样的时代困扰，在 20 世纪 70 年代流行接待文学，通俗小说翻拍成电影②。

以上三篇文学批评分别从不同的角度对《草》进行了解释，第一篇从诗文本自身进行了解读，有助于学生理解诗文本的字面意义；第二篇从风与草的象征意义进行解读，有助于学生深化理解诗的意象；第三篇从诗的社会文化背景进行解读，学生可以了解诗的社会文化背景，理解深层次的社会文化意义。学生通过阅读不同的批评文本，不仅可以多角度地对诗进行理解，而且可以深化对诗的理解，在不同观点的碰撞下，学生能够构建出更新颖的

---

① ［韩］姜熊植：《金洙暎的诗〈草〉中出现的象征意义和其超越性》，载《民族文化研究》2004 年第 40 期，第 255—260 页。

② ［韩］金淑伊：《关于金洙暎的〈草〉的解释学考察》，载《语文学》2007 年第 96 期，第355—356 页。

观点。

（三）学生之间开展小组讨论阶段

选择阅读完批评文本之后，对诗文本《草》有了更深刻的理解，但是因为每个学生具有不同的背景知识，因此学生对诗的理解也不同。在这个阶段，把学生自由分成 4—5 人的小组开展小组讨论。在编制小组的时候与"等质编制"相比，更应该采取"异质编制"原理，"等质编制"是基于准备与能力倾向相对类似的学生来编制集体的方式，在"准备"与"能倾"方面相类似的学生作为伙伴的话，教师的指导容易聚焦，学生也容易接受教师的指导。"异质编制"是尽可能让不同的学生组成一个集体的方式，异质集体的优点在于，借助在种种意义上跟自己不同的成员相互交涉，有助于拓展并加深想法与见识，通过取长补短，培育协调性和社会性[①]。异质集体之间讨论可以让学生丰富自己对诗的理解，让学生在讨论中交流自己构建的诗意义、对批评观点的思考，甚至学生可以把自己迷惑的地方向同学请教，在小组讨论的过程中发散思维，进行思想的碰撞，创造出更新的观点。

教师在整个教学过程中起到引导者、组织者的作用，教师不再是课堂的主体，而是引导学生更活跃地进行小组讨论，激发学生的创造性思维。

下面这首李陆史的《旷野》也表现了意义的开放性，有的学者把这首诗结合当时的殖民地时代背景解释为期待朝鲜民族获得解放的意愿，也有结合诗人李陆史个人的经历解释为对自己当时处境的绝望。下面是诗全文。

旷　野

李陆史

宇宙洪荒
天地初开
定有某处雄鸡鸣唱

纵使百万山脉
恋慕大海奔腾而去
唯有此处无可侵犯

---

① 钟启泉：《"学习集体"的编制原理》，载《基础教育课程》2015 年第 11 期，第 73 页。

无数光阴
四季轮回
大川之路始开辟

此刻落雪纷飞
梅花香气独自芬芳
我欲在此播撒穷苦歌谣之种

千古之后
定有超人乘骑白马而来
在这旷野之间放声高歌

首先，从这首诗与当时的时代背景结合来看，这首诗的背景是冬天，很自然地与日本殖民统治下朝鲜民族所处的黑暗相联系。"骑着白马的超人"象征着能够打破黑暗现实的救世主，关于这一点没有什么疑问，问题是超人出现的时间是"千年之后"。千古具有很久之前、非常长的时间、在很久的时间里等字典里的意思。所以千古如文字所展示的那样，意味着千年左右或非常长的时间，隐含着这首诗的第一句中出现的天地最初开辟的"遥远的日子"。但是李陆史把这个单词与"再"这个副词一起使用了未来时，在遥远的千古之前，有开天辟地的日子，再经过这些年之后旷野里才能出现骑着白马的超人。

有人说"千古之后，定有超人乘骑白马而来"，真的是要来的意思吗？千年之后的时间意味着不可能，千年的时间之后超人到来意味着在我有生之年是见不到超人了。冬天在千年之间也会一直持续，因此超人到来不容易实现。"千古"的时间是绝望的另一个表达。

诗人把这种绝望转化为了等待的时间，"千古之后，定有超人乘骑白马而来"这句话虽然意味着他不会来，但是我还是会等待。看着结果行动的话，假如没有实现的可能性，行动就会停止。但是假如知道没有实现的可能但是还尝试的话，这种行动就会持续，重要的事情不是实现结果，而是尝试本身。因此绝望有时比希望具有更大的力量。

"等待"在李陆史的诗《青葡萄》中也被提及，《青葡萄》的诗中话者为了穿着青袍而来的客人在银盘里准备了麻布手绢。这里的银盘和麻布手绢体现了纯粹、忠诚的态度，同时客人来的时间是银盘变黑之前和清洗麻布手绢之前。与此相比在诗《旷野》中的等待没有期限，这种无限的等待话者通过播下"艰难的歌曲的种子"坚持下去。

在冰冻的土地里种子是不会生根发芽的，但是播种这种行为不能停止。这首诗的话者播下歌曲的种子是因为那是度过绝望的岁月的唯一办法。虽然在诗人的年谱中无法确认，但是据朴勋山所说，《旷野》这首诗是诗人在被押往北京的车上而写，这首诗自身就是"艰难歌曲的种子"，诗人意识到了冬天是钢铁做的，因此对于诗人来说押往北京的监狱这件事是无法描述的绝望，诗人无比需要战胜绝望的力量，因此他通过写作等待超人的诗来面对自己的绝望。

经常有人把这首诗解释成预言民族解放的诗，但是千年之后朝鲜民族获得解放，很难把这种话看成是预言，需要把极度的渴望、等待的愿望与预测以后可能发生的事进行区分。假如一定需要解释成民族解放的话，诗《旷野》不是预言解放的诗，而是表达热切的渴望与等待的诗①。以上不同的人对这首诗进行了不同的解释，有对诗人自己被押往监狱的处境的绝望，有对自己国家殖民地解放的预言，有对未来的等待与渴望。

也有学者提出这首诗不是表达的对殖民地解放的预言，因为诗中出现的时间是千年以后，希望自己的民族在千年之后获得解放，这从常识上来看是不合理的，希望自己的民族获得解放，不可能是漫长的千年之后才能解放。朴浩咏针对这首诗的开放性提出了不同的意义，他认为这首诗表达了对富饶故乡的复原意志。

从第四联开始，从对过去的回忆转变为对现在的情况的叙述，意味着现在的故乡已经不是过去故乡的模样。所以这里的雪是带有消极意义的形象，雪覆盖了一切，只给人冰冷的感觉。在这种覆盖和冰冷中美丽、淡雅、神圣的一切都消失了。雪把富饶的土地变成了不毛之地和贫穷的土地。只有梅花香气在弥漫，梅花经常和雪进行对比，在这首诗中也是同样的情况，这与李陆史具有深厚的汉诗修养不无关系，正如诗中对"银河水"的描述，李陆史的故乡家中的花坛里也有梅花树，他从小就从梅花树

---

① ［韩］朴民英：《反抗绝望的李陆史的诗》，载《韩国文艺批评研究》2016 年第 49 卷，第 41—42 页。

上学到了梅花的品格。因此在他的诗中出现了梅花。这里需要再次考察一下话者的位置，第四联开头的"现在"明确地表现了话者的位置，话者在飘雪的冬天的故乡。从他的作家年谱来看，他在1943年为了参加母亲和大哥的雕像仪式，从中国回韩国，回到他的故乡安东郡元村，也许这个时候他回故乡了一次。

因此他看着与以往不同的他的故乡和家中的梅花，播下了象征着未来的种子。那么播种的行为具有什么意义呢？播种是建立在坚信成长的基础上的行为，谁也不会在播下种子的瞬间想到种子的死亡，诗人说那个种子是艰难歌曲的种子，艰难歌曲的种子可以简称为艰难的种子，那么播下种子的行为可以说是对艰难的克服，换句话说，也就是对富饶的期待。

在这首诗中播种是为了收获丰收的果实，即，播种是为了期待丰收。那么《旷野》中带来丰收的存在是谁呢？正是骑着白马的超人，当然，考虑到当时的历史情况，也可以把超人看成是解放黑暗与贫穷的殖民地现实的存在。但是没有必要把这种存在进行限制①。这种解释结合诗人的传记事实，诗人以前的故乡是美丽、富饶的，现在的故乡在日本帝国主义殖民之下是贫瘠、黑暗的，诗人通过这首诗表达了对以前故乡的恢复意志。

不仅《旷野》的整体诗意义充满了开放性，出现了各种迥异的解释，而且这首诗的个别诗句也充满了多义性、开放性。在《旷野》的分析过程中，第一联第三行中的"定有某处雄鸡鸣唱"是争议的核心，到底听见还是听不见鸡叫的声音是完全相反的结果，金忠吉解释为能听见鸡叫的声音，金英无和金仁焕接受了金忠吉的意见，与此相反，大部分研究者支持听不到鸡叫的声音，研究者们提出的论据也各不相同。

关于这句诗的解释最早是由金贤圣展开的，金贤圣对第1、2行进行了解释，即，他认为，开天辟地之后天地处于原始状态之中，连鸡叫的声音也听不到，山脉也看不到，野茫茫的旷野。

对此，吴世英展开了下面令人注目的反论：第一，根据韩国国语史的研究结果及语法规范，找不到相关的变异语法；第二，两个语法是具有不同的语法功能的形态素；第三，两个语尾根本不能混用，具有各自独立的体系；

---

① ［韩］朴浩咏：《对李陆史的〈旷野〉的实证研究》，载《韩国诗学研究》2001年第5卷，第100—102页。

第四，即使两者是变异形态，也不是缩略形态。

金忠吉认为鸡叫的声音意味着历史的开始或混沌之后的开端与诞生，意味着创造的形象，他认为第一联不是意味着历史的开始，而是意味着自然或人类秩序的无穷性。

金忠吉对此再次进行了反驳，首先把第一联第三行诗句换成"听不见鸡叫声"，这样显示出了诗句的无意义和滑稽，即，"宇宙洪荒、天地初开"，在开天辟地的瞬间听不见鸡叫，强调听不见鸡叫的事情不仅无意义，而且使诗的这部分显得滑稽。

金忠吉的见解越是分析越是逻辑不合理，尤其是为了避免重复而使用了缩略形，这种见解很难获得同意，李熙中和高形真通过诗的结构对此展开了反驳。

李熙中认为假如接受"鸡叫的声音象征着文明的萌芽，这种渊源从太初就开始了"的主张，那么就出现了第二联的知觉运动和时间上的前后倒置，并且表现文明开化的第三联就成了不自然的同语反复，而且也带来了意义上的混乱。

高形真反对金忠吉的主张，即"鸡叫的声音是象征开辟的象征，这种声音象征着美好"，他认为鸡叫与人类生活密切相关，"宇宙洪荒"意味着开天辟地的瞬间世俗的人类事件还没发生，即，听不见鸡叫的声音——神圣、纯洁的状态，这种解释与第二联的诗的意义衔接更为自然。

在到底听到还是听不到鸡叫声音的见解之间包含着在旷野形成过程中鸡叫的声音到底象征着什么的主张，即，鸡叫的声音象征着宣告开天辟地的信号，还是鸡叫的声音显示了旷野的神圣与原始纯粹性。也包含着下面主张的对立，即，鸡叫的声音意味着天地的开端，或鸡叫的声音意味着文明的萌芽、与人类生活密切相关的声音。听不见的主张大体上一目了然、逻辑合理，与此相反，认为听得见的金忠吉的主张无论是在语法方面，还是在诗的结构方面都存在不合理。

但是金忠吉的主张里"在开天辟地的瞬间，强调鸡叫这件事情非常滑稽"非常意味深长，在表达原始状态的旷野，为什么偏偏强调鸡叫的声音。并且朴浩咏的主张也不能忽视，他提出对于李陆史来说，所谓鸡叫的声音永远都有听见听不见的前提，鸡叫的声音不是描述现实情况，而是隐藏着告知开始的起源的意义。金忠吉和朴浩咏提出在《旷野》的第一联中分明听到了某种声音，但是在说明、证明这种经验的过程中出现了复杂问题①。读者都是在自己的知识背景下建构诗的意义，不同的读者建构的意义不同。

关于《旷野》诗第一联第三行中的"定有某处雄鸡鸣唱"到底如何解释，假如听得见鸡叫的声音，依据是不是充分，假如听不见鸡叫的声音，前后解释是不是合理。学生需要对这些解释进行独立分析，不能只接受别人的观点，在各种观点的基础上，提出自己独特的见解，在这种过程中形成自己的观点。

诗文本是一个开放的空间，处处充满了空白与不确定点，读者有自己的期待视野，读者在阅读诗文本时需要自己结合背景知识去填补这些空白与不确定点，读者阅读诗的过程也是一个创造的过程。学生在阅读韩国现代诗文本时，每遇到一个空白，就需要通过想象来填补这些空白，遇到诗文本的不确定点，会发挥自己的思维能力来决定这些不确定点。

遇到难度较大的韩国现代诗文本，学生的期待视野较低，难以构建诗的意义，这就需要教师提供一些文学批评文本作为支架，学生借助文学批评文本这个支架，去构建诗的意义。面对教师提供的具有不同视角和观点的文学批评文本，学生不能完全接受或依赖批评文本，应该发挥自己的分析与判断能力，与文学批评文本展开对话，在对话过程中实现思想的碰撞、融合，最终在与文学批评文本的对话过程中，形成学生自己独特的意义。

第三节　结　论

创新力是推动社会发展的动力，创新教育是目前教育的重点，培养大学生的创新能力是各个专业应该关注的问题。本章针对朝鲜语专业大学生提出了通过韩国现代诗进行创新教育的方法。

现代诗具有含蓄性、形象性、跳跃性、开放性等特点，学生在理解诗的时候需要充分发挥想象力、创造力，因此是培养学生创新能力的合适体裁。同时本章构建了通过现代诗对学生进行创新教育的教学方法，通过一系列的过程让学生在构建诗意义的同时激发学生的创造性思维，提高学生的创新能力。

---

① ［韩］朴顺元：《李陆史的〈旷野〉研究》，载《批评文学》2011年第40期，第96—100页。

　　韩国文学教育不仅能提高学生听说读写的语言能力，而且能提高学生创新能力等综合素质，我们朝鲜语教育应该把创新教育贯穿于整个专业教育之中，在提高学生听、说、读、写等交际能力的同时，提高学生的创新能力。

第五章 韩国现代诗教育与情感教育

教育的终极目标是培养身心健康、具有健全人格的人，外语教育也不例外，高等学校外语专业教学指导委员会制定的《关于外语专业面向 21 世纪本科教育改革的若干意见》中提出我们外语教育应该培养高素质的人才，其中这里提到的素质主要包括思想道德素质、文化素质、业务素质、身体和心理素质。其中，思想道德素质是根本，文化素质是基础。对于外语专业的学生来说，应该更加注重爱国主义和集体主义的教育，注重培养学生的政策水平和组织纪律性，注重训练学生批判地吸收世界文化精髓和弘扬中国优秀文化传统的能力。外语专业学生应该具备的素质中有一项是心理素质，心理素质是我们日常生活工作中最重要的素质，学生具备良好的心理素质才能进行正常的学习与生活，但是现在外语专业学生心理素质还存在一些问题。

《关于外语专业面向 21 世纪本科教育改革的若干意见》（以下简称《意见》）也提出目前我国外语专业本科教育还存在的问题中其中一项是学生知识结构、能力和素质的不适应。《意见》指出由于课程设置和教学内容的局限，外语专业的本科学生往往缺乏相关学科的知识。在语言技能训练中往往强调模仿记忆却忽略了思维能力、创新能力、分析问题和独立提出见解能力的培养。参加问卷调查的 80％的外语专业毕业生都承认缺乏良好的身心素质，以致在工作中心理承受能力、协同工作的能力都比较差。我们通过《意见》中的统计结果可以知道，高达 80％的外语专业毕业生都认为自己缺乏良好的心理素质，导致工作中出现问题。

究其原因，《意见》中也指出是因为外语专业课程设置和教学内容的局限问题，外语教育一般比较注重学生听、说、读、写等交际能力的培养，忽视了对学生的心理素质的培养，这就要求我们外语教育要针对学生心理素质较差的问题提出解决办法，外语专业不仅要培养学生的外语能力，也要在做好专业教育的同时提高学生的心理素质。

心理素质在学生的学习与生活及将来的工作中非常重要，拥有良好的心理素质可以让学生能够更好地学习与生活，能够更好地适应将来的工作。我们外语教育在做好专业教育的同时应该注重加强对学生心理素质的培养，提高学生的人文素质。关于心理素质的概念，不同的学者提出了不同的见解，刘金平提出心理素质是在人的自然素质基础上，在人与社会文化交互作用的实践过程中发展起来的，由元认知能力、一般认知能力、社会和实践能力、人格心理素质以及心理行为的适应水平组成的，具有综合性、整体性和稳定性的心理品质[①]。心理素质是人的自然性与社会性的统一，在长期的生活过程中形成，具有全面性、稳定性的特点。

心理素质的培养是一个长期的过程。心理素质是指在一定遗传素质的基础上，在自身努力与外界教育、环境的影响下所形成的心理状态、心理品质与心理能力的综合。或者说，心理素质是个体在社会实践中养成的以心理机能为主体的心理特性或品质。心理素质是个体开发其潜能、塑造个性的内在结果，又是其后续开发的内在依据。心理素质是指个体在成长与发展过程中形成的比较稳定的心理机能，是心理品质和心理能力的统一体[②]。心理素质既具有自然性，又具有社会性，是在个体先天的基础上，经过后天的开发慢慢形成的一种稳定的心理品质和心理能力。

关于心理素质的结构众说纷纭，划分心理素质结构的标准不同，根据不同的划分标准心理素质的结构划分也不同。其中徐梅荣提出了心理素质结构平行四因素说，她认为心理素质是由知识、情感、意志、行为4个方面构建而成，换言之，心理素质的结构有知识、情感、意志和行为4个因素[③]。由此可知情感是心理素质结构的一部分，提高个体的情感水平可以提高个体的心理素质。对外语专业学生进行情感教育，是提高学生心理素质的有效途径。

情感教育是心理素质教育的一部分，另外，从教育学的角度看，情感教育是人全面发展的重要方面。情感教育过程同全面发展教育过程是有机统一的整体，德、智、体、美、劳教育实施的过程，也就是情感教育进行的过

---

① 刘金平：《心理素质的本质和结构新探》，载《河南师范大学学报（哲学社会科学版）》2002年第4期，第115页。

② 李虹：《素质、心理素质与素质教育》，载《心理与行为研究》2004年第4期，第595页。

③ 徐梅荣：《素质教育新论》，徐州·中国矿业大学出版社，2001年版。

程。情感教育是素质教育各组成部分之间的"纽带",培养和发展学生积极的情感,使学生的理智感、道德感、审美感有机结合起来,这是素质教育的重要途径①。通过对学生进行情感教育,可以提高学生的综合人文素质。

对外语专业学生进行情感教育是要培养学生的情感,提高学生的情绪调控能力,并且最终可以丰富自己的情感体验。具体来说,情感教育的一般目标包括三个内容:培养学生的社会性情感;提高他们情绪情感的自我调控能力;帮助他们对自我、环境以及两者之间的关系产生积极的情感体验。这三个方面最后都指向整个教育目标的完成和健全人格的培养,这是情感教育的最终目标②。对外语专业学生进行情感教育,可以提高学生的社会性情感,提高对自我情绪的调控能力,并且学生可以对自我及周围的环境产生丰富的情感体验,从而最终提高自己的心理素质,更好地去应对自己的学习、工作及生活。

本章的目的首先是在朝鲜语教育领域中提出现行文学教育忽视情感教育的问题,进而阐述通过文学教育对朝鲜语专业大学生进行情感教育的可能性与必要性,然后通过国内最近10年内出版的文学教材分析现在文学教育的现状,在此基础上提出一些情感教育课堂内行之有效的教学原则,最后通过具体的韩国现代诗构建情感教育方案。

朝鲜语教育中文学教育的重要性日益提高,首尔大学尹汝卓教授把文学教育按照教育目标分成了通过文学进行意思沟通教育、文化教育、文学自身教育三个领域。通过文学进行意思沟通教育主要是让学生学习文学生动形象的语言达到交际目的,通过文学进行文化教育是让学生理解文学中蕴含的丰富的文化背景知识,归根结底还是达到掌握目的语国家的文化,进而实现交际的目的。文学教育的这两个目的具有实用性,因此被提及得较多。但是文学自身教育领域一直以来被忽视,究其原因可以从朝鲜语教育的目标和朝鲜语专业学生两个方面进行分析。首先朝鲜语教育一直以来以学生的就业为目的,主要重视学生的听说读写实用技能,忽视了学生人文素质的培养,在文学作品的教育方面,主要把文学作品作为一种语言文化教育的工具,忽视了文学自身的本质特点;其次,朝鲜语专业学生作为外国人缺乏语言文化相关

---

① 赵福庆:《素质教育实施策略》,青岛·中国海洋大学出版社,1998年版,第105页。

② 鱼霞:《情感教育》,北京·教育科学出版社,1999年版,第20页。

知识基础，在学习韩国文学时有一定的难度。朝鲜语教育作为教育最终目的是让学生实现自我成长，这就需要关注作为人文素质核心的学生的情感教育。

第一节 通过文学教育进行情感教育的理论背景

一、通过文学教育进行情感教育的必要性

情感教育在人文素质教育中占据重要地位。情感教育是人文素质教育的核心[①]。由此可知对朝鲜语专业学生进行人文素质教育必须重视对其进行情感教育，对学生进行情感教育可以提高学生的人文素质修养。那么情感教育与文学教育是什么关系呢？接下来我们对情感教育和文学教育之间的关系进行阐释。

梁启超提出情感教育最大的利器就是艺术：音乐、美术、文学这三件法宝，把"情感秘密"的钥匙都掌住了[②]。梁启超把音乐、美术、文学看作是情感教育的三大工具，其中文学是进行情感教育的工具之一，由此我们知道可以利用文学对学生进行情感教育，对学生进行文学教育可以提高学生的情感能力。

罗森布拉特把读书分为审美读书和非审美读书两种，非审美读书主要是为了通过阅读获得信息，审美读书主要是在阅读过程中获得审美体验，审美读书主要是指文学阅读[③]。文学是情感的形象化，文学语言具有极强的情感染力，通过文学教育进行情感教育具有可行性。具体来讲，文学是人们对自我、生命的认识的艺术化表达方式。文学以独有的审美方式，使人们更形象直观、更细腻微妙、更犀利深刻地认识自己、认识世界，从而理解人生的价值，理解生命的意义。文学表现情感具有独特性，首先，文学是人类的思想、意愿、情感的表现，是人的内心世界的呈现。虽然文学也能忠

---

① 李淑兰：《论中国古典文学情感教育的人文意义》，载《宁夏大学学报（人文社会科学版）》2002年第6期，第84页。

② 张冠夫：《从"新民"之利器到"情感教育"之利器——梁启超文学功能观的发展轨迹》，载《上海交通大学学报（哲学社会科学版）》2013年第1期，第94页。

③ 金真熙：《读者中心批评的方法和古典诗歌的解释》，载《我们语文研究》2016年第54卷，第278页。

实地记录人类所经历的外在的社会生活，但它更侧重对情感的表现。其次，文学表现人的感情，不像哲学那么抽象地观照，不像历史学那么忠实地再现，也不是通过议论或说理，而是通过动人的形象来反映人类的丰富的思想感情①。

文学本质上是通过形象表达情感，因此文学教育本质上就是一种审美教育、情感教育。通过文学开展审美教育，培养人的高尚情操、优美感情，无疑是对人生的丰富和提高。一个人如果懂得艺术和审美，他的心灵就比一般人更开阔、更柔软、更通情达理、更具有人性，他也就超越了自身的局限性和古人以及未来的人站在了一起，因为美感是超功利的，是可以相通的。这一刻，超越了现实的局限，获得了精神的自由②。从文学表现情感的本质来看，通过文学对学生进行情感教育具有可行性。并且文学不是通过议论或说理的方式，而是通过生动的形象来表现情感，通过文学对学生进行情感教育具有生动性的优点。

利用文学进行情感教育主要是在母语教育中进行，那么外语教育中通过文学教育进行情感教育有没有必要性呢？外语教育中文学教育主要有三个模型：语言模型（The language model）、文化模型（The cultural model）、个人成长模型（The personal growth model）。其中语言模型就是通过文学作品进行目的语言教育，文化模型就是通过文学进行目的国家文化教育，而最后一个个人成长模型是通过文学教育让学生阅读文学作品，对文学作品进行评价，最终把个人经历与文学主题进行结合实现自我成长。也就是说学生并不是把文学作品中体现的价值、信念、作家的意图等原封不动地进行接受，而是学生在自己的经验、情感、知识的基础上对文学作品进行批评、解释，赋予文学作品以独特的意义③。个人成长模型是外语教育的最高级别，外语教育中的个人成长模型旨在通过文学教育实现学生的自我成长，即学生感知文学形象，丰富内心情感，具备健全的人格。由此我们可以认为对学生进行情感教育是外语教育中的最高目标。

---

① 吴小英：《大学人文素质教育新论》，杭州·浙江大学出版社，2012 年版，第 79—80 页。
② 吴小英：《大学人文素质教育新论》，杭州·浙江大学出版社，2012 年版，第 81 页。
③ Carter & Long, *Teaching Literature*, New York：Longman，1991. 金恩珠：《英语教室中提高创造力的文学作品活用方案》，载《教科教育学研究》2001 年第 5 卷第 1 期，第 109 页。

二、通过文学教育进行情感教育的内容

上面我们探讨了对朝鲜语专业学生通过文学教育进行情感教育的必要性，接下来我们对朝鲜语专业学生通过文学教育进行情感教育的内容是什么进行阐述。这里要了解一下情感及情感教育的概念内容。情感具有抽象性，不同的文献对其定义不同，但是大体来说情感是内心状态或与心理相关的领域。文学教育中的情感也难以用一句话来定义，文学教育中的情感不仅包括文学作品中形象化的情感，也包括学生接受的情感，即文学教育中涉及的情感包括"作家的情感和诗对象的气氛之间形成的第一种情感"和"读者在面对文学接受的第二种情感"。文学教育的目标就是学生接受文本的情感，从而提高自身的情感沟通能力，因此学生应该丰富自己接受的情感的总和①。对朝鲜语专业学生通过文学教育进行情感教育时，不仅要让学生体验文学作品中蕴含的情感，更重要的是学生在体验文学作品的情感的同时唤起自己的情感。

第二节　韩国现代诗情感教育现状及应对

笔者在提出通过文学教育进行情感教育的方法之前对国内近10年出版的韩国文学教材文学作品收录情况、教材习题等方面进行分析，在此基础上提出通过文学教育进行情感教育的方法。本节对下列9本教材内的现代诗作品进行了分析，选取现代诗作品进行分析的原因在于诗的情感集中性特点，诗简短凝练，诗的语言具有高度的情感集中性。下面为本节分析的教材情况及现代诗作品收录概况。

序号	教材名称	出版社	出版年度	作者	现代诗作品
1	韩国文学简史与作品选读	大连理工大学出版社	2006	韩卫星	7篇 烟花（朱耀翰），女僧（白石），被掠去的田野还有春天吗（李相和），你的沉默（韩龙云），乡愁（郑芝溶），招魂（金素月），花（金春洙）

① ［韩］高贞姬：《古典诗歌教育的探究——以时空距离感，专有情感为中心》，首尔·晓明出版，2013年版，第274页。

序号	教材名称	出版社	出版年度	作者	现代诗作品
2	韩国文学选读	对外经济贸易大学出版社	2008	韩梅 韩晓	8 篇 金达莱花、山有花、招魂（金素月），你的沉默（韩龙云），被掠去的田野还有春天吗（李相和），序诗（尹东柱），花蛇（徐廷柱），在菊花旁（徐廷柱）
3	韩国现代文学作品选读	北京大学出版社	2010	韩梅 韩晓	17 篇 后日、金达莱花（金素月），你的沉默、无法知道（韩龙云），被掠去的田野还有春天吗（李相和），石墙上窃窃私语的阳光、待到牡丹花开（金永郎），镜子（李箱），月亮、葡萄、叶子（张万荣），鹿（卢天命），游子（朴木月），在菊花旁（徐廷柱），佛国寺（朴木月），花（金春洙），芦苇（申庚林）
4	韩国文学史	上海交通大学出版社	2008	尹允镇 池水涌 丁凤熙 权赫律	46 篇 火花（朱耀翰），死的礼赞（朴钟和），被掠去的田野还有春天吗（李相和），我哥哥和火炉（林和），来来往往（金亿），金达莱花、招魂（金素月），你的沉默（韩龙云），待到牡丹花开（金永郎），乡愁（郑芝溶），您可知道那遥远的国度（辛夕汀），气象图（金起林），瓦斯灯（金光均），归蜀途（徐廷柱），岩石（柳致环），旷野（李陆史），序诗（尹东柱），游子（朴木月），道峰（朴斗镇），玩花衫（赵芝薰），快走吧（权焕），家事（赵碧岩），降下旗帜（林和），8 月 15 日（朴世永），在菊花旁（徐廷柱），生命一书（柳致环），在多富院（赵芝薰），最后的绘画（朴寅焕），望着无等山（徐廷柱），哭泣的秋天的江（朴在森），哈……没有影子、蓝天（金洙暎），躯体消失吧（申东晔），城北洞鸽子（金光燮），五贼、1974 年 1 月（金芝河），农舞（申庚林），思考之间（金光均），在污秽的江中洗铁锹（郑喜成），燃烧的春天（金正焕），屠杀 1、民众（金南柱），在沙坪站（郭在九），无法停止、对决（朴劳海），风葬（黄东奎）

序号	教材名称	出版社	出版年度	作者	现代诗作品
5	韩国现代文学作品选	上海交通大学出版社	2005	尹允镇 池水涌 权赫律	10篇 　金达莱花（金素月），被掠去的田野还有春天吗（李相和），北青水贩（金东焕），待到牡丹花开（金永郎），乡愁（郑芝溶），您可知道那遥远的国度（辛夕汀），旷野（李陆史），游子（朴木月），在菊花旁（徐廷柱），序诗（尹东柱）
6	韩国文学作品选读（上）	外语教学与研究出版社	2008	金英今	5篇 　金达莱花（金素月），乡愁（郑芝溶），假如那一天到来（沈熏），草（金洙暎），归天（千祥炳）
7	韩国文学作品选读（下）	外语教学与研究出版社	2008	金英今	10篇 　燃烧的渴望（金芝河），鸟儿也去世了（黄芝雨），天空（朴劳海），弗兰兹·卡夫卡（吴圭原），假如爱像收音机随心关闭打开的话（蒋正一），幸福（朴世铉），问你（安度眩），摇摆着盛开的花（都钟焕），泪水为什么是咸的（咸敏复），想去那条江（金龙泽）
8	朝鲜-韩国文学史（下）	外语教学与研究出版社	2010	金英今	26篇 　大海致少年（崔南善），火花（朱耀翰），山有花（金素月），你的沉默（韩龙云），痛哭（李相和），玻璃窗1（郑芝溶），石墙上窃窃私语的阳光（金永郎），鸟瞰图（李箱），十字路口的顺伊（林和），在菊花旁（徐廷柱），家庭（朴木月），落叶聚居（赵炳华），落花（李炯基），对阳光说（郑浩承），花（金春洙），钢琴（全凤健），送信（申瞳集），空房子（奇亨度），家（郑镇奎），门（吴圭原），那一天（李晟馥），蓝天（金洙暎），五贼（金芝河），在沙坪站（郭在九），在污秽的江中洗铁锹（郑喜成），劳动的凌晨（朴劳解） 《作品阅读》12篇 　招魂（金素月），服从（韩龙云），待到牡丹花开（金永郎），我哥哥和火炉（林和），望着无等山（徐廷柱），鸟（千祥炳），我爱的人（郑浩承），江（李晟馥），鸟（朴南秀），人为风景（郑玄宗），倒立（郑喜成），为了希望（郭在九）

续表

序号	教材名称	出版社	出版年度	作者	现代诗作品
9	韩国现当代文学经典解读	北京大学出版社	2011	金鹤哲	**21篇** 招魂、金达莱花（金素月），你的沉默（韩龙云），被掠去的田野还有春天吗（李相和），乡愁（郑芝溶），待到牡丹花开（金永郎），镜子（李箱），数星星的夜晚（尹东柱），青鹿（朴木月），您可知道那遥远的国度（辛夕汀），心语（金东明），归蜀途（徐廷柱），草（金洙暎），农舞（申庚林），在文义村（高银），燃烧的渴望（金芝河），我们流成水（姜恩娇），蜀葵（都钟焕），模糊的旧爱之影（金光奎），一块煤砖（安度眩），露水（郑玄宗）

根据以上各种教材现代诗收录情况可以得出以下几点：

首先，各个教材里现代诗收录篇数有很大差别，其中《韩国文学作品选读》（上）收录现代诗篇数最少，只有5篇，《韩国文学史》收录现代诗篇数最多，达到46篇。大部分教材收录现代诗篇数在10—20篇。每种教材收录现代诗篇数如下表。

教材名称	韩国文学简史与作品选读	韩国文学选读	韩国现代文学作品选读	韩国文学史	韩国现代文学作品选	韩国文学作品选读（上）	韩国文学作品选读（下）	朝鲜－韩国文学史（下）	韩国现当代文学经典解读
现代诗篇数	7篇	8篇	17篇	46篇	10篇	5篇	10篇	26篇	21篇

其次，教材收录现代诗作品多样化。金素月、徐廷柱等代表诗人《金达莱花》《菊花旁》经典作品重复出现的同时也呈现了多样化的特点，《韩国文学史》中收录了反映韩国20世纪60—70年代经济发展期间破坏环境的《城北洞鸽子》，《韩国现当代文学经典解读》中收录了姜恩娇的《我们流成水》，这首诗反映了诗人对人生的哲学思考。

最后，教材在内容构成上呈现了相似性，一般由作者背景介绍、诗文本、诗解释和课后习题组成。在课后习题的设置上主要重视学生对文学知识的掌握，对意象、诗句的理解等。

1. 下面诗句的意思是什么？说一说。《韩国文学作品选读（上）》，27 页

2. 在下面的空格内填上恰当的单词。《朝鲜－韩国文学史（下）》，42 页

3. 《山有花》中"花"的意义是什么？《韩国文学选读》，105 页

4. 《你的沉默》的主题是什么？《韩国文学选读》，105 页

5. 《被掠去的田野还有春天吗》中"被掠去的田野"象征着什么？《韩国文学选读》，105 页

6. 请说明这首诗的时间、空间背景。《韩国文学简史与作品选读》，65 页

从上面各种教材摘选出的课后习题可以看到这些习题主要是让学生掌握诗形象的象征意义，理解诗句的意义等，缺少学生对诗中情感的体验。这也是现在国内教学的问题之一，没有充分重视学生的积极性、主动性，在学习中认为知识是客观的，没有认识到知识的相对性、建构性。在文学教育中应加强对诗中的情感教育，不仅要让学生体验诗中固有的情感，也应让学生通过诗中形象化的情感唤起自我内心情感，达到内心情感的丰富化，提高情感沟通能力。

根据以上分析，通过文学教育进行情感教育可以遵守以下几个原则：

首先，在作品选择方面，分别选择蕴含人类普遍情感和韩国独特民族情感的诗作品。让学生在理解情感一般性的同时体验韩国现代诗作品情感的独特性。在一般性与特殊性的对比中实现相互作用，丰富内心的情感，加强情感沟通能力。

其次，在教学方面，重视对诗中情感的体验。在课堂学习中，增加诗作品情感体验活动。在设置课后习题时，多增加开放式问题，让学生自由思考，独立体验诗作品的情感。不仅体验诗中固有的情感，更重要的是通过诗中的情感唤起自己内心的感应，进而实现自己精神的成长。

再次，在学习活动中，重视学生的积极性、主动性。建构主义认为知识是相对的，每个人都是在已有知识的基础上建构新知识，并且在建构知识的过程中他人起着重要的作用。让学生首先独立阅读诗，解决在阅读诗中的困难，体验诗中的情感，之后让学生组成 3—5 人小组进行讨论，在讨论中对

自己的阅读和体验进行反省。

最后，教师应该起到良好的组织、促进、引导作用。制定好教学目标，在学生阅读中给予必要的提示，在学生讨论中激发学生的思维，学生出现误读的时候给予正确的指导，从而让学生在阅读、讨论过程中充分体验文学情感、唤起自身的情感，实现情感的丰富化与情感的沟通。

第三节　通过韩国现代诗进行情感教育方案

在前面两节情感教育理论及情感教育原则的基础上，本节围绕具体的韩国现代诗文本构建情感教育方案，人的情感是态度这一整体中的一部分，它与态度中的内向感受、意向具有协调一致性，是态度在生理上一种较复杂而又稳定的评价和体验，情感包括道德感和价值感两个方面，具体表现为爱情、幸福、仇恨、厌恶、美感等。在这里笔者根据情感的表现类型与韩国现代诗的情感分为爱的情感、离别的情感、痛苦的情感来具体构建教学方案。

一、爱的情感

爱，是人类永恒的话题，每个人都想拥有美好的爱情，爱情在人生中具有重要的地位。马克思认为，男女两性关系的演进是人类文明演进的标尺，人与人之间的直接的、自然的、必然的关系是男女之间的关系，在这种自然的关系中，人同自然界的关系直接就是人和人之间的关系，而人和人之间的关系直接就是人同自然界的关系，就是他自己的自然的规定，因此，这种关系通过感性的形式，作为一种显而易见的事实，表现出人的本质在何种程度上对人来说成了自然界，或者自然界在何种程度上成了人具有的人的本质，因而，从这种关系就可以判断人的整个教养程度[①]。从马克思对男女两性关系的论述来看，爱情具有自然性也具有社会性，爱情可以说是人存在的本质，在人生中具有重要的地位。

爱情之于人类非常重要，爱情是人类特有的现象，爱情的产生与个性的人的形成有着紧密的联系，美好的爱情是美好人性的体验。对于爱情的执着

---

① 　马克思：《1844 年经济学哲学手稿》，《马克思恩格斯全集》42 卷，北京·人民出版社，1979 年版，第 119 页。

追求，事实上是人类对于自身美好本性的追求，所以，爱情是人性的同一语，爱情的秘密就是人的一般秘密①。爱情也是文学最重要的主题之一，古今中外描述爱情的经典层出不穷，从我国古代的四大名著之一《红楼梦》到西方的经典莎士比亚的《罗密欧与朱丽叶》，再到韩国古典《春香传》都描述了人类永恒的主题爱情，不仅小说，诗歌中也表现了爱情，我国古典诗歌白居易的《长恨歌》形象地叙述了唐玄宗与杨贵妃的爱情悲剧，韩国诗歌中也出现了很多表达爱情的诗。下面安度眩的这首《我想走向你》就表达了一种真挚的爱情。

我想走向你
安度眩

我想走向你
在太阳升起的早晨
我成为阳光的人
想走向你

因为我想见到你
夜晚纷飞的雪停止
今天的天空像开天辟地的那天
我也成了刚洗出来的阳光
我想走向你

她在窗边久迎阳光
在漫长的黑夜中度过
那是我的思念
比陷入爱情的人更幸福的人
那就是仅仅因为思念
内心燃烧的人

真如我所想念那般
新的一天到来

---

① 张卫东、杨学传：《爱情的哲学思考》，载《道德与文明》2003 年第 2 期，第 74 页。

真如我走向你那般

假如这世界变得美丽

最终我和她

成为一体，可以称为我们的

那一天到来的话

春天到来之前那地里堆积的雪

覆盖我们的温暖的被子

我不会忘记

所谓的爱

是不再寻找别的路

并且不再独自前进

我想带着我疲惫、受伤的心灵走向你

我们一起要创造的新天地

我们一起要度过的岁月

一年四季的绿草地

我也变成一只强壮善良的羊

我想走向你

在教学的过程中，教师首先让学生独立阅读诗文本，让学生积极利用自己的背景知识，目的是为了让学生成为构建诗的意义的主体，发挥学生的积极性与能动性，让学生自己阅读诗体验诗中的爱的情感。这首诗分为六联，整体诗的长度虽长，但是这首诗没有很难的词语及手法，学生阅读起来没有很大的障碍，并且因为诗的主题是爱情，与社会文化背景的关联不大，因此学生可以独立体验诗中描写的情感。

这首诗表达了诗中话者对她的爱恋，因为对她的爱恋，所以想走近她，诗中话者心中怀着对她的爱恋，所以周围的阳光、大地、世界变得美好起来，诗中话者想与她在一起，分享过去的喜悦与疲惫，从此两个人在一起不再寻找别的路，在人生道路上，也不再独自前行。因为陪伴，心中充满了温暖与关爱。

学生独自体验诗中爱的情感后，教师需要积极引导学生唤起自己内心的情感，因为在现代诗情感教育中，不仅包括诗中表达的情感，也包括读者唤起的自己内心的情感。朝鲜语专业大学生年龄在 20 岁左右，也是处于憧憬美好爱情或正在享受美好爱情的年龄，对这个主题具有浓厚的兴趣。学生可以回想或联想自己的爱情经历，与诗中话者的情感进行比较，这样可以使学生的感情更加丰富。

在学生独立阅读诗文本后，教师可以把学生随机分成几个小组进行讨论，学生之间通过讨论分享自己对诗情感的体验，在学生向小组同学叙述自己体验的过程中，把自己的体验通过语言表达出来。语言具有认知、传递、思考、创造的功能，学生用语言来认知事物，传递自己的思想、感情，用语言来思考事物的结构与关系，用语言在听说读写之中缔造心中的另一个世界①。这种语言表达的过程可以使学生自己的想法更加明确，更加深刻体验诗中的爱情情感。学生通过讨论也了解了其他同学对这首诗的体验，使每个同学的情感体验更加丰富，从而提高学生的情感沟通力。

二、离别的情感

人与人会不停地遇见，有相遇自然会有离别，人与人在遇见时会高兴、喜悦，但是离别时一般是伤感的，也就有了"伤离别"的表达。下面韩龙云的这首《渡船与行人》表达了离别之情，首先看诗全文。

渡船与行人
韩龙云

你是一名行人
我是一只渡船
你沾满泥泞的双脚，搭乘了我这身渡船。
无论水深还是浪急，我热心地载你渡河。
假如你不莅临，我直等到深夜，任风吹雨打。
你渡过了河，只匆匆赶路。
未曾回眸望过我，可我只等你一人。
即使我的青春，在等待中凋零，我永是无怨无悔。

---

① 钟启泉：《语言教育即人性教育》，载《基础教育课程》2013 年第 10 期，第 71 页。

　　你是一名行人

　　我是一只渡船

　　与人，尤其是与自己爱的人离别一般是伤感、悲痛的，但是这首诗与众不同，没有表达离别的悲伤之情，而是表达了一种对离别的超脱。在这首诗里我成为"渡船"，把行人"你"给渡到河水对岸，诗通过这种比喻表现了我对你的牺牲，这首诗是韩龙云诗中最能表现超脱精神的一首。哪怕自己成了被利用的工具或手段，假如是为了你，我也不会有任何推脱。并且渡船和行人的比喻表现了上下或优劣等的地位差别，通过这种极端对比，更进一步强化了主题。

　　即使你用泥脚踩我，即使你过了河不再回头看我一眼，我也依然等待你，我不仅完全信任你，还想摆脱某种世俗约定。与权利关系或支配关系等现实规则无关，我依然坚强地来忍受这种被忽视的态度，通过这首诗表现了超脱的特点。那是从顺序秩序中超脱，同时也是坚强地实现赋予自己的信任，通过这种过程与别人建立新的关系。超脱是从以前的秩序中超脱，同时也是新关系的建立。

　　但是期待这种超脱和新关系的建立的愿望没有实现，所以留下了未完成的状态。我只是强烈期待已经离我而去的你早晚会回来，但是诗中字面意义上表现了你不会再回来，同时诗的开头与结尾反复的"我是一只渡船/你是一名行人"引发的余白也暗示了你不会回来的气氛，这句话也表现了哪怕你回来也会再次离开的意思。

　　为了弥补你现在的离开，我一直主动地放开你，哪怕如此，与你的见面都是暂时的，并不能持久。这表现了与你的见面不是永远的见面，与你永远不可能实现幸福的结合，同时这种状态一直处于运动的未完状态。主体与他者的见面固定于一瞬间的话，结果会导致暴力或压迫，所以见面永远是未完的课题或留下疑问。但是课题与疑问也意味着关系会发生新的变化，有产生新关系的自由。这里等待这个行为的意义被强化，通过强调等待这个行为来表现自己的未完状态在持续。并且等待并不是什么也不做，而是不停地期待你归来的积极行动。在这种意义上，所谓的等待经常被转化为超脱和建立关系。

　　超脱或放手带有的摆脱或建立新关系的范畴是阅读韩龙云的诗的过程中

非常重要的线索。把韩龙云的诗解释为克服离别和你的不在导致的悲伤和痛苦的话，这就无法解释他诗中包含的新希望。虽然为了克服暗淡现实的现实主义和悲剧意志也是一种很有意义的解释，但是在具体的解释过程中需要赋予新意义。对现实悲剧的否定和对未来的坚定希望不单纯是对悲伤和痛苦的克服，是渴望从旧秩序中摆脱和持续建立新关系的过程。同时，通过这种过程实现与他者的见面，是对新普遍性的期待和渴望。在韩龙云的诗中经常出现的超脱中，主体不拒绝把自己卷入被动的位置，但是反而通过这种姿态来积极地期待与他者建立新关系①。韩龙云在这首诗中没有表达对离别的悲伤情感，而是表达了一种等待，诗人通过这种等待表达了对离别的超脱与新希望。

教师在学生阅读这首诗的时候，需要引导学生认真体验诗中渡船对行人的情感，渡船一次次把行人送到对岸，但是行人到达对岸之后，连头都不回就离开渡船，即使这样渡船也无怨无悔，在行人需要的时候一如既往地把行人送到对岸，在行人离去之后，也不悲伤，而是内心充满期待，期待行人的再次到来。渡船的这种对于离别的超脱情感与拥抱新希望值得每个学生去学习。

离别纵然伤感，但是离别不是终点，正如相见也不是终点一样，有相见就会有离别，这是我们人类的法则。正如一切事物都在运动变化中，离别是再次遇见的开始，诗中的渡船面对行人的离去没有空悲伤，而是在更高的格局上表现了释然的超脱，并且期待行人的再次到来，也表达了一种为所爱的人付出、牺牲的精神，学生体验诗中渡船的这种情感会引发自己对离别的重新思考，这有助于学生改变自己之前对离别的看法，帮助学生提高自己的人生格局，获得更高的人生境界。

诗中表达的这种超脱不仅可以对待离别，也可以对待别的人生波折。人的一生中，有所得必有所失，人在面对失去的时候容易表现出脆弱。尤其现在的大学生心理素质需要提高，因此在情感教育中需要提高学生的境界，让学生能够自我调控自己的心理。教师可以寻找几个讨论主题，让学生小组对主题进行讨论，例如"假如我是渡船我怎么办""假如我是行人我怎么办"

---

① ［韩］全炳俊：《韩龙云诗中的超脱和意义》，载《Journal of Korean Culture》2016 年第 35 卷，第 110—112 页。

"假如我以后遇到挫折怎么办"等，通过小组讨论，学生能够更深刻体验诗中的超脱，反思自己人生中遇到过的挫折，深入思考如何去面对以后未知的人生。正确看待人生中的不如意，用一种超脱的态度去面对人生中的失去，并且无论在何种境地下，都怀有新的希望与期待，只有这样，学生才能提高自己的适应能力，并能获得更广泛的人生宽度与人生高度。

三、痛苦的情感

痛苦是人类的基本情绪之一，与快乐相比，痛苦更能使人感受到自己的存在。文学中更多的表现痛苦的情感的悲剧，杜学敏提出悲剧是指具有值得人同情、认同的个体，在特定必然性的社会冲突中，遭遇不应有却又不可避免的不幸、失败甚至死亡结局的同时，个体遭到毁灭或者自由自觉的人性受到伤害，并激起审美者的悲伤、怜悯与恐惧等复杂审美情感乃至发生某种转变的一种审美形态①。悲剧中存在一个悲剧主人公，并且这个主人公需要遭受一系列不幸，读者在阅读悲剧时会引起自己的审美情感。

悲剧的核心是悲剧意识，悲剧中凝聚着悲剧意识，悲剧意识既是人对世界的理性哲思，又是感性的人生态度，因而可以表现为人的悲剧气质或悲剧直觉，这种敏锐感受悲剧性的禀赋，可以造成一种心灵的倾向，固执地追究人生的悲剧性，同时自然地、必然地以悲剧的方式解释人生，视人生为悲剧性的。悲剧意识是自觉主体对宇宙世界、历史人生的一种觉察、感悟、体验和洞见，是肯定人生意义要求遭到现实人生状况否定的思维成果和情感方式，是对现实灾难和人生悲惨（生命的悲剧性）的一种文化把握。它以世界的残缺性和人生有限性背景下对永恒圆满的渴望为思维起点，以人的绝望反抗的失败和人不可避免地走向死亡和毁灭为思维终点。在理性上看到了世界的神秘性（但不能明晰地认识这种神秘性），在感情上却不能接受世界的非理性。悲剧意识也即是悲剧人生观，它必然地联系着人的生存意义和价值、死亡和不朽等问题，是对个体命运和人类命运的忧思，是对时代的、历史的、人生的难题的暴露②。悲剧是人深刻的理性思考，这种思考不仅是对世界的思考，也是对自己人生价值存在的思考，悲剧体现了人的感

---

① 杜学敏：《作为美学范畴的悲剧新论》，载《人文杂志》2014 年第 5 期，第 52 页。
② 向宝云：《曹禺悲剧美学思想研究》，成都·电子科技大学出版社，2004 年版，第 65 页。

悟、体验。

另外，悲剧艺术具有悲悯性，悲悯性指悲剧艺术所表现、所反映的是社会生活中的悲惨事件，即合理的、有价值的事物被摧残或被毁灭，从而能够引起人们的恐惧、悲痛和怜悯的情感。悲惨是在悲剧艺术本身，而恐惧、悲痛和怜悯则是在欣赏者方面所唤起的审美情感[①]。悲剧的本质是具有悲剧精神，读者通过这种悲剧精神引发自己的怜悯与恐惧情感。

悲剧的两大作用是引起人的怜悯与恐惧，净化心灵。亚里士多德在《诗学》中指出悲剧是对于严肃的行动的模仿，即对于"一个遭遇不应遭遇的厄运"的好人的行动的模仿，揭示了悲剧的痛苦和死亡的一面；同时又强调悲剧所引起的"怜悯与恐惧"的情绪对人的情感的"净化"作用[②]。根据亚里士多德的悲剧说，学生在阅读悲剧的时候一是引起对悲剧人物的怜悯，二是引起对自己或许成为悲剧人物的恐惧。

在亚里士多德的悲剧净化说里，所谓"净化"是一种隐喻，表示悲剧意义上的情感宣泄与净化过程。该过程主要涉及三个向度：一是凭借悲剧激起的怜悯与恐惧，顺势促发观众内在的情感宣泄；二是凭借这种情感宣泄，使人获得心理解脱或审美满足；三是通过悲剧所表现的崇高理想、伦理德行及其精神效应，使人获得道德净化或道德意义上的心灵净化[③]。悲剧本来引发的是痛苦的感情，但是恰恰是因为这种痛苦的感情给心灵以净化与宣泄。

让学生阅读悲剧是为了在阅读中激发恐惧与怜悯，通过这种悲剧情感来感受愉悦，这种感受过程非常复杂。在悲剧审美痛感转化过程中，接受主体的心理变化相当复杂，其中一个突出表现是这种审美痛感以及与之相连的种种不安、紧张、恐惧、怜悯、哀伤等情绪能够或交织或融合或转化为审美愉悦。接受主体为悲剧审美对象激发起的痛感贯穿于整个悲剧审美始终，心理活动一直处于一种亢奋状态，接受主体受到的客体压力越大，痛感越强，亢奋心态越强烈，内在意志激情的反弹力也越大，这是一种积极要求展开人的生命激情，使痛苦转变为某种追求人的本质力量对象化的冲动，是一种合目

---

① 张辰、石兰：《悲剧艺术论》，呼和浩特·内蒙古教育出版社，1993年版，第247页。

② 焦尚志：《试论悲剧性》，载《天津社会科学》2003年第1期，第104页。

③ 王柯平：《悲剧净化说的渊源与反思》，载《哲学研究》2012年第5期，第63—64页。

的性的紧张，随之必然伴随某种审美愉悦[①]。读者阅读悲剧最终是为了获得审美愉悦，通过紧张、不安、恐惧、怜悯、悲伤等的情感发泄，最终净化自己的内心，获得审美愉悦。

休谟在《论悲剧》中也指出："一部完美的悲剧的观看者从痛苦、恐怖、焦虑以及其他本身是不愉快的、不舒服的情感中获得了难以解释的愉悦。他们卷入越深，感动越多，他们对于情境的愉悦就越大。诗人的整个艺术就是去激发和维持观众身上的同情和愤慨、焦虑和怨恨。他们愉悦的程度与他们受折磨的程度成正比，当他们流泪、啜泣、尖叫、宣泄其悲痛，宽慰其心灵，激发其最温柔的同情和怜悯的时候，他们从未如此快乐。"在阅读好的悲剧的时候，抑郁情感的不舒服不仅是因为某种更为强烈的对立的情感所压倒和消弭，而且那些情感的整个的冲动都被转换为愉悦，并且增加了文采在我们身上所引发的快乐。来自悲痛、怜悯、愤慨的冲动和激情从美的情感中获得了新的方向，后者，作为主要的情感，抓住了整个的心灵，把前者转换为自身的东西。整个灵魂同时被激情激发，被文采吸引，整体上感受到了一种强烈的运动，这在整体上是令人愉悦的[②]。由此可见，读者阅读悲剧，可以把自己的怜悯与恐惧转化为审美愉悦，获得心灵的净化。

下面通过具体的诗文本来构建体验痛苦情感的教学方案，下面白石的这首《女僧》表现了一个女人悲剧的一生。

女　僧

白　石

女僧双手合十行礼
散发出紫苑的味道
苍凉的脸如前一样苍老
我如佛经一样悲伤

平安道深山中的金矿

---

① 侯荣本：《文艺美学范畴研究：论悲剧与喜剧》，南京·南京大学出版社，2002年版，第111页。

② 章辉：《悲剧的悖论：西方文论的一个历史考察》，载《贵州社会科学》2016年第7期，第47—48页。

我从一个穷困的女人那里买了玉米

女人边打年幼的女儿，边凄惨地哭泣

像蜜蜂般离家十年的丈夫

他还是没回来

年幼的女儿喜欢桔梗花走向坟墓

山鸡凄凉地啼叫

在山寺院子里女人的头发和泪水一起掉落

　　学生阅读诗中的悲剧情感感受审美愉悦的程度，取决于自己的理解，学生都是在自己的期待视野中去接受文学作品，让学生更深刻地理解诗、激发学生的情感很重要。提供给学生一些理想读者的批评文，有助于学生体验诗中女人的悲剧情感。

　　这首诗的主人公是成了女僧的女人。在这首诗里围绕着主人公的生活出现了两个人的死亡，一个是女人丈夫的死亡，一个是女人女儿的死亡。我们能够明确理解女人的女儿的死亡，但是女人丈夫的死亡没有女儿的死亡那么明确。即，女人丈夫已经死亡的事实需要通过叙事来推测。

　　像一部小说一样展开的女人的一生是悲剧性的叙事。为了抚养家人，出去挣钱的丈夫离开家已经十年，依然没有回来，年幼的女儿得病死去，被埋在坟墓里。在这种家庭解体的过程中连续出现的死亡的叙事是诗人白石生活的时代非常普遍的事。那么可以说这首诗获得了社会普遍性，即，家庭的离散和解体，与之相关的共同体成员的死亡是表现那个时代悲剧的重要线索。这首诗体现的社会背景在这种观点下可以得以体现①。这是个时代性的悲剧，通过一个女人悲剧的一生表达了那个时代的整体悲剧。诗中的女人失去了丈夫、失去了女儿，自己走投无路，最终削发为尼，学生通过诗中女僧悲剧的一生，可以体验一种时代悲剧的痛苦。

　　诗中的金矿是这首诗的关键地点，通过金矿这个地点，我们可以推测女人的丈夫离家十年未归，可能是当了矿工，遭遇到了某种事故而十年没有回家。这首诗通过 2—3—4—1 联的叙事结构体现了当代的现实，在第二联中

---

　　① ［韩］金钟泰：《白石诗中表现的绝望》，载《韩国文艺批评研究》2015 年第 48 卷，第 37—38 页。

见到女人的核心空间是平安道某个金矿，平安道地区是具有代表性的金矿密集地区，话者从在金矿附近女人那里买了玉米，因此和女人建立了最初的关系。接下来，第三联揭示了女人去金矿的原因，那就是出去挣钱的丈夫十年未归，对此相关的解释每个研究者意见不同，为了说明与金矿相关的背景，我们需要对 20 世纪 20 年代后期和 30 年代初期的矿山情况进行仔细考察。

据矿山劳动相关的研究结果显示，列强们非常觊觎矿山资源，因此参与了包括金矿在内的各种矿山开发，由此矿山劳动者作为近代雇佣关系的一环数量持续增多。

当时，伴随着农业经济的解体，尚未形成足够的产业来吸收从农村分离出来的农民，所以出现了大量的失业者。矿山劳动成了殖民地时期失业者阶层的工作，金矿雇佣农闲时的劳动者，这些劳动者把这种矿山劳动当作副业。大部分平安道农民具有半农半工的性质，全职矿山劳动者的数量也比其他地区多，半农半劳的劳动形态导致了矿山劳动具有很高的流动率。

矿山劳动者因为低工资和高灾害率处于极度恶劣的条件之下，从咸亨矿的情况来看，20 世纪 30 年代工人平均劳动时间为 10 小时以上，工资为 60 钱到 80 钱。考虑到北方地区的矿山劳动者的工资比其他地区高，《女僧》的发生地平安道地区的事情更恶劣，并且殖民地矿山因为较低的技术水平和非机械化的采矿条件，经常发生事故。

白石通过《女僧》反映了殖民地矿山的现实。"平安道的某个金矿"是第二联中话者和女人见面的空间，同时对于诗人来说也是展现殖民地现实的空间。在第二联中遇见的女人为了寻找"像蜜蜂般离家十年的丈夫"，看起来像在矿山地带的流浪者。李崇原提出通过寻找十年未归的丈夫的诗句来看，女人不在矿山地区流浪，但是考虑到平安道地区较高的流动率的事实，这个女人可能定居在矿山地带。不能单纯地把金矿看成是人和钱聚集的地区，这与矿工们的低工资不无关系。因此女人为了寻找像蜜蜂一样未归的丈夫，后来失去了女儿，最后不得不成为女僧，通过女人的故事我们可以想象当时的具体情况。

白石在《女僧》中刻画了一个女人的一生，她家庭解体，在生存条件恶劣的情况下不得不出家为女僧。但是我们需要注意一下反映这种现实的方法。白石在诗中没有直接描写矿山劳动者，也没有使用直接描写矿山环境的方法，而是通过一个女人刻画了现实。白石站在一个观察者的立场上，与女人的生活拉开距离，把女人的生活看作是一种风景，通过这种方法来揭示现实。通过观看风景的主体的视角来考察近代文学的问题，白石作为近代主体，在观察一个女人的年代记生活，同时企图恢复被帝国主义破坏的世界。通过刻画不得不行商经营的女人，最大限度地排除了主体的主观感情，客观地揭发了殖民地现实①。这首诗通过个体的悲剧刻画了时代的悲剧，从几个简单的场面入手，刻画了恢宏的时代悲剧。

前面所述，悲剧可以引发读者的恐惧与怜悯，悲剧引起读者的怜悯主要是对悲剧人物的同情，诗中的女人生活在黑暗的殖民地时期，丈夫为了养家糊口，十年前离家出去打工挣钱，但是不知什么原因，十年后还没有回家，女人带着孩子出来寻找丈夫，在寻找的过程中女儿也意外死去，女人失去了丈夫、女儿，失去了全部家人，自己走投无路，最终迫不得已成了女僧。这个女人的一生是悲剧的一生，只有悲剧，没有任何快乐、幸福可谈，学生必然会对女人产生深深的怜悯。

阅读悲剧引起恐惧这个过程一般是通过移情的作用来实现的。移情指的是一个行为者对于另一个行为者的心灵状况尤其是情感状况的近乎等同的感受和体验，亦即一种基于感同身受的情感共鸣②。学生在阅读这首诗时可以把自己想象为"女僧"，假设自己处于这种巨大的人生悲剧之中，势必会引起学生内心的恐惧，也可以假设处于当时黑暗的殖民地时期，每个人都过着悲惨的生活，与现在我们所处的和平富强的时代相比，也会激起学生内心的恐惧。

学生在阅读《女僧》时引发的对女人的怜悯与对自己的恐惧可以转化为审美愉悦，通过痛苦、怜悯、不安、恐惧释放内心的压力，净化自己的内心，体验诗中的痛苦情感，丰富了自己的情感总量，进而提高了情感沟通力。

第四节　结　论

文学是人类精神之花，通过文学我们可以体验不同的情感、不同的人生，在丰富自己内心情感的同时获得精神上的成长，提高了情感的自我调控

---

① ［韩］安熊善：《白石诗的现实认识》，载《韩国语文学国际学术论坛学术大会》2008 年第 2 期，第 287—290 页。

② 李义天：《移情概念的渊源与指称》，载《湖北大学学报（哲学社会科学版）》2017 年第 1 期，第 19 页。

能力，最终提高学生的心理素质。朝鲜语专业学生不仅要重视对听、说、读、写基本语言技能的学习，更要加强自身人文素养的提高，在当今浮躁、物欲横流的商业社会中，保持内心的平静，听从内心的声音，显得尤其重要。国内朝鲜语教育经历了最初的萌芽、2010 年前后的鼎盛时期，现在已经进入了稳定发展状态，迫切需要通过文学进行高层次的情感教育等人文素质教育。

本研究把心理素质教育贯穿于整个朝鲜语专业教育之中，旨在提高学生朝鲜语专业素质的同时，提高学生的心理素质。本章选取了具有代表性的韩国现代诗文本，对学生进行了爱的情感、离别的情感、痛苦的情感的教育，最终目的是为了让学生在感受诗的情感的同时，让学生唤起自己内心的情感，丰富学生内心的情感总量，做一个具有良好心理素质的人。

第六章　韩国现代诗教育与生态教育

中国教育部高等学校外语专业教学指导委员会提出 21 世纪的外语人才必须具有良好的思想道德素质。即，教育部颁布的《关于外语专业面向 21 世纪本科教育改革的若干意见》里规定，21 世纪的外语人才应该具有以下 5 个方面的特征：扎实的基本功，宽广的知识面，一定的专业知识，较强的能力和较好的素质①。外语人才的 5 种能力中包括素质能力。教育部规定的大学生的素质主要包括思想道德素质、文化素质、业务素质、身体和心理素质。其中，思想道德素质是根本，文化素质是基础。对于外语专业的学生来说，应该更加注重爱国主义和集体主义的教育，注重培养学生的政策水平和组织纪律性，注重训练学生批判地吸收世界文化精髓和弘扬中国优秀文化传统的能力。思想道德素质作为大学生最基本的素质，是必须要培养的素质。

生态教育是思想道德教育的重要组成部分。1972 年联合国人类环境大会通过《人类环境宣言》提出了生态教育的概念。所谓的生态教育，即环境教育，抑或环境素养的建构与提升，是指从人与自然相互依存的生态伦理与道德观出发，引导受教育者为了人类长远利益，自觉养成爱护自然环境的思想觉悟和生态情感②。因为产业化、城市化带来的环境问题和生态危机，生态教育变得尤为重要，对学生进行生态教育是建设社会主义生态文明的重要途径。

生态文明是继原始文明、农业文明与工业文明之后的第四种文明形式，它不同于以往的文明，它以尊重和维护生态环境为主旨，以可持续发展为根

---

① 南燕：《关于中国学生使用的韩国文学教材编纂问题的研究》，载《Journal of Korean Culture》2009 年第 13 卷，第 195 页。

② 王玉明、冯晓英：《论生态文学对公民环境素养的建构》，载《学术界》2016 年第 11 期，第 176 页。

89

据，以未来人类的继续发展为着眼点。生态文明观强调人的自觉与自律，强调人与自然环境的相互依存、相互促进、共处共融。生态文明观同以往的农业文明、工业文明具有相同点，那就是它们都主张在改造自然的过程中发展物质生产力，不断提高人的物质生活水平。但它们之间也有明显的区别，即生态文明强调生态的重要，强调尊重和保护环境，强调人类在改造自然的同时必须尊重和爱护自然，而不能随心所欲，盲目蛮干，为所欲为。生态文明强调在适应自然和改造自然的过程中，要实现人与自然的和谐、人与人之间的和谐。生态文明具有狭义和广义两个概念。从狭义角度来看，生态文明是物质文明、政治文明和精神文明相并列的现实文明之一，着重强调人类在处理与自然关系时所达到的文明程度。从广义角度来看，生态文明是人类社会继原始文明、农业文明、工业文明后的新型文明形态。它以人与自然协调发展作为行为准则，建立健康有序的生态机制，实现经济、社会、自然环境的可持续发展。这种文明形态表现在物质、精神、政治等各个领域，体现人类取得的物质、精神、制度成果的总和①。生态文明是实现人与自然和谐、人与人和谐、人与社会和谐的文明形态。

生态文明与物质文明、精神文明、政治文明有紧密的关系，相辅相成。生态文明是社会主义文明体系的基础，是物质文明、精神文明和政治文明的前提。社会主义的物质文明、精神文明和政治文明离不开生态文明，没有良好的生态条件，人不可能有高度的物质享受、精神享受和政治享受。没有生态安全，人类自身就会陷入不可逆转的生存危机。生态文明所创造的生态环境、生态理念、生态道德、生态社会等，直接为物质文明、精神文明和政治文明提供必不可少的生态基础。同样，离开物质文明、精神文明和政治文明来谈生态文明，也不会有真正的发展。物质文明、精神文明、政治文明为生态文明建设提供坚实的物质基础、科学的制度保证和强大的智力支持②。生态文明与物质文明相互促进，生态文明和物质文明的和谐才能实现社会主义经济发展的目标。

党的十八大以来，一方面，我国经济发展取得了举世瞩目的成就。习近平总书记在党的第十九次全国代表大会报告指出经济建设取得重大成就。坚

---

① 刘铮：《生态文明意识培养》，上海·上海交通大学出版社，2012年版，第18页。
② 刘铮：《生态文明意识培养》，上海·上海交通大学出版社，2012年版，第28页。

定不移贯彻新发展理念，坚决端正发展观念、转变发展方式，发展质量和效益不断提升。经济保持中高速增长，在世界主要国家中名列前茅，国内生产总值从 54 万亿元增长到 80 万亿元，稳居世界第二，对世界经济增长贡献率超过 30%；供给侧结构性改革深入推进，经济结构不断优化，数字经济等新兴产业蓬勃发展，高铁、公路、桥梁、港口、机场等基础设施建设快速推进；农业现代化稳步推进，粮食生产能力达到 6000 亿公斤；城镇化率年均提高 1.2%，8000 多万农业转移人口成为城镇居民；区域发展协调性增强，"一带一路"建设、京津冀协同发展、长江经济带发展成效显著；创新驱动发展战略大力实施，创新型国家建设成果丰硕，天宫、蛟龙、天眼、悟空、墨子、大飞机等重大科技成果相继问世；南海岛礁建设积极推进。开放型经济新体制逐步健全，对外贸易、对外投资、外汇储备稳居世界前列。

我国经济发展取得以上巨大成就离不开生态文明的建设，只有实现生态文明与物质文明的和谐发展，才能真正实现经济发展。在必须加强生态文明的建设形势下，习近平总书记在党的十九大报告中提出加快生态文明体制改革，建设美丽中国，具体来说人与自然是生命共同体，人类必须尊重自然、顺应自然、保护自然。人类只有遵循自然规律才能有效防止在开发利用自然上走弯路，人类对大自然的伤害最终会伤及人类自身，这是无法抗拒的规律。

我们要建设的现代化是人与自然和谐共生的现代化，既要创造更多物质财富和精神财富以满足人民日益增长的美好生活需要，也要提供更多优质生态产品以满足人民日益增长的优美生态环境需要。必须坚持节约优先、保护优先、自然恢复为主的方针，形成节约资源和保护环境的空间格局、产业结构、生产方式、生活方式，还自然以宁静、和谐、美丽。

为了建设生态文明，需要推进绿色发展。加快建立绿色生产和消费的法律制度和政策导向，建立健全绿色低碳循环发展的经济体系；构建市场导向的绿色技术创新体系，发展绿色金融，壮大节能环保产业、清洁生产产业、清洁能源产业；推进能源生产和消费革命，构建清洁低碳、安全高效的能源体系；推进资源全面节约和循环利用，实施国家节水行动，降低能耗、物耗，实现生产系统和生活系统循环链接；倡导简约适度、绿色低碳的生活方式，反对奢侈浪费和不合理消费，开展创建节约型机关、绿色家庭、绿色学校、绿色社区和绿色出行等行动。

最后习近平总书记呼吁生态文明建设功在当代、利在千秋。我们要牢固树立社会主义生态文明观，推动形成人与自然和谐发展现代化建设新格局，为保护生态环境做出我们这代人的努力。

不仅我国国内的经济建设需要绿色发展，全球治理和国际合作也需要绿色发展，国家主席习近平在"一带一路"国际合作高峰论坛开幕式上的演讲中（2017年5月14日）指出，"一带一路"的建设需要践行绿色发展的新理念，倡导绿色、低碳、循环、可持续的生产生活方式，加强生态环保合作，建设生态文明，共同实现2030年可持续发展目标。

国内经济发展与国际合作都需要绿色发展，建设生态文明。生态公民是建设生态文明的主体基础，每个人都应该具有生态责任意识，参与到生态文明建设中去，做一个优秀的生态公民。

关于生态公民的概念很多，其中周慧等指出，生态公民是指能够将实现人与自然的和谐作为其核心理念与基本目标，依法享有生态环境权利和承担生态环境义务，其中也表现为具有参与生态环境管理事务并担任公职资格的人。也就是要求公民在宪法和法律的约束下对生态环境形成与权利义务并行不悖的理性自觉和行为取向。生态公民应该具有很强的主体意识（如生态伦理意识、生态科学知识等生态理念和素质）及参与意识（即积极参与并维护生态环境的意识和能力），较强的法律意识（自觉维护享有的生态环境权利和履行承担的生态环境义务）及监督意识（自觉监督政府、组织或个人的生态化行为）[1]。

黄爱宝概括了生态公民的基本特征：具有较高的生态伦理意识与一定的生态科学知识等生态精神素质；具有自觉地维护其享有的生态环境权利的意识与能力；具有自觉地履行其承担的生态环境义务的意识与能力；具有积极地参与生态环境事务的实际行为等。他指出生态公民也可称为绿色公民或环境友好公民等，生态公民通常是一个个体性的术语，既特指生态公民个人，但有时也会泛指作为生态公民集合体的社会组织，如生态社会组织[2]。

杨通进指出生态公民具备四个基本特征：生态公民是具有环境人权意识

---

① 周慧、聂应德：《生态文明视野下生态公民养成机制研究》，载《云南民族大学学报（哲学社会科学版）》2008年第1期，第67页。

② 黄爱宝：《生态型政府构建与生态公民养成的互动方式》，载《南京社会科学》2007年第5期，第80页。

的公民，强调个人权利的优先性和国家对于个人权利的保护是现代公民意识的本质特征；生态公民是具有良好美德和责任意识的公民，生态公民不是只知向他人和国家要求权利的消极公民，也是主动承担并履行相关义务的积极公民；生态公民是具有世界主义意识的世界公民；生态公民是具有生态意识的公民，健全的生态意识是准确的生态科学知识和正确的生态价值观的统一①。

以上生态公民的概念主要立足在公民的概念之上，强调作为生态公民的生态权利与生态义务，即生态公民具有追求生态环境的权利与保护生态环境的义务，但是人是认知、情感、意志的统一体，尤其情感是人类特有的特点，生态公民也不例外。生态公民应该具有生态科学知识、生态责任感与生态情感。因此在培养生态公民时，不仅要学生学习生态科学知识，培养学生的生态权利与义务，最重要的是让学生具有生态感情。生态感情的培养要求加强对学生进行生态审美教育。针对生态公民的情感特点，黄爱宝提出以生态教育感化方式奠定生态公民养成的根本基础。生态教育的理念就是培养与造就掌握生态科学知识、树立生态道德观和具有生态审美能力并实施生态环境保护参与行为的人，这也就是作为生态公民的基本要求。其中生态科学知识（包括生态自然科学与生态社会科学知识）教育主要是养成公民的生态理性，生态道德观教育主要是养成公民的生态责任，生态审美能力教育主要是养成公民的生态情感。在这三者统一的基础上养成公民的生态保护参与行为习惯。生态教育的本质是公民的生态意识、生态素质和人格养成的教育。也就是生态公民养成的教育②。生态理性、生态责任、生态情感的完整统一才是生态公民的基本素质。生态公民不仅需要具有生态理性、生态责任，还应该在情感上具有生态审美能力，只有知、情、意的完美统一，才是完整意义上的生态公民。

本部分从人文学视角探索通过韩国现代生态诗进行培养生态道德素质及生态意识的生态教育。现代文明虽然取得了很大的发展与进步，但是同时也带来了环境破坏等生态问题。生态危机的原因一般认为是人类中心主义的思想。掠夺、破坏自然的以开发为中心的思维方式和征服为目的的自然观使人

---

① 杨通进：《生态公民论纲》，载《南京林业大学学报（人文社会科学版）》2008 年第 3 期，第 16—18 页。

② 黄爱宝：《生态型政府构建与生态公民养成的互动方式》，载《南京社会科学》2007 年第 5期，第 81 页。

类和自然对立，破坏自然和滥用资源导致了自然生态界的危机。即，人类对于生态界的平衡和循环过程的无知与不理解加速了环境污染，由此导致的生态界的不平衡和自我净化能力的丧失导致了自然环境的危机①。现在摆脱人类中心主义，解决生态界的危机，与自然和谐共处的增强生态素质②的生态教育非常重要。

第一节　通过韩国生态诗进行生态教育的理论背景

一、韩国现代诗教育的人文学视角

中国的朝鲜语教育经过过去几十年的发展，不仅在数量上，而且在质量上都飞速发展。现在中国有200多所大学开设了朝鲜语专业，每年培养几百名朝鲜语专业人才③。但是朝鲜语教育主要以培养在韩国企业就职等实用能力为目的。哈贝马斯（Habermas）认为今天的教育只关注技术相关的教育效果，而忽视了"成为什么样的人"和"应该如何生活"等教育目的和伦理价值。这是近代以后以科学思维为基础的教育学发展过程中目的论和方法论的分离，即价值和知识的分离现象，或方法论优先目的论的现象带来的必然结果④。在这种思维的影响下，韩国语教育也只重视交际教育下的知识和技能的培养，而忽视了作为教育本质的素质培养。因此朝鲜语教育不仅只停留在知识和技能的培养上，而应该关注作为教育本质的素质的提高。外国语教

---

① ［韩］洪龙熙：《为了克服危机的环境伦理学的确立方案》，载《伦理研究》2001年第46卷第1期，第229页。

② 所谓的"生态素质"是指理解创造地球上的生物的自然系统的能力。具有生态上的素质是指理解生态群集的组织原理，为了创造可持续发展的人类社会利用这种原理。具有生态上的素质的社会作为可持续发展的社会不破坏社会依存的自然环境。生态素质在提供对待环境问题的综合观点时具有更大的意义。生态素质具有作为从全一主义、系统思维、可持续发展、复杂性中产生的新教育模式的价值。［韩］金基泰：《生态教育的内容和展望》，载《全人教育研究》2015年第19卷第1期，第3—4页。

③ 根据中国的"教育部招生阳光工程指定平台'阳光高考网'的相关信息统计，现在包括公立和私立在内共有114个4年制大学开设了韩国语专业"，152个大学（138所专科大学 14所4年制大学）开设了"应用韩国语专业"。［韩］李仁顺、许世立：《中国大学的韩国语教育》，韩中人文学会学术大会，2013年，第100页。

④ ［韩］卢尚雨：《科学技术时代的新伦理教育课题——以环境论的观点为中心》，载《韩南教育研究》1994年第2期，第115页。

育不仅仅是传达知识和训练技能，更应该关注素质教育，回归到教育的本质和起源①。

之前的韩国现代诗教育主要在朝鲜语教育这个大框架内进行探讨。中国的韩国现代诗教育主要可以分为以下三个方向："通过文学进行交际教育""通过文学进行韩国社会文化教育""文学自身教育文学"。首先，通过文学进行交际教育是把文学作品当作教学素材培养"会话/听力""阅读/写作"等的语言技能；其次，通过文学的文化教育是通过学习文学作品理解目的语的社会文化，进而培养能够灵活运用符合社会文化的语言能力；最后，所谓的韩国文学自身教育是学习韩国文学自身和属性，培养文学能力，理解韩国文学的普遍性和特殊性②。之前有关利用现代诗的交际教育、社会文化教育、现代诗自身教育的研究已经很多，但是在人文学视角上利用现代诗的素质教育还很罕见。生态教育应该是人文的浸润，而不应该只是生态知识或生态信息的传递。

二、生态诗及生态教育

现代文明给人们带来便利的同时，也带来了环境与生态的灾难。生态文学是随着现代文明的发展而出现的文学潮流，具体是 20 世纪 50 年代在世界文学史上形成的一个新的文学潮流，它主要通过小说、散文、诗歌、报告文学等传统的文学形式对人与自然的关系进行生态伦理意义的审视与探讨，以充满情感的笔调表现科学技术、社会发展造成的严重生态灾难。它从生态伦理的角度关注人与自然的关系，关注生态平衡，关注人类生存。它以精神和道德为基础，来探索人与自然的新关系、新法则、新内涵。提倡环境保护，既是生态文学的明确目的，也是其最主要的特点。它通过对人类的生态悲剧、精神悲剧的描写，向人类敲响了警钟，增强人类生态保护意识。生态文学打开了大自然丰富多彩的宝库，培养了人们热爱大自然的感情，对培养人们的生态意识、生态世界观，唤醒人们的生态良心起了积极作用。生态文学的宗旨是促进人类生态意识的形成，动员全人类以各种方式加入保护地球的

---

① 文旭、夏云：《全人教育在外语教育中的现实化》，载《外语界》2014 年第 5 期，第 82 页。

② ［韩］尹汝卓：《韩国语教育中文学教育的方法——以现代诗为中心》，载《国语教育》2003 年第 111 期，第 511—512 页。

行列中，积极肩负起对未来的责任和义务，实现人与自然和谐的理想①。因此，生态文学是以生态为主题的文学，生态文学具有一系列特征。

生态文学关注自然环境，具有一定的社会功能，通过阅读生态文学，可以唤起对生态环境的保护意识。生态文学是通过文学的方式来反映生态问题的文学，它的目的是呼吁人类关注生态问题、解决生态问题，最终实现人与自然和谐的理想。生态主义文学大体上肩负解决生态危机问题的责任②。生态文学主要关注人与自然的和谐相处，反对人类中心主义，坚持自然中心主义的立场。并且生态文学的特征是从生态思想和生态视角出发，把自然中心主义文学与人类中心主义文学同等对待③。生态文学对于人类关注生态、关注环境具有积极作用。

生态文学的社会价值与生态文学的目的紧密相关，郭茂全指出生态文学创作的目的就在于提升人们的生态意识，帮助人们树立生态价值观。生态文学一方面挖掘自然、现实生活、艺术中的生态美，表现保护生态环境的时代新形象，讴歌生态理想和追求，改善人性与人的灵魂，重铸生态人文精神，为和谐生态唱响赞歌，沟通了自然生态与社会生态、文化生态之间的关联，有助于建设和谐、节约、可持续发展的生态文明社会；另一方面，生态文学通过表现触目惊心的生态环境污染和生态危机，用血与泪的事实从反面诉诸人们的生态责任意识，表现对现代工业文明的质疑，批判人类无尽的物质欲望与消费主义，消解和批判人与自然对立、分离的世界观，解构征服自然、控制自然、肆意挥霍滥用自然资源的人类中心主义思想观念，最终确立生态中心主义，促进人类与自然生态的和谐，从而为构建和谐社会营造和谐良好的生态氛围④。生态文学的社会价值根本上源于生态文学的创作目的，生态文学一方面挖掘生态美、环境美、人与自然的和谐美好，另一方面通过表现现代文明对生态的破坏来引起人们对生态的注意、激发人类保护环境、生态的意识。

---

① 杨素梅、闫吉青：《俄罗斯生态文学论》，北京·人民文学出版社，2006年版，第15页。

② ［韩］郑民求：《为了生态主义文学的再长征的试论》，载《语文研究》2016年第89卷，第333页。

③ 王岳川：《生态文学与生态批评的当代价值》，载《北京大学学报（哲学社会科学版）》2009年第46卷第2期，第135页。

④ 郭茂全、赵晓红：《生态文学：生态环境教育的新途径》，载《社科纵横》2008年第10期，第102页。

生态文学对于生态、环境的责任通过文学的形式表现，具有高度的审美价值。彭松乔提出生态文学的审美价值主要体现在五个方面，即抒写伤感警示的文明哀歌、激发回归自然的生态情怀、歌颂厚德载物的人格精神、互换利乐众生的生命意识和展现诗意栖居的美好愿景。第一，生态文学通过对现代文明带来的生态灾难等负向性价值的哀婉抒写，将伤感的笔触探入人类心灵深处，在叩问生态危机根源的同时，又生发出强烈的自然责任感和社会使命感，为重整人与自然之间业已破坏了的和谐关系发出急切的呼唤。这种生态情怀开辟了一条对现代文明进行深刻反思的文脉。第二，现代文明以来，人与自然之间的和谐关系被"启蒙主义""工具理性"和科学技术等"现代性"精神颠覆。随着人类蹂躏大自然程度的加深，地球上原有的生态平衡被严重破坏，人与自然之间不再和谐，在这一历史语境下，生态文学必然激发人类回归自然的生态情怀。第三，厚德载物型的生态人物，丰富了中外文学人物形象的阵容，带来了全新的伦理观念和审美享受，使得在消费社会里易于产生审美疲劳的心灵重新获得精神的慰藉。这一新型人物形象赋予的人格精神，激发我们必须以更加深宏的生态情怀去善待生命与自然，以更加宽广的审美眼光去欣赏万物之美。第四，利乐众生的生命意识，是　种更加深宏的伦理观念，也是一种十分宝贵的审美价值追求，让人们充分认识到人类的生存和发展，是与整个生态系统生命互动展开的，离开了其他生命的美，人类也不可能获得真正美的享受。第五，展现诗意栖居的美好愿景，使生态文学超越了现代性美学的片面性。冲破人类中心主义局限的生态文学在恢复自然之魅的同时，让人性回复到了"天地有大美而不言"的灵性空间，使现代人找到心灵的归宿[①]。生态文学具有独特的审美价值，这种价值是对自然、人类自身的关注，对人类恢复人与自然的和谐、人内心的平静具有重要意义。

生态文学中的生态诗是随着生命意识的变化和环境危机等现实问题而出现，扎根于生态学的想象力，以生态学问题意识为契机而创作的诗作品[②]。如上所述，生态诗是把对现代文明的批判进行形象化的产物。生态诗在诗中

---

① 彭松乔：《试论生态文学的审美价值》，载《江汉大学学报（人文科学版）》2011年第5期，62—67页。

② ［韩］张英熙：《生态诗和生态意识研究试论》，《文昌语文论集》2000年第37卷，第4页。

表现了生态意识，可以说生态诗是进行生态教育合适的题材。

尤其通过文学进行生态教育具有各种优点。文学是人类精神宝库，可以促进自我的内心成长和精神成熟，进而可以体验社会人的生活和情感、集团的普遍性，通过这个过程领悟作为社会存在应该如何生活，学习共同体生活①。因为我们通过文学获得精神成长和社会认识。尤其生态诗不仅向我们传达有关人类破坏自然和现实破坏等的批判性信息，还提出了对生命本质的根源性疑问和对生命本质的探索②。生态诗作为传达生态认识的媒介具有重要的作用。

生态诗的创作具有两种重要的问题意识。一种是必须确保文学性，让读者通过文学感动体会生态认识，另一种是必须摸索维持生态共同体的"共存的行动伦理"，让我们认可在地球生态界中为了自身生命的延续必须摄取别的生命的摄食的关系③。当我们阅读表达这种问题意识的生态诗的时候，不仅可以认识到生态意识，还能体验到各种文学情感和文学因素。考虑到以上各种因素，通过生态诗进行生态教育，学生可以通过文学语言和文学想象力体验生态意识，然后内化这种生态意识，最终感悟到生命的真正价值。

第二节　通过韩国生态诗进行生态教育的实践

一、生态教育的对话主义方法

建构主义与西方传统的两元知识论不同，把知识的形成看作是主体和客观相互作用的过程，这就否定了主观中心主义或对象中心主义的确定性、普遍性、绝对性，通过创造相互作用的知识结构来获得经验和认识体系④。如此，建构主义的知识不是客观的，而是根据个人各自建构的，因此学生是学习的主体和教育的中心。

---

① ［韩］文贤景：《朴志远文学研究》，载《东国语文学》2004 年第 16 卷，第 206 页。

② ［韩］吴定勋：《作为"批判和共存"的诗学的生态诗教育方法》，载《国语教育学研究》2002 年第 43 卷，第 383 页。

③ ［韩］林道韩：《生态诗的课题和觉醒的契机》，载《韩国现代文学研究》2004 年第 16 卷，第 30 页。

④ ［韩］许才福：《知识观的变化和道德专业的对话课》，载《道德教育研究》2001 年第 13 卷，第 120—121 页。

教室的课程主要通过对话进行，建构主义的对话是主体建构意义的过程，通过主体间的协商过程互相影响，互相学习①。教室里的对话有多种形态，主要有"内部对话""纵向对话""横向对话"等。"内部对话"是指在阅读诗文本的过程中在读者内心里进行的各种思维之间的对话；"纵向对话"是理想读者和现实读者之间的对话；"横向对话"是读者之间的对话，即作为现实读者的学生之间的对话②。以上的 3 种对话具有不同的角色，学生首先通过内部对话建构诗文本的意义，与此不同，与专业读者之间的对话可以让学生深入阅读诗文本，学生之间的横向对话过程中学生把自己的思维语言化，通过了解别的学生的思维拓展、调整关于诗的想法。

二、利用韩国生态诗的生态教育方案

通过前述对生态诗的分析，我们可以知道生态诗是关注生态的诗，从狭义上来说，主要是对自然环境的关注，从广义上来说包括对人类社会一切生态的关注，即，不仅包括人与自然和谐，也包括人的精神世界的和谐、人与人的和谐。本研究根据生态诗的特点，把韩国现代生态诗大体分为了四种类型，即对生态环境破坏的揭发与批判、对现代文明导致的精神世界荒芜的批判、对自然万物和谐美好的歌颂和对人类乌托邦的渴望。在实际教学过程中，按照具体的生态诗类型对学生进行循序渐进的生态教育，首先是让学生了解人类破坏自然及现代文明下人类精神世界的孤独与不安，然后让学生感受自然万物和谐、人与人和谐的美好，最后让学生体会人类乌托邦世界的完美。

（一）对生态环境破坏的揭发与批判

在韩国现代文学史上，诗中表现环境破坏和生态危机始于 1969 年金光燮发表的《城北洞鸽子》。因此金光燮（1905—1977 年）被评价为"韩国现代文学最早的生态诗诗人"③。他脑出血倒下后，在恢复意识的过程中于病床上写下了很多诗篇，后来他把这些诗篇收集起来出了诗集《城北洞鸽子》。

---

① ［韩］姜思彩：《对话的教育意义——以哈贝马斯和对话主义为中心》，载《教育的理论和实践》2006 年，第 12 页。

② ［韩］崔美淑：《对话中心的现代诗教学法》，载《国语教育学研究》2006 年第 26 卷，第 235—243 页。

③ ［韩］崔明国：《〈城北洞鸽子〉的自然和文明的隔离意识》，载《批评文学》2014 年第 52 期，第 371 页。

这本诗集打破了以前观念性、抽象的诗世界，包含了关于破坏自然和生命的人类与文明的呼声。

诗集《城北洞鸽子》中收录了诗人的代表作《城北洞鸽子》。一般情况下，生态主义诗通过两种方式来应对环境危机。一种是揭发环境危机，另一种是在环境危机中发现希望①。金光燮的《城北洞鸽子》属于前一种，通过文明批判来揭发环境危机。这首诗是金光燮以文明批判为主题的诗篇中最具有代表性的诗②。中国和韩国都经历了高速发展的工业进程，开始逐渐关注生态问题。韩国20世纪60—70年代经济发展的代价之一就是产生了严重的环境问题，这首诗作为韩国最早发表的生态诗，对中国学生具有一定的教育意义。

本节在对话主义的基础上利用《城北洞鸽子》构建了生态教育的教学模型。生态教育的方法主要通过分析诗让学生产生生态意识。生态教育的最终目的是让学生把对生态环境的认识内化为自己的价值体系。通过下述三种层次对话实现这种生态教育的目标。

1. 通过与诗内部对话进行生态意识体验

首先教师把诗全文展示给学生，让学生先独立阅读诗，与诗文本进行内部对话，下面是《城北洞鸽子》的全文。

城北洞鸽子

金光燮

随着城北洞山上出现了住宅

原来生活在这里的城北洞鸽子家园消失了

在凌晨采石轰鸣中颤动

胸口出现了裂缝

即使那样城北洞鸽子

在上帝的庭院早晨的蓝色天空中

好像给城北洞居民传递祝福

---

① 郑民求：《为了生态主义文学的再长征的试论》，载《语文研究》2016年第89卷，第327页。

② ［韩］崔明国：《〈城北洞鸽子〉的自然和文明的隔离意识》，载《批评文学》2014年第52期，第380页。

在城北洞天空盘旋

在城北洞干枯的峡谷中
安静地坐着啄豆子的
哪怕狭小的院子，处处
采石场炮声阵阵
像避难一样站在屋顶上
在清晨蜂窝煤烟囱中感受乡愁
重新回到山 1 号采石场
在刚采的石头余温中磨嘴

以前对待人类如圣人
与人类亲密
与人类一起热爱
与人类一起享受和平
爱与和平的鸽子
现在失去了山，失去了人类
甚至爱与和平的思想
成了被驱逐的鸟

在这个阶段学生自主阅读《城北洞鸽子》，理解、体验诗中如何表达关于生态环境的认识。学生在体验生态意识前，需要先探索一下生态知识。生态素质由"生态知识""生态中心的态度""生态感受性"三种要素组成。生态知识是指对组成生态学的基本概念的理解；生态中心态度是指不把自然看作是人类的工具，围绕人类的环境不是探索的对象，把自然看作是有价值的存在的态度就是生态中心的态度；生态感受性是指把人类以外的存在，即把自然看作是主体的视角，并且我们认为这些主体应该受到尊重，认可他们具有以自然状态存在的权利。理解生态学的基本原理是生态素质培养的基础[①]。学生探索生态学知识，拥有能够理解生态界平衡的知识，了解人类不是自然环境的支配者，而是自然的一部分。之后学生才能理解生态逻辑，从

---

① ［韩］金基泰：《生态教育的内容和展望》，载《全人教育研究》2015 年第 19 卷第 1 期，第5—6 页。

而才能在生态诗的视角阅读《城北洞鸽子》。

其他生物是与人类同等的存在，是自然的一部分。鼓励学生在接触诗的时候积极主动地进行阅读活动，让学生在自己探索的生态知识基础上朗诵、欣赏诗。学生通过自己与诗文本的内部对话来体会鸽子的前后形象变化、城北洞等场所形象。

2. 通过与批评文本的纵向对话进行生态意识深化

这个阶段学生通过与专业批评文本的对话来深化对生命和生态环境的生态意识。批评文本作为专业读者批评家的产物可以帮助学生深刻解释诗文本，罗森布拉特认为了解别人关于文本的想法可以增进自己的洞察力。并且他认为，在其他读者中知识或洞察力、感受性最杰出的就是批评家了。阅读文本时觉得感动或混乱的读者会想讨论、明确意见、表达自己对作品的感受。他会想倾听别人的想法，通过这种相互作用读者可以了解别人与文本如何对话，不仅如此，罗森布拉特还认为通过读者之间的相互作用，读者可以在意见类似的时候强化自己的想法，重新关注自己忽视的单词、句子、形象、场面，另外读者还可以通过再次阅读文本修正自己的解释。最后学生可以获得各种各样解释文本的方法，从直接解释文学内容的方法到有关文学再现的弗洛伊德的方法①。学生通过与批评文本的对话可以加深对文本的阅读。

教师向学生提供各种解释视角的批评文本，让学生与批评文本进行对话，以下是教师可以提供的批评文本。在选择批评文本时，可以选择一些生态批评文本。生态批评研究文学与环境之间的关系，学生阅读关于生态诗的生态批评文本，能够更深入地体验诗中的生态意识。

生态批评具有独特的特点，生态批评不只是对文学中的自然进行分析的一种手段，它还意味着走向一种以生物为中心的世界观，一种伦理学的扩展，将全球共同体的人类性观念扩大到可以容纳非人类的生活形式和物理环境。王岳川针对生态批评提出了以下几种观点。第一，生态批评以研究文学中的自然生态和精神生态问题为主，力求在作品中呈现人与自然世界的复杂动向，把握文学与自然环境交涉互动关系。第二，生态批评亦可从生态文化

---

① ［美］罗森布拉特：《读者，文本，诗》（金慧丽、严海英译），首尔·韩国文学社，2008 年版，第 253—255 页。

角度重新阐释阅读传统文学经典，从中解读出被遮蔽的生态文化意义和生态美学意义，并重新建立人与自然、人与他人、人与社会、人与大地的诗意审美关系。第三，生态批评对艺术创作中人的主体性问题保持"政治正确"立场，既不能有人类中心主义立场，也不能有绝对的自然中心主义立场，而是讲求人类与自然的和睦相处，主张人类由"自我意识"向"生态意识"转变。第四，生态批评将文学研究与生命科学相联系，从两个领域对文学与自然加以研究，注重从人类社会发展与生态环境变化角度进入文学层面，从而使生态批评具有文学跨学科特性。第五，生态批评在对生态文化现象进行观照时，承继了绿色革命的意识形态，强调不能背离文学精神和文学话语，而尽可能在文学文本形式和艺术手法层面展开话语叙事，通过"文学性"写作的形式美手法体现出生态文化精神。最后，他指出生态批评的内容要求从生命本质和地球的双重视野中，考察人类过去与未来的存在状态。这一视角将已经流于形式主义的文学研究与危机重重的地球生存问题联系起来①。由此可见，生态批评最大的特点是具有双重性，即文学性与生态性。下面是关于《城北洞鸽子》的批评文本。

批评文本 1 《城北洞鸽子》的生态学分析。

金光燮的后期作品，倾向于"观念的世界获得艺术上的升华，变成了观照和觉醒的成熟"。当然，这首诗"作为作家的后期代表作，通过和平的象征鸽子憧憬了自然的和平与美好，同时批判了现代城市人和文明的产物公害，表达了对于自然美的现代乡愁，唤起人们对于全球的生命意识，也就是表达了全人类的时代苦恼的先驱者的社会诗……"

由于人类的无知和欲望，鸽子被城北洞的火药味和炮声驱赶，在人类占领的任何地方都不允许其他生命的存在。失去家园、无处居住的鸽子无可奈何地再次用被夺去的城北洞山 1 号中刚开采的"石头的余温磨嘴"，对自然开采的怀念。惨状是标榜"爱与和平"的人类造成的，因此变成更"惨烈的背叛"。"树丛在哪里，消失了。鹰在哪里？消失了。与小矮马和山羊告别意味着什么？生命的结束，就是死亡的开始。"让人联想到西雅图酋长的演说②。

---

① 王岳川：《生态文学与生态批评的当代价值》，载《北京大学学报（哲学社会科学版）》2009年第 2 期，第 137—139 页。

② ［韩］金甲起：《生态论诗学——为了〈城北洞鸽子〉》，载《韩国文学研究》2004 年第 27卷，第 195—196 页。

批评文本 2　生命共同体——生命趋向的未来和局限。

《城北洞鸽子》尖锐地批判了在祖国近代产业社会名义下破坏自然和生态所带来的物质文明问题。这首诗通过被物质文明驱赶的鸽子，批判了自己所处的社会和文明包含的二律背反性的、矛盾的因素。与此同时具体表现了异化，深刻揭露了现代文明的黑暗与非人性化、异化的问题。申庆林认为："我们在这首诗中感受到的就是与邻居完全的一体感，……对于现实的关心在与邻居或民族的一体感中再次融合到达更高层次的文明批评。"通过追求物质文明带来的不正常现实不仅仅是鸽子的问题。对于与获得的利益完全无关的阶层来说，开发不仅仅具有失去居住的土地和房屋的意义。这首诗表现的人类异化问题无法与他追求的生命共同体分开谈论。如马克思所说，共同体的最终目标是"摆脱异化的人类解放"①。

批评文本 3　通过批判与文明隔离。

如"回声"一样反复的"炮声"具有破坏性属性，这也是带给内心伤痕的东西。因为这种炮声，鸽子被迫远离自己的家乡城北洞的山，但是鸽子处于不能离开的悖论状态。诗人通过这种悖论状态表达了对迁居的人及"山1号"和"采石场炮声"象征的文明破坏自然和混乱行为的批判。本诗中的金光燮的距离意识也在时间的分节上得到表现，"以前"和"现在"之间的物理距离之间存在着完全不同的鸽子。之前的鸽子向人们传达爱与和平，并且乐享于此，可是与之前不同，现在的鸽子被驱赶，沦落为连"爱"与"和平"的思想都不能产生的普通鸟。鸽子以前和现在的价值通过相反的诗语进行对比，这种价值沦落的原因可以说是现代文明的循环破坏性。

破坏性的文明背面是人类的自私之心。这可以表现为杀害其他生命体的虐待行为，但是产业化城市化之后这种利己心转变为人类为了自我可以驱赶其他生命体。《城北洞鸽子》的鸽子就是因为人类的利己心而被驱赶的对象②。

《城北洞鸽子》通过鸽子表现了物质文明和人类的利己心导致的生态危机。批评文本 1 认为诗批判了现代城市人和文明的产物公害，表达了对自

---

① ［韩］孙民达：《金光燮诗中的共同体意识研究》，载《韩民族语文学》2015 年第 70 卷，第 531 页。

② ［韩］崔明国：《〈城北洞鸽子〉的自然和文明的隔离意识》，载《批评文学》2014 年第 52 期，第 383—383 页。

然的美好与和平的憧憬。批评文本 2 认为通过《城北洞鸽子》不仅表达了对文明的批判，还表达了人类异化、共同体解体等问题。生态诗不仅表达对自然的憧憬，还批判了由于非生态主义导致的人类自身的异化和差别化。重视合理理性的现代社会的价值观让人类中心主义的思维蔓延，这种态度随着科学发展、产业化、资本的累积让人类支配自然、人类支配人类走向正当化。最终人类中心主义的思维方式通过正当化特定阶级和既得利益阶层的压迫和榨取导致了非人类化的现象①。学生通过与批评文本 2 的对话可以深刻认识到《城北洞鸽子》里表达的人类异化。批评文本 3 批判了人类利己心导致的破坏自然的产业化城市化现象。学生通过与批评文本的纵向对话不仅开始关注文明批评，而且开始关注人类异化、共同体解体，进而深化了关于生态问题的生态意识。在这种纵向对话过程中学生摆脱人类中心主义的思维方式，接受新的人与自然和谐共处的生态思维，养成对于生命共同体的伦理认识。

3. 通过小组讨论进行生态意识扩大

学生通过前面两个阶段的对话，在本阶段组成小组进行讨论，通过小组讨论扩大对生命和生态环境的生态意识。学生具有自己独特的先验和先知，因此在阅读相同文本时也会有不同的反应。罗森巴拉特认为阅读的过程就是在文本和读者之间发生的相互作用的过程。即，读者在阅读文本时，不是单纯地接收作者提供的信息，而是在读者自己具备的先知和先验的基础上积极地建构新的意义。因此对于文本的阅读过程是在读者和文本之间发生的独特过程，在这个过程中文本不仅仅与读者的过去经验有关，而且还与读者现在的兴趣、思想有密切关系。因此罗森布拉特认为阅读是读者理解文本最重要的因素，通过阅读过程扩大读者的世界。并且通过这个过程文本获得新的意义，这时文本的意义不仅局限在文本内部，而且根据读者的先验或先知的不同形成新的意义②。如此学生在与诗文本和批评文本的对话中因为不同的先验构建不同的文本意义。因此学生 3～5 人组成小组互相讨论可以接触别人的意义建构，扩大意义。

---

① ［韩］吴定勋：《作为"批判和共存"的诗学的生态诗教育方法》，载《国语教育学研究》2002 年第 43 卷，第 387 页。

② 罗景熙：《通过现代文学作品阅读提高 EFL 学习者英语阅读能力的方案探索》，载《语言学研究》2005 年第 9 期，第 82—83 页。

学生通过与《城北洞鸽子》的内部对话、与批评文本的纵向对话、与小组的横向对话充分了解了诗中描写的人类开发自然导致的自然环境破坏，学生在了解人类破坏自然给自然及其他生物带来的不良后果后，可以引起学生对自然环境及其他生物的爱护，最终激发学生产生人与自然和谐共存的生态意识。

（二）对现代文明导致的精神世界荒芜的批判

生态和谐不仅包括人与自然的和谐，也包括人与人的和谐，人一生都在追求内心世界的平静与满足，生态教育不仅让学生了解人类为了发展经济对自然环境的破坏，还应该让学生了解现代文明带来的人精神世界的变化。现代文明不仅带来了环境的污染，还带来了人内心的荒芜与迷茫。下面的这首诗表现了现代文明带来的人内心世界的孤独与不安。

瓦斯灯

金光均

冰冷的灯光挂在空荡的天空
让孤独的我去哪里的信号呀

漫长的夏天慌忙地折叠翅膀
高楼如苍白的石碑倾斜在黄昏
灿烂的夜景如茂盛的杂草散漫
成为思念的哑巴紧闭双唇

掠过皮肤的夏天
陌生街道的欢呼声
无缘由的泪水盈眶

混在空虚的群众行列之中
我从哪里背负着那沉重的悲哀而来
路上延伸的影子那么暗沉

让我走向何方的悲伤的信号
冰冷的灯光挂在空荡的天空

金光均是一位现代主义诗人，他的这首《瓦斯灯》描写了现代文明背景下的城市模样，深刻体现了现代城市中现代人的渺茫、孤独与不安。从这首诗的题目来看，"瓦斯灯"是现代文明的产物，代表了蒸汽时代以来的工业文明，这首诗通过描写空荡的天空中悬挂着的一盏瓦斯灯来揭示城市中现代人不知走向何方的迷茫、在人群中内心的孤独与不安。

在具体的教学过程中，还是首先让学生在自己的知识背景下独立阅读这首诗，让学生对这首诗有个最初的意义建构，金光均的这首《瓦斯灯》作为韩国现代主义代表诗，具有现代主义诗的显著特点，即鲜明的形象性与晦涩性。这首诗对于朝鲜语能力不足的学生来说有一定的阅读难度，这时需要教师安抚学生的紧张情绪，缓解学生在阅读这首诗时的心理压力。教师可以让学生把不认识的单词与诗句画出来，先略过那些不懂的地方，教师给学生一些问题，把学生的注意力集中起来，重点关注诗中与生态有关的内容。让学生与《瓦斯灯》这首诗展开关于现代文明生态的对话。

其次在学生与批评文本的对话过程中，教师也要作很多努力，要根据诗的特点、学生的重点需求来选取关于这首诗的文学批评文本，具体来说，这首诗的文本比较难，需要选取对《瓦斯灯》文本进行解释的诗，从而让学生在与批评文本对话的过程中，能够让学生对诗不理解的地方通过文学批评文本从而获得理解，另外需要选取对诗中的生态进行分析的文学批评文本，从而帮助学生展开与文学批评文本之间的生态对话，让学生更深刻理解诗中的生态内容或获得阅读诗的多种视角。

郑由花从这首诗的空间视角展开了分析，她认为这首诗营造了一种地面空间与天空空间的对比，空荡的天空中悬挂着一盏瓦斯灯，从而显得空间更加空荡，天空空间的空荡反而衬托了地面空间的拥挤与复杂，这首诗的第一联和最后一联是"冰冷的灯光挂在空荡的天空"，也就是第一联和最后一联包围着第二联到第四联，是一种封闭的结构。也就是说这句话是生产整个文本的核心支柱。并且打开第一联和最后一联不是话者的行为，而是话者的视线。在第一联和最后一联中话者的视线集中在与地面对立的上面空间，即望向空荡的天空中挂着的灯光。这时，灯光是分开下面空间的地面与上面空间的天空的媒介，也就是说形成了地面-灯光-天空的三元结构。

"冰冷的灯光悬挂在空荡的天空"这句描述包含着生产意义的重要信息，

首先话者望向空荡的天空悬挂着的灯光，这意味着与上面空间天空相对立的下面空间城市是前提。连接天空与城市的正是灯光，但是上面空间的天空通过空荡的天空来显现。

天上的空间成为空荡的天空，因此与下面空间的地上世界进行对比，也就是说显示出了区别性，与空荡的天空不同，地上的城市街道是拥挤的形象。集合这些意义因素的话，如倾斜的高楼、灿烂的夜景、欢呼声、群众的行列等。与城市空间相对立的天上空间变得空荡，地上街道上的意义因素变得相对多了起来。因此天空/城市的对立慢慢缩成了空荡/满满的宏观上的对立符号。因而第一联和最后一联的"空荡"是包含第二联到第四联的"充满"的结构。

从第一联到第二联，话者的视线从悬挂灯光的空荡的天空慢慢下降。随着视线的下降，空/满的对比符号转变为空/折叠/沉浸的对立符号。在漫长的夏天里，折叠了翅膀，在这里折叠是与展开相对比，显示了下降的空间符号。把炎热的夏天表达为鸟翅膀的形象，折叠翅膀意味着向下面空间的下降。那年夏天遗留的黄昏或者水的形象通过沉浸来展示，起到了从上面流向下面的意思。上面的符号全部从上面下降到下面，因此天空相对就成了空荡的天空。

夏天和黄昏一开始起下降作用，下面空间的世界，即城市空间成了具体的空间。首先城市与空荡的天空不同，是各种物体充满的密集性空间。高楼不是垂直上升的事物，而是倾斜的，成了强调倾斜的水平空间的密集性物体。并且那些密集的高楼被比喻成墓石，丧失了垂直的高度，是唤起下面空间的水平世界的形象。那种形象唤起的正是公共墓地的荒野空间。同时城市产生了灿烂的夜景，显示了生气勃勃的生活的形象。众所周知黄昏是具有明亮和黑暗的双重意义的符号。因此沉浸在黄昏中的不仅有高层，还有灿烂的夜景。因此话者看见了在明亮中的高层，也看见了公共墓地的形象，黑暗中的夜景，由此感受到了生动的形象。话者同时看见了黄昏中的城市空间的双重性。

但是问题是灿烂的夜景不能产生扩散或上升的作用，只能起到下降的作用。灿烂的夜景比喻成茂盛的杂草，杂草与农作物有区别，对人类只不过是无利、无用的存在。杂草占领了黑暗的城市道路，意味着占据了人类生活的世界。黑暗的道路被杂草覆盖，使人类丧失了道路。因此黄昏中的城市只作为杂草地里的公共墓地的形象存在，也就是说，只不过是非人类的、非正常的无用空间。

在这种城市空间里话者的情感反应怎么样呢。那就是成为思念的哑巴，紧闭双唇，体现了否定的态度。嘴巴是把话者自身从外部环境分离开的身体界限。把嘴巴看成身体空间符号的话，是把外部空间和内部空间分开或连接的媒介空间。话者紧闭双唇体现了与外部空间的隔离或拒绝。因为作为下方空间的城市空间的意义是否定的。那种否定的影响产生了内部空间的"思念的哑巴"，例如，把话者的身体变成了不正常的身体。因此成为"思念的哑巴"的话者身体与"墓石、杂草"等对立，让人类的生活失去了价值。这样"充满、空荡"的天空与地上垂直的对立转变为"外部空间、内部空间"的水平对立，话者成了在城市的空间里被压迫的身体。

诗的情感是沉重的悲哀，这种沉重的悲哀从空间符号上来看，是从上到下降的过程，把这种悲哀投射到话者的身体里。那种悲哀的具体形象是"路上延伸的影子那么暗沉"，因为挂在空荡的天空中的灯光，我的长长的影子躺在地面上，由此捕捉到了地面上的生活。

也就是说，成了与空荡天空对比的存在。甚至认为那个影子非常黑暗，黑暗让影子更沉重地投射在地面上，生产影子的上面空间的灯光赋予了下面空间以否定性，话者再次抬头看向信号灯。例如，那个否定性应对了上面空间，但是信号依然显示了与城市相对立的空荡的天空。没有选择队伍行列的道路，也没有选择具有垂直高度的空荡天空的路，所以话者再次发出走向何方的疑问，这显示了孤独和不安的意识，但是这是城市的道路和天空的道路结合的欲望，即矛盾的结合①。诗的空间结构的对比表现的是人内心的悲哀，瓦斯灯虽然带来光明，但这种光明与无限的夜晚的天空相比，是有限的、微不足道的，一盏小小的瓦斯灯仅仅带来一点点光明，并不能照亮人的路途，给人以引导作用。

学生在与上述文学批评文本对话的过程中，可以了解处于高楼林立的现代城市中的现代人内心的悲哀、迷茫、孤独与不安，现代文明带来了城市的发展，随着这种发展城市中建设了高楼，与现代文明带来的人类便利相比，

---

① ［韩］郑由花：《金光均诗的空间结构研究》，载《韩民族文化研究》2010年第35卷，第223—231页。

诗人更关注高楼林立的现代都市中人内心的迷茫、孤独与不安，这种情感诗人通过空荡的天空中悬挂着的一盏瓦斯灯来进行了表达，诗人把瓦斯灯微弱灯光下的高楼比喻为石碑，表现了一种压抑、沉重的死亡气息，把灿烂的夜景比喻为茂盛的杂草，表现了一种杂乱无章的无秩序感，现代人在这种沉重、压抑、杂乱的现代文明社会中，失去了前进的方向，内心充满不知走向何方的迷茫。现代人虽处熙熙攘攘的闹市人群中，但是因为现代文明带来的人与人的异化，导致人与人之间失去了自然的亲密感，每个人的内心都成了一座孤岛，因此人的内心充满了孤独感，这种外在的喧闹与内心的孤独是一种现代文明的悖论，形成了强烈的对比。现代文明下的城市夜景虽然表面灿烂，但是在诗人看来像杂草一样杂乱无章，人在这种无秩序下内心充满了不安。

我们现在也处于现代文明中，对于现在朝鲜语专业学生来说，存在着很多现实问题，首先是关于就业等前途出路问题，现在就业难导致部分学生处于迷茫状态，我们都知道努力之前需要选择好方向，在方向对的前提下，努力才会有意义，努力才会取得好的结果。学生感觉前途渺茫，哪怕学好了专业，也总是担心能不能找到理想的工作，因为对未来的方向不确定，所以学生有一定的迷茫与不安。其次，网络的发达降低了学生之间的面对面交流，同学之间产生了疏远感，并且现代社会的开放化导致了多元化，这就需要人与人之间互相理解与互相包容，缺乏这种交流、互相理解与互相包容，人内心就容易产生孤独。现在的学生有把大部分业余时间花在网络购物、游戏上的倾向，缺少人与人之间的交流，从而内心孤独。

学生在与文学批评文本对话的过程中，能够深刻理解《瓦斯灯》诗中表达的人的悲哀、孤独、迷茫与不安，学生也正处于现代文明社会中，心中或多或少也会经历或正在经历类似的情感，学习这首诗，关注人精神世界的生态，对于学生也有积极意义，让学生认识到人内心世界安静与满足的重要性，对处于各种现实问题中的学生也具有指导意义。

生态教育不仅是追求人与自然的和谐，同样也追求人与人的和谐，通过《瓦斯灯》中对现代文明下现代人孤独的批判，不仅可以让学生了解到人与人之间的和谐，更重要的是学生通过学习这首诗促进与周围同学的交流，在小组讨论中，小组内学生互相分享自己的理解，对自己不理解的地方寻求小组内同学的帮助，在这种讨论的过程中，学生可以了解其他人对诗的理解，对自己的理解进行调节，或者自己不明白的地方获得了解答。学生之间的这种对话，是思想融合、碰撞、调节的过程，通过这种开放性的对话，必然产生新意义，也促进了学生之间的交流与理解。最终学生通过学习《瓦斯灯》了解了人内心世界的生态平衡，加深了对自己的理解，形成人与人和谐的生态意识。

（三）对自然万物和谐美好的歌颂

学生了解了人与自然、人与人之间的不和谐后，需要让学生体验人与自然等万物和谐的美好，不仅需要学生对环境危机的批判，更要让学生体会自然的和谐美，生命共同体共存的美。我国从古代开始就重视人与自然的和谐，天人合一在古代文化中非常重要。天人合一的内涵主要强调人与万物一体、人与天地合其德、人合自然（即人需要通过自身的努力，以达到人与自然的和谐）[①]。自古以来，我们一直非常重视自然的和谐，强调人与自然的共存，重视自然万物的价值。下面这首韩龙云的《无法知道》体现了万物相生的自然规律。

无法知道

韩龙云

于无风的空中
泛起垂直的波光
静静飘落了的梧桐
会是谁的足迹呢？

当阴霾的雨季结束
在随西风奔涌而去的可怕云层里
偶尔乍现的晴空
会是谁的容颜呢？

擦过无花老树上的青苔
划破古塔上天空的寂静的
无名的香气
会是谁的呼吸呢？

---

① 马永庆：《人与自然和谐的道德基础——古代"天人合一"思想的现代生态伦理启示》，载《伦理学研究》2006 年第 2 期，第 51—52 页。

涌自无法探知的源头

碰撞着鹅卵石的潺潺溪流

哗啦哗啦

会是谁的歌声呢？

用莲花的足掌 轻踏过无边的大海

用碧玉的指尖 轻抚过无尽的天空

就这样把离别的岁月涂成了绚烂霞光的

会是谁的诗句呢？

蜡炬成灰，而复生出油

这颗在不知疲倦地燃烧着的我的心脏

又是为了谁在守夜的

一盏羸弱的灯光呢？[①]

　　李善伊从生态的视角分析了这首诗中的生命思想，这首诗表达了对自然万物的敬畏之心，自然万物看似互相独立，互不干扰，但是在本质深处，都处在一个生命共同体中，一种生命的存在与其他生命的存在紧紧联系在一起，正是这种自然万物之间的联系，才构成了现在这个奇妙的世界。这首诗把梧桐叶与足迹、蓝天和脸蛋、香气和气息、小溪和歌曲、晚霞和诗、我的心与灯光等同，获得了自然和人类的统一，并且这首诗通过与自然同化的生活捕捉了充满宇宙的生机。在自然现象中隐藏的宇宙生命的足迹不是人类的理性认识，而是通过诗人的直观发现的世界。扩散到宇宙生命的生机是不能通过人类的认识能力来掌握其本质的世界，可以说是敬畏的对象。存在于包罗万象中的所有神秘力量的发现更能触动对于生命的敬畏心。

　　这种敬畏心通过"会是谁的足迹呢？""会是谁的容颜呢？""会是谁的呼吸呢？""会是谁的歌声呢？""会是谁的诗句呢？""又是为了谁在守夜的一盏羸弱的灯光呢？"这种疑问，引发更深的共鸣，获得神圣性。这种对于生命的敬畏发展为对合理、理性秩序背后的生命秩序，即对宇宙秩序的发现，在其中感受生命的气息，领悟到宇宙生命的相关性。在韩龙云的诗中，自然

---

① http://tieba.baidu.com/p/311521477.

"是你,是爱,是清晨阳光的第一步,是你,是爱,是冰海的春风"里出现的对生命的活力恢复和生命感觉的感悟主体。驱散黑暗恢复光的清晨阳光和融化冰冷冬天的春风给一切黑暗、坚硬的东西吹进明亮、柔软的生机,是恢复生命的存在。这些流动的、刹那的、活力的、暗示的特征证明了宇宙生命的神圣气息充满宇宙,同时也在不断地拯救生命。饱含这种宇宙生命生机的韩龙云的诗启发了凝固在物质利益中的生命感觉,鼓舞了生命意识,在这一点上具有重要意义。

并且在韩龙云的诗中通过回归生命本性表现了克服黑暗时代、恢复光和歌曲的实践与理性意志,在韩龙云诗中,循环论认识与预言式认识结合,表现了对历史的乐观展望。在黑暗的时代和死亡的时代,这种乐观的历史认识发挥了强大的抵抗力,鼓舞了生命意志。在韩龙云的诗中,活下去的意志是自己运动的力量,同时也是成长、创造、征服的力量,为了扩展自己的生命,需要不断地与吸收、同化、形成、支配他者的生命意志结合。在克服不利的反抗意志里包含着对自然生命的深刻理解,从这一点上看,这首诗是对生命本性的探索[①]。韩龙云的《无法知道》通过自然中的微小事物生动地体现了万物都具有存在价值,互相处于相辅相成的纽带关系之中,人与自然万物是和谐美好的关系,尊重自然万物的生命,对自然具有一种敬畏心理,克服人类中心主义的思想,真正实现人与自然的和谐。

韩国现代代表诗人徐廷柱的诗中也表达了人类与自然、自然与自然之间的和谐,在他的诗中菊花的盛开不单单是菊花的事情,与杜鹃鸟的叫声、霹雳的响声都有着关系,下面是徐廷柱《在菊花旁》的诗全文。

在菊花旁

徐廷柱

或许是为了一朵菊花的盛开
杜鹃鸟,从春天开始叫个不停
或许是为了一朵菊花的盛开
霹雳,才从乌云中响个不停

---

① 〔韩〕李善伊:《万海诗中表现的生命思想和意义》,载《韩国诗学研究》1998年第1卷,第232—233页。

像从令人怀念，依恋和揪心的时节

回到故里，我站在镜子前

看窗外夜里的花朵，开得就像姑娘一样漂亮

遥远的姑娘，你想绽开黄色的花瓣儿

可知昨夜下了一层薄霜

这一晚，我毫无睡意①

在这首诗中，自然万物之间和谐美好，鸟叫的行为不仅仅在鸟的生命中有意义，雷在乌云中响的声音不仅仅在雷的存在中有意义。鸟叫和雷声与菊花的生命相连。鸟类和无生物雷声都参与菊花开花的过程，因此菊花的生命不仅仅是自己完成的，菊花从春天开始与其他生命体联系的结果，也是产生的结果②。学生通过这首诗能体会到一朵菊花的盛开，不仅仅是菊花的独自开放，而是与时间空间上遥远的自然万物紧密联系在一起，学生通过感受诗中的生动描写，潜移默化地感受到自然万物的相辅相成，从生态意识具有很强的情感性特点来看，通过现代诗进行生态意识培养具有很大的效果性。在徐廷柱的下面另一首诗《菊花香》中也体现了自然万物处于一个整体之中的思想。

菊花香
徐廷柱

菊花香里有故乡

妻子啊，我们没有盘缠不能回故乡

叮嘱儿子与女儿的

看见故乡的旧山川

菊花香中有农舞

韩国的爱打扮的农夫

汤也好，艾草也好，哪怕免费

天空出现壶盖头舞

---

① https://kr.hujiang.com/new/p615830/.

② ［韩］全美情:《徐廷柱和朴斗镇的生态诗比较研究》，载《比较文学》2005 年第 37 卷，第 197 页。

菊花香里有破洞的窗户纸

在缝隙中穿过冷冷的风

生病却没有药的母亲

没有药躺着的母亲

这首诗也是以菊花为主题的诗，徐廷柱善于用菊花的形象来表达自己的诗世界，菊花经常出现在他的诗文学中。这首诗以菊花香为媒介，把人与万物联系在一起，这些事物不再是独立的个体，而是处于一个整体中的各个部分，具有统一性。

金智妍从整体与部分的系统论上对这首诗进行了解释，在处于相互作用中的万象范围中，部分包含整体，然后整体再包含部分，处于双层结构之中。即，"在一个微笑的尘埃当中，也存在着包括宇宙在内的所有存在"，所有物体都处于相互作用之中，世界是一个统一体。这种宇宙范畴的现象在《菊花香》中可以看到。

《菊花香》的第一联的菊花香气中隐藏着故乡。通过菊花香气，回想起跨越时空的"故乡的旧山川"，在第二联的菊花香气中展开了故乡农村的农乐，农民们跳着欢快的舞蹈。

第三联的菊花香气中表现了"破洞的窗户纸""冷冷的风"和"生病却没有药的母亲"，第一联故乡山川形象中透露的万象的关联从有趣的故乡风景开始扩大到家乡生病的母亲。作品中出现的所有存在依靠菊花香气这个媒介互相参与，互相影响。所以这些万象从表面来看，都是互相独立的，但是从本质上来说，所有的存在都是一个。这种现象通过包罗万象可以进行说明，根据佛缘思想，宇宙万物被一张网包围，具有双重结构。所有的存在就像系在网上的琉璃珠一样，与其他珠子一起互相照耀，因此宇宙万物存在，不仅仅在空间上互相参与，而且在时间上也互相融合，在一个微小的存在中包含着无限的时空。

如上所述，根据宇宙范畴的关联理论，徐廷柱诗中表现的存在本质具有相互依存性。这个依存性让作品中的事物成为互相存在的条件，在相互关联之中，不仅仅是依赖，而是依赖与被依赖相互作用。

并且诗人通过相互依存的纽带现象否定了个体存在的独自性，强调了"统一论中的关系性"，因此不是"个体与个体的关系"，而是"个体与整体的关系"，我们全部从我和他者，主体和客体分离的二分法中解放，强调了我们必须从更大的整体上看对象的系统论视角①。学生在与《菊花香》批评文本对话的过程中可以体会到诗中体现的万物相连的奇妙性，宇宙中的万物不仅在时间上相互联系，而且在空间上也互相融合，自然万物共处于一个共同体中。

韩国现代生态诗中表达自然和谐的诗比较多，在这类诗中，虽然表达各不相同，但是表达的思想类似，那就是自然中的所有生物都是一个整体，下面这首诗也体现了自然和谐的美好。

自然图书馆

裴韩峰

芦苇和菖蒲在骄阳之下

现在在读书，每当风吹起

听见书页翻动的声音

是不是在读诗，声音如沧浪

水蜈蚣或水蝇调皮而来的时候

肩膀耸动几次

清新的午后，遥远的垂柳也在读书

风吹开的数万卷书

轻轻降暑的图书馆，一方面

白鹭和水鸟家庭在载歌载舞

那样一天过去

我随时听到那个绿色的故事

慢慢自己成了沧浪的书

数万条路展开

很久之前的恐龙在生活

无数的语言在寂寞中碰撞

从现在开始是神的读书时间

---

① ［韩］金智妍：《徐廷柱诗的佛教生态学存在观》，载《韩国文学研究》2017 年第 53 卷，第 270—271 页。

明天凌晨吹起非常清新的风

为了进入自然图书馆中

每天在新星中洗净内心

　　这首诗描述了一幅自然事物和谐的场面，从《自然图书馆》这个诗的题目来看，"图书馆"具有象征意义，图书馆储存着自然、人类和神的所有知识和资料，因此人类生存过程中需要的全部精神层次的东西都汇集在这里。这里存在的动植物是构成自然的主人。芦苇和菖蒲虽然是植物，但是被认为在读书。它们不仅具有琅琅的声音，而且是迎接小商贩的有价值的存在。并且垂柳也正在读书，它读的是风吹开的数万卷书，这些书当然不是纸质书，而是各种自然物的家园，并且所有的自然物都包含着自己的故事，因此所有的万物不能通过几本书就可以全部说明。在作为生命宝库的巨大的图书馆里，白鹭和水鸟等动物也是自然的主人。它们载歌载舞，与人类一样享受自然的游戏，自然就像以前的恐龙，珍藏着从过去到现在的生命历史。

　　在自然图书馆里，所有的存在相辅相成，通过我表现出来的人类作为听故事的存在，与自然的道理不断地进行交流，尤其是从自然宝库丘陵中延伸出来的数条小路是自然展现给人类的生活方式，并且在那里诞生的无数语言是望向自然和神的媒介。因此，在自然这个巨大的图书馆里，不仅仅有自然物，还有人类和神一起共同存在。这个图书馆因为各种动植物，非常具有活力，因为人类，具有知识和情感，因为神的存在，是具有神圣的生命的空间。但是诗人强调的是为了进入这个图书馆，每天需要清洗自己的内心。为了利用生动、人性、神圣的自然图书馆，我们应该具有自然那样清净的内心。这种内心与生态伦理意识相同，为了与自然和谐相处，我们应该抛弃自己的世俗欲望，具有后现代的共存意识就非常重要①。自然不仅是自然万物的图书馆，也是我们人类的图书馆，人类应该把自然当成可以学习、探索的图书馆，自然向人类展开无数条道路，展示无数种语言，人类通过这些道路与语言去了解自然，向自然学习万物和谐的规律，做到与自然万物的和谐。

　　学生通过这首《自然图书馆》可以感受到自然的丰富、和谐与美妙，通

---

　　① ［韩］李型权：《生态诗教育和文本构成的问题》，载《韩国诗学研究》2011年第32卷，第159—160页。

过树木花草动物来了解自然，人类应该与这些自然万物和谐共处，不能为了人类自身的欲望，去破坏自然，抢夺动植物的栖息家园，人类应该克服人类中心主义的欲望，清空自己的内心，做到与自然万物共生。克服现在生态危机的办法就是与自然和谐相处，让学生重新认识自然，认识到自然万物共生的伦理，转换思想意识，培养生态意识。下面这首罗喜德的《某种出土》体现了自然万物共生的原理。

某种出土

罗喜德

翻动辣椒地

在阴影里发现了一个老南瓜

获得了意外的收获

深埋在土里的她的甜甜的奶水

虫子们在努力地吮吸着

为了供养

亦如啪啪燃烧的火花

偷看那隐秘的意识

我盖上干巴的辣椒后回来

为了秋耕再次去田地

到处找不到南瓜

火花熄灭在土里已经很久了

仔细观看

她的乳水已干涸

像干瘪的纸张伏在地上

独自掩盖死亡的

我轻轻拿起盖子

留下一捧圆圆的舍利子

罗喜德的《某种出土》通过再次观望自然，再次发现了自然的价值，最终表达了与自然共存的道理。人类日常的生活通过翻动辣椒地的行为，偶然发现自然果实南瓜的行为，翻动地的行为来体现。为了人类的生活，把自然作为自己的工具，从这一点来看，自然不过是人类生存的手段。对于自然的这种态度走向极端的话，就会变成人类中心主义的思想。

但是，话者并不是单纯地把南瓜看成是自然的产物，而是通过再次观察自然对象，从南瓜里引出了"乳水"的价值。并且南瓜慢慢腐烂，滋生虫子，这种自然的循环是一种宗教行为。南瓜通过自我分解慢慢消失，通过把这种牺牲过程转化为母性过程，把自然与人类的本性进行关联，不仅如此，把自我牺牲背后的南瓜消失描述为纸张、死亡、盖子，通过这种描述，把人类与自然在生与死的宇宙秩序中共存的现象进行了深化。

话者以崭新的视角观察自然对象，在此基础上再次认识了自然的价值。并且话者对实现了牺牲价值，顺应生与死循环秩序的自然产生了共鸣，把话者的认识和态度通过"盖上干巴的辣椒"的样子和"轻轻拿起盖子"的行动表现出来，结果话者不是与自然对立的人类的形象，而是与自然共鸣、同化，是追求共存价值的人类[①]。《某种出土》通过一个南瓜腐烂回归自然的循环过程表现了自然万物之间的相互依存关系，一个南瓜腐烂，化为虫子的乐园，最终成了其他植物的养料，这个南瓜为别的动植物存在牺牲了自我，但是其他动植物为南瓜回归自然做出了贡献，南瓜与其他动植物是相生关系。学生通过自然和谐的生态诗了解自然的奥妙，从而激发学生保护自然，与自然和谐相处的生态意识。

（四）对人与人和谐关爱的期待

前面学生通过几首韩国现代生态诗体验了人与自然、自然与自然的和谐美好，这里通过之前已经选用过的一首韩龙云的《无法知道》，从人际关系的角度，让学生体验人与人互相关爱的和谐。下面是《无法知道》的诗全文。

无法知道

韩龙云

于无风的空中
泛起垂直的波光

---

① ［韩］吴定勋：《作为"批判和共存"的诗学的生态诗教育方法》，载《国语教育学研究》2012 年第 43 卷，第 402 页。

静静飘落了的梧桐

会是谁的足迹呢？

当阴霾的雨季结束

在随西风奔涌而去的可怕云层里

偶尔乍现的晴空

会是谁的容颜呢？

擦过无花老树上的青苔

划破古塔上天空的寂静的

无名的香气

会是谁的呼吸呢？

涌自无法探知的源头

碰撞着鹅卵石的潺潺溪流

哗啦哗啦

会是谁的歌声呢？

用莲花的足掌　轻踏过无边的大海

用碧玉的指尖　轻抚过无尽的天空

就这样把离别的岁月涂成了绚烂霞光的

会是谁的诗句呢？

蜡炬成灰，而复生出油

这颗在不知疲倦地燃烧着的我的心脏

又是为了谁在守夜的

一盏赢弱的灯光呢？[①]

　　前面从自然万物和谐的关系对这首诗进行了解读，让学生从人与自然和谐的角度体会了自然万物互相联系的奇妙性，从而让学生对自然万物产生敬畏之心，从而形成人与自然和谐共存的生态意识。在这里成恩惠从人与人关系的角度上对这首诗进行了解读，我与他者互相之间不是竞争关系，而是一

---

　　① http：//tieba.baidu.com/p/311521477.

种和谐的友爱关系。人与人之间虽然不相同，有地位、力量等各种差异的存在，但是人与人本质上是平等的，是充满友爱的生命共同体。

对"我"来说，爱的感情是对"他者"的"我"的纯粹的目的与维系两者关系的媒介。"我"通过爱这个媒介来发现自然现象中的"他者"，对其进行发现、感叹和赞扬，这种发现的终点是认识到所有感情的主体"我"，对"他者"的爱是发现"我"的镜子，这首诗中的"我"也是通过爱的媒介来观望"他者"，也最终发现自己。诗整体上出现的情感是爱，这种爱如上所述是单相思或爱得更多的一方，所有的诗行通过微笑的存在（无、不、非、小、丑）"我"和优美、宏大的存在（有、完、全、大、美）"他者"之间的对立来展开。

在诗的第二行中"我"是梧桐叶掉落的模样，萧瑟的冬天，掉落的梧桐叶是非常自然的现象，但是"我"不仅仅把梧桐叶看成是秋天这个季节的象征物，在自己所见的风景中找出"他者"的模样。不仅如此，通过关注梧桐叶降落的背景，把"他者"营造成神秘的存在。从常识来看，梧桐叶是随风而落的存在，但是这里的"梧桐叶"即使没有风，也会从树上掉落，即使没有一丝风，也会垂直落下。

没有外在的动机也会独自自由运动，所以感觉到了"他者"的神秘。与此相反，第二联中提及的"西风"是吹走乌云的正面形象，假如把"风"解释为生命的律动、消除消极因素的肯定象征的话，"无风的空中"是没有任何动静的静止状态，感受不到任何生命力的状态，意味着"他者"不在导致的"我"的状况。在这种否定的自我感和状况中，"我"对通过梧桐叶表现出来的"他者"的足迹更加关心和好奇。

第二联的"我"在乌云中看着微微露出的蓝天，探索着"他者"，这里的"蓝天"是不容易看到的存在，因为漫长的梅雨，不仅看不到蓝天，而且现在只有在乌云中稍微出现时才能看到，是非常珍贵、有价值的存在。"梅雨"和"乌云"即使不借助传统的普遍认识，通过修饰语，也可以知道这是消极的意义。"我"是"阴霾的雨季"和"可怕云层"，因为是消极状态的延续和黑暗的状态，我无法了解"他者"，无知的状态会持续很久，"他者"让"我"摆脱这种黑暗的状态，让我成为可以赠送绿色的存在。

第三联的"无名的香气"因为没有形体、没有根源，因此是更为神秘的存在，香气根源的花也消失不见，从绿色苔藓或塔上很难产生气味。在一无所有的状态下，能够创造出香气的"他者"是带有创造从无到有的能力的绝对形象。与此相反，"我"是没有花的树，在绿色的季节也不开花，不能发出任何香气的无能的存在。但是"他者"认为"我"是可以弥补我的不足的充满香气的存在。

第四联的"溪流"从表面上来看，是弱小、软弱的形象。但是这个溪流的源地是遥远的地方，具有源远流长的特点。所以"我"把焦点放在这种具有生命不息的溪水上面，但是"我"只是固定在一个地方，带有尖锐锋利的鹰嘴。我定着在一个地方，是一个尖锐的存在，因此无法体验新的经验，无法一起共鸣，"他者"直接流向我，我也带给别的存在影响的存在。

第五联描写了"晚霞"装扮的消逝的一年。这里的"他者"体现了稍微现实的模样，用脚底来踩波涛，用手抚摸天空的"他者"的模样通过触觉形象来体现。"他者"踩的是"无边的大海"，抚摸的是"无尽的天空"，赋予了"他者"以神圣性和超越性。与之相反，"我"是和消失的日子一样微弱的存在。虽然我向往无限，但是我有局限性，是会消磨掉的存在。这种消磨的存在"我"与装扮晚霞的第六联的"夜晚"衔接，把视线从"他者"移向"我"，揭示了时间背景。

第六联表现了关于"我"的苦恼和反省带来的疑问。一直到作品的最后，在没有"他者"的情况下没有改善的余地，意识到自己的不足与匮乏、软弱与局限，对于神圣、优美的存在"他者"的选择与决断，感情和意志是我的责任。虽然一行就结束了，但是忍受现在的情况，表示以后的态度都通过表现"我"的"微弱灯光"来体现。

与自己的不足、有限、消极的情况相对比，"他者"的存在是神秘、无限、优美，这些优点的发现是因为"我"的爱，因此"我"没有放弃对"他者"的探索。正如第一联到第五联中出现的季节时间循环的自然真理，表现了自己不断爱与探索的醒悟。如上所述，"他者"是神秘、优美、奥妙，偶尔给人绝对感觉的存在，因此"夜晚"对于他来说不能解释为锤炼或困难，反而是"他者"不在的情况下，不知道"我"的心，不能正确了解"他者"的状态，解释为这个更为合理。在这种"夜晚"的情况下，我一直忍耐，依然不停地怦怦跳的"我"的心依然会探索、热爱他，这种意志通过"微弱的灯光"来体现出来。不是双方之间的爱，因为和他不在一起，所以我不能熊熊燃烧，只能微弱地照亮，但是话者宣告一直细细燃烧，不会停止，通过爱的媒介揭示他者和自己，之后表现了对"他者"的爱和探索的意志。

总之，这首诗通过"爱"这个媒介，把"他者"看成是伟大的存在，表现了想拥有、探究的内心。并且与那种对象相比，虽然意识到我是渺小、微不足道的存在，但是一直没有放弃爱，一直守护着"他者"，爱护、探索着的"我"的内心和意志，这首诗表现了诗人以上的这种心理①。人与人之间作为独立的个体，通过"爱"这个媒介把人与人联系起来，人与人之间充满了爱，每个人不再是一座孤岛，而是互相关心、爱护、理解与包容的群体。

学生通过韩龙云的这首《无法知道》可以认识到人与人之间和谐友爱的重要性，通过与小组成员之间的讨论体验人与人之间友好交流的价值感，从而有利于学生解决现在内心的迷茫与孤独、不安，有助于学生形成人与人之间和谐的生态意识。

（五）对人类乌托邦的渴望

渴望生活的幸福是人类最普遍的理想，每个人都渴望生活在美好幸福的世界里，没有任何烦恼。尤其庄子构建的无为世界一直是很多人憧憬的乌托邦，很多中外文学借助乌托邦描写了人类渴望幸福生活的愿望，韩国现代诗也不例外，下面的这首辛夕汀的《您可知道那遥远的国度》表达了对人类乌托邦的渴望。诗的全文如下。

您可知道那遥远的国度
辛夕汀

母亲
您可知道那遥远的国度？

绕过茂密的森林地带
有白鸟飞翔在宁静的湖畔
田间小路上 野蔷薇涨红了果实
远处有小狗子无忧无虑地蹦跳
您可知道那遥远而杳无人迹的国度？

---

① ［韩］成恩惠：《对他者的爱和自我的扫视》，载《韩国语文教育》2015 年第 18 卷，第109—113 页。

您去那片国度时 千万不要忘记

跟我一起到那个国度伺育白鸽吧

母亲

您可知道那遥远的国度？

默默地沿坡而下

向阳处有白山羊悠然食草

夕阳坠入茂盛的玉米地

远处大海的涛声如诉如泣

您可知道那遥远而杳无人迹的国度？

母亲 千万不要忘记

那时我们赶着小羊们归来吧

母亲

您可知道那遥远的国度？

白鸽翱翔在五月的蓝天

如果雨像今天一样淅淅沥沥

山鸡的啼叫也会格外悠闲

有霜乌高高掠过 山菊花才更加妖娆

黄黄的银杏叶飞舞在蔚蓝的天空时

秋天，母亲！在那片国度

向阳的果园里有蜜蜂嘤嘤时

您不想跟我一起采摘那红彤彤的沙果吗？①

辛夕汀的这首《您可知道那遥远的国度》描述了一种庄子式的乌托邦世界，这里遥远的国度是乌托邦，从西方意义来说，可以解释为田园般的理想型，从东方的意义来说，可以理解为桃花源地，并且也可以理解为与文明相对立的反文明乐园。前者的情况是近代以前的世界，即自然被技术开发之前的世界，在辛夕汀的诗中，好像与后者更为接近。因此遥远的国度是没有被

---

① 金鹤哲：《韩国现当代文学经典解读》，北京·北京大学出版社，2011 年版，第 31—32 页。

人类改变的人类以外的所有现象，辛夕汀的初期诗世界主要建立在庄子思想上，《烛光》发行的时候，辛夕汀对包括庄子思想在内的东方思想具有深厚的兴趣。

对于辛夕汀来说，庄子思想不是单纯的形式问题，而是属于诗本质的问题。所谓的庄子思想是以自然的道和无为为基础的思维世界。所谓的道是自然或与自然相同的认识世界。无为也就是拒绝人为的自然。因此认识自然的原始意义、在自然中栖息是老子思想的核心。

参与自然的秩序必然要抛弃人为的东西，分开我和你的相对区分是反庄子思想的，你和我不是两个，而是万物互相关联，这种绝对立场是庄子思想的核心。即，走向自然的绝对关系恢复，并且让那种恢复变得可能的回归的行为，所有的事物互相关联的关系论思想是庄子自然认识的终点。

从这种背景来看，"遥远的国度"是庄子自然思想能到达的绝对终点。这个地方是一切关系论上的联系都具备的地方。已经在"遥远的国度"这个话语里存在着"现在、这里"的情况，也就是说遥远的国度象征的地方是在自然的意义上不存在"现在、这里"的意义，因此遥远的国度是关系论上的秩序恢复的地方，为了到达那个地方，必须唤起老子思想中的回到道的运动。那是回到初始的行为，在诗中出现的"您去那片国度时/千万不要忘记/跟我一起到那个国度饲育白鸽吧"的诗句表达了为了回到那个国家，想恢复关系论世界的愿望。辛夕汀的诗构建了独特的方法论世界，这种特征虽然被指出减少了形象主义传统诗中必需的浓缩的美或压缩的美，但是在构建老子自然观的过程中，这种活力性在辛夕汀诗中起着非常功能性的作用①。这首诗构建了一种美好的田园生活，在这个田园中，小狍子、山羊、鸡等动物悠闲散步，自然景色优美宜人，人在这个田园中可以"诗意的栖居"。学生通过这首诗可以想象人与人、人与自然、自然与自然和谐的美好生活。

辛夕汀的这首诗发表于韩国日帝殖民时期，当时的韩国社会黑暗无比，并不是诗中表现的那般美好，诗中的描写与现实中存在强烈的对比，诗人通过这种对比，描写了对美好家园的渴望。辛夕汀在 1932 年的《三千里》上

---

① ［韩］宋基韩：《辛夕汀诗中的近代性和老庄自然认识》，载《韩民族语文学》2009 年第 55 卷，第 245—247 页。

面发表了《您可知道那遥远的国度》，是辛夕汀在第一时期写的作品。诗中第二联描述的这种地方是经历田园生活的人非常容易接触到的地方，但是诗人把这种地方称为遥远的国度，在当时黑暗的国家、社会殖民地的现实下，对"病入膏肓"城市怀疑的诗人所追求的世界是没有任何人生活的遥远的国家，即纯粹自然的世界。那是即使不与现实妥协也可以的知识人安息地，也是对现代文明社会的批判，但是在没有积极斗士进行斗争的情况下，不容易超越那种悲伤现实。因此不得不成为遥远的国度，这是消极的参与现实，还是单纯的作为牧歌诗人的逃避现实，判断起来没有那么容易。

辛夕汀自己也在《受伤的历程回顾》（《文学思想》1973 年 2 月号）中发表了如下叙述：有人认为日帝强占背景下开展的一切文化运动都不过是奴隶文化，但是在日帝压迫之下成长的新文化为了不被日本文化同化，用尽了全力，这种努力尽到了些微的力量。我的第一本诗集《灯光》中收录的所有诗篇都是在这种黑暗背景（20 世纪 20 年代）下写作出来的。

从这种情况来看的话，我们可以得知诗人绝对没有逃避殖民地时代的生活，那么单纯地把诗人看成是牧歌诗人需要仔细考察。并且这首诗是在日帝黑暗期的 20 世纪 30 年代和 1931 年 3 月他母亲去世的情况下写出来的，结合这种现实，我们可以知道这首诗是个人意识（情感）和社会意识相结合的产物。当然《知道那个国度吗》受到了印度泰戈尔诗《新月》的影响。

回忆失去的祖国和去世的母亲是悲伤、绝望的现实。《您可知道那遥远的国度》不是在民族遭遇的现实中渴望美好、幸福的逃避诗，那个地方是谁都可以轻易走进，可以成为现实的自然，朴素生活的地方。但是连这种地方都变得不容易，这意味着诗人追求的空间不是私人空间，而是日帝殖民时期的黑暗的公共空间①。因为理想与现实的对比，强烈反映了诗人对美好田园生活的向往，学生结合时代背景阅读这首诗的同时，可以引发强烈的感情，激发学生对当今我们和谐美好生活的热爱之情。

辛夕汀的《您可知道那遥远的国度》的一大特点是诗中使用的形象非常亲近、熟悉，是我们在生活中可以经常接触到的事物，尤其每段结尾都以相

---

① ［韩］刘仁实：《你，知道那个遥远的国家吗?》，载《开放的全北》2011 年第 139 卷，第104—105 页。

同的问句结束，出现的母亲形象让学生可以感受到诗人理想世界的和平与亲切。母亲对于我们每个人来说都是温暖、亲切的存在，母亲赋予我们每个人生命，养育我们长大，母亲的形象象征着无私的关怀与温暖。

我们在这首《您可知道那遥远的国度》里感受到的是和平、温暖、异国风情、富饶的自然。在那里没有任何的不和谐，所有的东西都和谐，渴望的东西都可以实现。在这种富饶与和平里有话者和母亲，即母亲是和这种富饶与和平非常和谐的形象。话者和母亲的关系是非常友好的，与自然一起，是与和平、富饶一样最适合自然的人物。

我们看看诗中的几处地方。首先如上所述，这首诗体现了极度和平与富饶，在那里母亲的出现非常合理，也就是母亲带有的形象，来自富饶和温暖、安慰、包容的形象，即母亲，您知道吗？这种温柔的疑问包含着温暖和轻柔。所以这里的母子关系是爱与担心、尊敬和理解、仁慈的关系。并且这个作品中出现的自然是"运动的同时又安静、静态"，更加强化了结果，在这种意义上，这首诗的内容和形式获得了更好的和谐。

另一个让人注目的地方是这首诗想象的空间与游离于现实之外，尤其"森林地带，宁静的湖畔，野蔷薇，鸽子，小羊"是辛夕汀生活过的全北富安，也就是与我们的现实遥远的世界。在这种意义上，辛夕汀的自然得到了"西方的自然"的评价。因此他的自然是"遥远的国度，没有任何人生活的国度"，因为不存在，所以用疑问句。换句话说，那是不存在的假想的空间，是不容易到达的空间。即，那个空间不是到这里来的意义，而是走向那边的，从现在、这里脱离的空间。

因此对他来说，频繁使用"假如我长出了翅膀"，"假如我成为山鸟"，"假如我成了乌云"等的假设手法，并且出现了能看见我的梦吗，想在那梦中生活，假如梦醒了怎么办呢这种梦的世界。这么来看，辛夕汀渴望的遥远国度是梦想的世界与假想的世界。

在20世纪20年代的诗里面出现的密室和梦想在辛夕汀的诗中也得以延伸，但是，假如说有很大差异的话，那就是从虚无和颓废中摆脱，转变成了更明亮、健康的样子。即使如此，考虑到现实情况，正如我们在20年代诗中指出的那样，辛夕汀的自然回归也是一种逃避。

诗人无论直接还是间接都与社会有关系，我们必须要考察一下这个作品的社会意义。上面虽然认为这首诗与他的乐园和母亲的去世有关系，但是辛夕汀提出我的第一本诗集《烛光》里收录的诗全都是在这种黑暗的（20世纪20年代）情况下写出来的。无论如何，当时的诗人们都不能从殖民地这种情况下逃脱，因此他渴望的遥远国度与现实情况结合，意义更为深远。即经过20年代和30年代，殖民地现实更加黑暗，现实更加悲剧，他渴望的世界更加遥远，因此作为结果显示的就是"森林地带、宁静的湖畔、野蔷薇、白鸽、小羊"等这些毫不相关的、异国的风景。

那种理想型是绝望现实的代替，因此不得不与人类现实存在遥远的距离，绝望为了成为希望，需要超越感情距离的远距离。认识到当时殖民地现实更加悲观的现实的时候，我们更能理解他的理想型更为遥远、更为异国的原因[1]。学生通过这种暗淡现实与理想乌托邦的对比，更强烈地感受到诗人对美好生活的向往，在那种乌托邦里，人与人、人与自然、自然与自然是和谐美好的关系。

中国自古以来就非常重视人与自然的和谐关系，其中我们耳熟能详的有"天人合一"与"天人合德"等思想，天人合一的美好愿望与目标是"天人同乐"，天人同乐既是天人同愿之归宿，又是天人和谐生态观的理想追求，是天人合一思想的美好代表，体现了天人合一关系的最佳境界。天人同乐是实现生态系统的良性运行建设生态文明的美好体现，要实现生态的良性循环和可持续发展就必须实现天人同乐。只有在天人同乐中才可以实现人类社会全面、协调、可持续发展，最终使人类自身的进步和完善。

天人合德强调天与人关系和谐共生的生态本质，天人之间的彼此尊重和相互理解，以及天人共同具有的生态道德。天人合德的自然本质与生态属性不但强调以"天"为中心，即"天德者，自然之道"，而且特别强调以"人"为原则，即"道与德同，天与人一"。[2]强调天人合德对提高全民族的生态道德素质，建设生态文明，把道德关系引入人与自然的关系中，树立起人对于自然的道德义务感，养成良好的"生态德行"，才能为生态文明的发展奠定坚实的基础。

通过韩国现代诗对朝鲜语专业学生进行生态教育，不仅让学生深刻认识

---

① ［韩］金恩哲：《韩国现代诗中的母亲》，载《倍达语》1998年第23卷，第205—208页。
② 张苏等：《道教的"天人合一"思想与生态文明建设》，载《社会科学研究》2012年第5期，第172页。

到文明发展对生态造成的破坏，而且也让学生认识到了人与自然和谐的美好，生态教育最终的目的是培养学生成为一名具备良好生态道德、生态意识的生态公民。生态公民关注自然与自然、人与自然、人与人的和谐共生，具有高度的生态道德责任感，并且在实践中践行生态观念，为我们实现中国梦做出贡献。

如上所述，通过现代诗进行生态教育的最终目的是让学生内化生态意识，进行实践。在小组讨论中学生向别人表达自己的想法，倾听别人的想法。这种生态危机，不仅在韩国，而且在中国也是遍地存在的问题。学生通过讨论可以联想、比较中国的生态问题。并且在学生之间的相互作用中发现生命的珍贵、内化人与自然和谐共处的生态意识。

通过韩国现代诗进行生态教育，体现了一种生态美育的思想，生态美育关注人的情感性，它是一种直接关注人的存在状态，体现对人的生命现实关注和终极关怀的感性教育。生态美育是在自然陶冶中的自我化育，人们在自然审美活动中深切体验和领悟的生态意识、环保意识，根植于人的情感之中，持久存留于人的心灵深处，是感性与理性、情感与理智和谐统一的认同和服从①。通过韩国现代诗对学生进行生态教育体现了一种生态美育精神，这种教育让学生从情感上接受生态意识，并且在潜移默化中内化生态意识，成为一个热爱自然、关注自然生态和谐的生态公民，更加关注和谐的生活，并且为实现人类诗意地栖居在地球上而努力。

第三节　结　论

本章以韩国现代生态诗为中心探索了面向中国学生的生态教育。朝鲜语教育，尤其韩国文学教育不应停留在实用目的层次上，而应该把重点放在增强中国学生的素质层面上。

现代社会处在环境破坏、人类异化、共同体解体等生态危机中。导致生态问题和生态危机的原因是人类中心主义的思维方式。人类没有把自然看作是共存的对象，而是看作支配、开发的对象。人类为了满足自己的私心与欲

---

① 李景隆：《论生态美育及其现实意义》，载《青海师范大学学报（哲学社会科学版）》2011年第 6 期，第 42 页。

望不遵守生态原则，过度开发自然。解决生态危机的办法是摆脱人类中心主义的思维方式，养成人类与自然和谐共处的生态意识。

为了让中国的朝鲜语专业学生具备生态意识，本研究选取了韩国的现代生态诗构建了生态教育的模型。韩国现代生态诗从金光燮开始。《城北洞鸽子》是金光燮的生态诗中最具代表性的作品，对现代中国社会具有很多的启发之处，因此本研究选取了《城北洞鸽子》等韩国现代生态诗作为教育文本。生态诗不仅具有文学属性，还具有生态诗的固有属性，即对现实问题的批判。学生在阅读生态诗的过程中不仅可以体验文学情感和想象力，还可以体验、养成生态意识。

本研究以学生为主体的建构主义教育为基础，构建了学生为中心的对话主义生态教育模型。学生首先积极主动地通过与诗文本进行内部对话来体验诗文本中的生态意识。其次通过与专门读者批评家的批评文本的纵向对话来深化生态意识。最后通过与解释公共体同学们之间的小组讨论来扩大生态意识。学生们通过以上一系列过程克服人类中心主义的思维方式，进而内化与自然和谐共处的生态意识。

本部分是在大的人文学的视角对韩国文学教育的一次探讨。韩国文学教育不仅仅是在实用教育的层次，希望以后韩国文学教育在各种层次上，尤其是韩国现代诗教育相关的研究持续广泛地进行下去，取得更多的成果。

第二部分

朝鲜语教育要兼具工具性与人文性，这也对朝鲜语教学方法与手段提出了更高的要求。随着建构主义、对话主义等理论的发展，对教育领域产生了巨大而深远的影响。传统的客观主义理论认为知识是客观的、不变的，传统教学课堂中教师是知识的传递者，学生是被动的接受者。建构主义对客观主义进行批评的同时提出了全新的知识观、学生观、教学观，建构主义知识观下，知识是个体建构的，并不是绝对的、一成不变的，随着个体的发展而变化，学生是知识的主动建构者，学习是学生与知识相互作用的过程，在这个过程中教师是指导者、组织者、促进者，并且学生与其他同伴通过对话进行合作学习，课堂中充满了各种对话。

韩国现代诗教学的目的是为了提高学生的人文素质，这就需要把关注点放在学生身上，发挥学生的主动性、积极性。韩国现代诗教学需要开发各种以学生为主体的教学方法和教学手段。这部分一共分为六章，第一章对建构主义理论与建构主义教育进行了梳理。第二章探讨了建构主义理论背景下的韩国现代诗教育。第三章探讨了对话主义背景下的韩国现代诗教育，课堂内充满了各种对话，学生与诗文本的对话、学生与学生的对话、学生与教师的对话等。第四章是利用文学批评进行韩国现代诗教育，文学批评具有信息传达和对话的功能，本章对文学批评的概念、功能进行了探讨，并且在此基础上选取了具体的现代诗文本构建了利用文学批评进行韩国现代诗教育的方案。第五章是利用影像文本进行韩国现代诗教育，随着多媒体、互联网技术的发展，现在进入了读图时代，本章提出通过影像文本进行韩国现代诗教育的观点，并且在具体的韩国现代诗文字文本和图像文本上构建了教学方案。第六章是利用比较文学进行韩国现代诗教育，韩国文学教育本质上是比较文学，学生在阅读韩国现代诗文本时，必然会激活自己的文学经验，本章提出通过比较文学进行韩国现代诗教学的观点，并且构建了具体的教学方案。

第一章　建构主义理论与建构主义教育

　　建构主义是 20 世纪 90 年代以来兴起的一种哲学思潮，对教育领域产生了深远的影响，建构主义是学习理论中行为主义发展到认知主义以后的进一步发展，是向与客观主义更为对立的另一方向发展。行为主义的客观主义观反映在教学上，认为学习就是通过强化建立刺激与反应之间的联结；教育者的目标在于传递客观世界的知识，学习者的目标是在这种传递过程中达到教育者所确定的目标，得到与教育者完全相同的理解。行为主义者无视在这种传递过程中学生的理解及心理过程①。认知主义与客观主义不同，强调个体与知识之间的相互作用过程，建构主义是认知主义的进一步发展，与客观主义相反，强调知识的相对性。

第一节　个人建构主义与社会建构主义

　　建构主义这个概念最早由皮亚杰提出。建构主义认为知识不是客观存在的，而是由个体主观建构的。根据个体建构知识的影响要素划分，建构主义主要分为两种，个人建构主义和社会建构主义，其中个人建构主义主要关注个体对外部知识的建构，个人建构主义的代表人物是皮亚杰。社会建构主义更关注个体在建构知识时社会文化的作用，社会建构主义的代表人物是维果茨基。

　　皮亚杰的个人建构主义认为个体拥有一定的图式，通过同化与顺应对外部环境进行学习，达到与外部环境的平衡，个体在这个过程中丰富图式，实现个体认知的发展。图式是个体在认知过程中具有的有机的整体结构，同化

---

　　① 唐卫海、刘希平：《教育心理学》，天津·南开大学出版社，2005 年版，第 99 页。

是指个体把外界的刺激纳入已有的图式，达到个体与外界环境的平衡，同化意味着图式数量的增加。当外界的刺激不能纳入已有的图式中时，个体与外界的平衡就会被打破，即个体与外界环境处于不平衡状态，这种不平衡也被称为认知冲突①，个体需要改变已有的图式对应新的刺激，顺应意味着图式性质的改变。皮亚杰的建构是一种主客体之间的双向建构，主体的认知结构在同化与顺应的过程中逐渐丰富。个体在平衡—不平衡—新的平衡的循环中获得认知发展。

维果茨基是社会建构主义的代表人物，维果茨基在研究学生学习过程时，更注重社会因素的影响，他的建构主义被称为社会建构主义。社会建构主义强调认知过程中个体所处的文化历史背景的作用，认为个人知识是在社会文化环境中建构的，个人所建构的知识与社会文化紧密相关，所建构的知识的意义虽然是主观的，但并不是随意建构的，而是在与别人协商的过程中不断地加以调整和修正，明显受到当时社会和文化的影响②。社会建构主义强调个体在建构知识的过程中社会文化的影响，维果茨基认为个体发展与社会发展存在相互依存的关系，社会发展影响个体发展，维果茨基认为个体高级心理机能的发展有其社会根源，个体发展反过来又促进社会发展。

社会建构主义重视社会文化的作用，认为个体在与其他个体的协商中建构知识，个体在与其他个体协商主要通过语言来完成。维果茨基非常重视语言在知识建构中的作用。他指出，语言具有三种职能，首先语言是个体认识和思考世界的工具。个体在掌握语言的同时，也接受了一种文化。因此，语言是儿童用以认识和理解世界的"文化工具包"，它作为中介物帮助儿童向内建构关于世界的知识。其次，语言（尤其是内部语言）具有自我反思和调节的职能。最后，语言用于社会协商和互动，是社会性知识共享和传递的主要媒介。维果茨基指出，无论对于社会性知识的形成还是个体性知识的形成，符号（语言）作为社会文化模式和知识的"携带者"，都拥有与活动同样的重要性③。社会建构主义重视个体之间共同建构，个体

---

① 徐梦秋、沈明明：《皮亚杰的认知和情感发展理论》，厦门·厦门大学出版社，1989年版，第210页。

② 麻彦坤：《维果茨基与现代西方心理学》，哈尔滨·黑龙江人民出版社，2005年版，第140页。

③ 杨莉萍：《社会建构论心理学》，上海·上海教育出版社，2006年版，第128页。

之间共同建构主要通过语言这个媒介来沟通交流，语言在社会建构主义中发挥着重要作用。

社会建构主义的核心概念是最近发展区（zone of proximal development，ZPD）。维果茨基针对学生的教学与发展，提出了著名的"最近发展区"概念。他认为学生在学习过程中有两种水平，第一种水平是学生独立学习达到的发展水平，第二种水平是学生在借助比自己能力更高的人的指导下达到的发展水平。这两种水平之间的差异就是"最近发展区"。由此可见，社会建构主义更关注个体在发展中的社会性相互作用。

第二节　建构主义知识观、学习观、学生观、教师观

建构主义与以往的客观主义不同，带来了全新的知识观、学习观、学生观等概念。

一、建构主义知识观

建构主义知识观与以往的客观主义知识观不同，在建构主义观点下，知识不再是客观的、一成不变的，而是由不同的个体在不同的场景下建构的，唐卫海等提出建构主义下的知识具有以下三种特点。

第一，知识不是对现实的纯粹客观的反映，任何一种传载知识的符号系统也不是绝对真实的反映，它只不过是人们对客观世界的一种解释、假设或假说，它不是问题的最终答案，它必将随着人们认识程度的深入而不断地变革、升华和改写，出现新的解释和假设。

第二，知识并不能绝对准确无误地概括世界的法则，提供对任何活动或问题解决都实用的方法。在具体的问题解决中，知识是不可能一用就准，一用就灵的，而是需要针对具体问题的情景对原有知识进行再加工和再创造。

第三，知识不可能以实体的形式存在于个体之外，尽管通过语言赋予了知识一定的外在形式，并且获得了较为普遍的认同，但这并不意味着学习者对这种知识有同样的理解。真正的理解只能是由学习者自身基于自己的经验背景而建构起来的，取决于特定情况下的学习活动过程[1]。

---

[1]　唐卫海、刘希平：《教育心理学》，天津·南开大学出版社，2005年版，第103页。

由上可知，建构主义下的知识不是客观的，而是随着时间的变化而不断发展变化的；知识不再是独立于个体之外的独立存在，而是个体在自己的知识背景下根据不同的场景建构的。

二、建构主义学习观

建构主义背景下，关于学习的观念也发生了变化，以往的传统学习观认为学习是学生接受客观知识的过程，与此不同，建构主义认为，学习过程并不是简单的信息输入、存储和提取，它同时包含由于新、旧经验的冲突而引发的观念转变和结构重组，是新、旧经验之间的双向作用过程。学习是学习者利用感觉吸收并且建构意义的过程，这一过程不是被动地接受外部知识，而是同学习者接触的外部世界相互作用的结果。学习者不是被动地接受知识，而是积极主动地建构知识。建构主义不仅注意知识是学习者主动建构的精神，也注重知识的社会层面、同伴与师生之间的沟通与协商。"学习"是一种学习主体展开多元对话，与课本对话、与别人对话、与自身对话形成认知性实践、社会性实践、伦理性实践的过程[①]。建构主义的学习观强调了学习的几个特点，首先，学习是新旧知识双向作用的过程，新知识与旧知识引起认知冲突，因此认知主体通过同化与顺应来建构新知识，这种动态的双向作用过程就是学习过程。其次，建构主义学习是学习者主动建构知识的过程，学习者不再是被动接受知识的接受者，而是主动学习的建构者，学习者在自己的背景知识下筛选信息，进行建构。最后，建构主义学习观还强调学习的合作作用。学习不仅是学习者独立学习，也是学习者之间合作的过程。

三、建构主义学生观

建构主义教育观下的学生不同于以往的学生，是学习的主体，具有主动性、能动性、创造性的特点。

第一，在建构主义教育观下，学生不是被动的知识接受者，学生是学习的主体。学生发挥自己的积极性、主动性，能动地学习。建构主义有利于发挥学生的积极主动精神，让学生自主学习，提高了学习的效率。

---

① 吕耀中、王新博：《论建构主义学习观》，载《青岛科技大学学报（社会科学版）》2003年第4期，第99页。

第二，学生学习知识的过程是建构的过程，而不是单方灌输的过程。学生接受外界知识的过程不是全面、无差别的接受，每个学习者因为成长背景、兴趣、学习经历等的不同，知识结构与背景也不同，根据自己的背景知识对新知识有所选择，在已有知识的基础上学习新的知识，因此学习者在学习新知识的时候，把新知识与已有知识进行结合，建构新的知识。

第三，学生学习的过程不仅仅需要个体的学习，也需要学生共同体的讨论。建构主义虽然认为学生是学习的主体，但是建构主义并不忽视他人、社会的作用，相反建构主义非常重视社会共同体的作用。学生在学习的过程中，经常与同伴一起讨论、合作学习。

四、建构主义教师观

建构主义学习理论中教师的作用发生了改变，教师不再是知识的灌输者，而是学生学习的组织者、引导者、促进者。在建构主义学习理论下，对教师的作用提出了更高的要求。高等学校外语专业教学指导委员会制定的《关于外语专业面向 21 世纪本科教育改革的若干意见》（以下简称《意见》）中也提到外语本科改革中需要加强师资队伍的建设，树立全新的教师观念。

《意见》认为目前的外语专业的教师队伍是我国教育事业取得成绩的保证，并且今后的外语教育事业也依靠目前的教师队伍，即外语专业的广大教师是我国外语教育改革的主力军。近 50 年来外语教育中所取得的成绩靠的是这批教师，21 世纪外语专业教育改革也要依靠这支师资队伍。

同时《意见》也指出了目前教师队伍存在的问题，全国的外语院系普遍存在着大批老教师退出教学第一线、中年骨干教师严重短缺、青年教师队伍不稳等突出问题。再加上市场经济给外语专业教师队伍带来的负面影响，使不少教师并没有把全部精力放在学校的教学上，在外兼职或从事其他与教学科研没有直接关系但经济效益好的工作，造成了师资力量的"隐性流失"，学术梯队后继乏人，形势令人担忧，必须引起高度的重视。教师队伍的流失给外语教育事业带来了不良影响，教师在市场经济中更关注个人经济利益，没有把主要精力用于教学与科研上，这不利于教师学习先进的教学理论，改变传统的教学观念，树立建构主义教师观。

《意见》提出为了肩负起当前外语专业教育改革的重任，需要尽快解决以下几个方面的问题：①采取得力措施，稳定教师——特别是中青年教师——队伍，防止外语专业教师的大量流失。②帮助教师更新教育观念，跟上时代前进的步伐，主动地投入当前这场外语教育改革中。③由于历史的原因，大多数教师所熟悉的外国语言文学专业知识已不适应当前改革的需要，因此，他们也面临着更新知识、进一步提高自身能力和素质的任务。而解决以上问题的关键则在领导，包括校、系两级领导，更包括各级教育行政部门的领导。

无论是建构主义学习理论，还是外语专业面对 21 世纪进行改革，都对教师提出了新的要求，需要教师不断学习，更新教育观念。尤其建构主义学习理论下的教师是学生知识建构的组织者、参与者、促进者。

教师首先是学生学习的组织者。教师需要为学生创建合适的学习情境，组织学生进行协作学习、开展讨论，帮助学生建构知识。

教师是学生建构知识的参与者。教师不再是向学生提供、传达知识的提供者、传达者，在学生建构知识时，具体参与知识建构的过程中，与学生不再是上下关系，而是平等、民主的关系。

教师是学生知识建构过程中的促进者。教师在学生建构知识过程中遇到障碍时给学生指导，帮助学生顺利完成知识的建构。或者制造认知冲突，促进学生完成对所学内容的全面而深刻的建构。

第三节　建构主义学习环境及教学模式

一、建构主义学习环境

建构主义教学与传统的教学不同，建构主义教学要求以学生为主体，让学生在真实的环境下建构知识，并且非常重视学生之间的协作。建构主义认为学习不是对客观知识的接受，而是在一定的情境下，学生根据自己的背景知识建构起来的，在建构意义的过程中，学生之间的协作非常重要，意义建构的主要方式是对话，学生在对话与协作中最终完成意义的建构。即建构主义学习环境主要由情境、协作、对话、意义建构四个要素组成。

情境：学习环境中的情境必须有利于学生对所学内容的意义建构。建构主义学习不是对客观知识的接受，而是根据不同的情境来建构意义，因此情境的创设对学生进行意义建构具有重要作用。学生在不同的情境下构建的意义不同，创设情境有利于学生建构意义。

协作：建构主义，尤其社会建构主义非常重视协作的作用，协作存在于意义建构的整个过程之中。学生通过与其他同伴的协作来进行意义建构，学生进行意义建构后，向同伴表述，可以再次明确自己建构的意义，对自己建构的意义进行回顾与反思；学生在意义建构过程中遇到困惑或问题时，可以向同伴寻求帮助，解决问题；小组内的讨论可以让学生接触更多的观点，拓宽思路，建构更深刻的意义。

对话：学生主要通过对话来完成意义建构，对话贯穿着整个意义建构过程。学生独立建构文本意义不是单方面接受文本的信息，而是与文本进行双向对话；学生与学生之间的讨论、学生与小组的讨论也是对话过程；学生与教师之间也是通过对话的形式来交流。对话是学生进行意义建构的重要手段。

意义建构：建构主义学习的目标是建构意义。意义建构是学生在自己背景知识下，对所学内容的建构。

二、建构主义教学模式

建构主义教学理论对具体的教学实践产生了重大影响，在建构主义理论的影响下，出现了各种新的教学方法，这些方法都把学生作为学习的主体，重视学生的主动性、能动性。主要代表性的建构主义教学方法有支架式教学方法、抛锚式教学方法、随机进入学习教学方法。

支架式教学是立足于维果茨基的"最邻近发展区"思想的一种教学方法。建构主义者正是从维果茨基的最近发展区思想出发，借用建筑行业中使用的"脚手架"（Scaffolding）作为上述概念框架的形象化比喻，其实质是利用上述概念框架作为学习过程中的脚手架。如上所述，这种框架中的概念是为发展学生对问题的进一步理解所要的，也就是说，该框架应按照学生智力的"最邻近发展区"来建立，因而可通过这种脚手架的支撑作用（或"支架作用"）不停顿地把学生的智力从一个水平提升到另一个新的更高水平，真正做到使教学走在发展的前面[①]。支架式教学法是基于建构主义学习理论

---

① 覃辉、鲍勤主编：《建构主义教学策略实证研究》，昆明·云南大学出版社，2010年版。

提出的一种以学习者为中心，以培养学生的问题解决能力和自主学习能力为目标的教学法。该教学法是指一步一步地为学生的学习提供适当的、小步调的线索或提示（支架），让学生通过这些支架一步一步地攀升，逐渐发现和解决学习中的问题，掌握所要学习的知识，提高问题解决能力，成长为一个独立的学习者。

支架式教学过程由一系列环节组成，首先要教师搭建支架，然后让学生进入情境，随后学生独立建构，接下来学习共同体协作学习，最后对学习效果进行评价。具体来看：

第一，搭脚手架——教师确定学习主题及学习目标，然后围绕当前学习主题，按"最邻近发展区"的要求建立概念框架，在这个环节，教师要发挥组织者的作用，不仅要提前确定学习主题，并且需要了解学生的水平情况，确定学生目前的实际水平与到达的学习水平，来搭建支架。

第二，进入情境——将学生引入一定的问题情境（概念框架中的某个节点），教师要提供真实的学习情境，让学生在真实的情境中，建构知识，这种情境的提供，有利于学生更顺利地建构知识。

第三，独立探索——让学生独立探索。探索内容包括：确定与给定概念有关的各种属性，并将各种属性按其重要性大小顺序排列。探索开始时要先由教师启发引导（例如演示或介绍理解类似概念的过程），然后让学生自己去分析；探索过程中教师要适时提示，帮助学生沿概念框架逐步攀升。起初的引导、帮助可以多一些，以后逐渐减少——越来越多地放手让学生自己探索；最后要争取做到无须教师引导，学生自己能在概念框架中继续攀升。

学生是学习的主体，教师引导学生进入学习情境之后，主要让学生进行独立探索与建构，在这个过程中教师发挥着引导者的作用，学生遇到困难时，教师要适当地给出提示或帮助，让学生克服困难，并且教师的这种引导是逐渐减少的，学生顺着教师搭建的支架慢慢扩大自己的"最邻近发展区"，达到自己潜在的学习水平。

第四，协作学习——进行小组协商、讨论。讨论的结果有可能使原来确定的、与当前所学概念有关的属性增加或减少，各种属性的排列次序也可能有所调整，并使原来多种意见相互矛盾且态度纷呈的复杂局面逐渐变得明朗、一致起来。在共享集体思维成果的基础上达到对当前所学概念比较全面、正确的理解，即最终完成对所学知识的意义建构。

在支架式教学模式中，不仅重视学生个体的建构，也非常重视学习共同体的集体建构，体现了个人建构主义和社会建构主义的结合，在学生独立探索后，进行与同伴们的协作学习，协作学习主要以对话的形式来进行，经过小组内的讨论，分享自己的意义建构，扩大自己的想法，并且在与同伴们的讨论中，解决自己的问题或调节自己的意义建构。

第五，效果评价——对学习效果的评价包括学生个人的自我评价和学习小组对个人的学习评价，评价内容包括：①自主学习能力；②对小组协作学习所做出的贡献；③是否完成对所学知识的意义建构[①]。建构主义不仅重视学生对知识的学习，也重视培养学生的学习能力，让学生在意义建构后对学习过程进行反省，这也是一种元能力，学生在效果评价的过程中，能够反思自己学习的过程与不足，通过效果评价，学生掌握学习方法，最终提高自己的学习能力。

抛锚式教学方法也是一种立足于建构主义教学理论的常见的教学方法，抛锚式教学是将教学内容嵌入某个现实的人类生活事件或问题情境中，让学生在真实的或至少是类似于真实的情境中探究事件、解决问题，亲身体验识别目标、提出目标和实现目标的全过程。这种教学不仅有利于激发学生的学习兴趣和需要，更重要的是有助于学生掌握真正有用的知识。实施抛锚式教学的关键是要选择某个能够将现阶段的学习内容嵌入其中的真实事件或现实问题，让学生直接面对并尝试解决。被选择出来的事件或问题称为"锚"，上述教学环节被形象地称为"抛锚"。因为所选择的事件或问题必须与教学内容紧密相连，就像锚可以将船固定住一样。在抛锚之后，教师需要完成的任务包括：向学生提供解决该问题的相关线索；尽可能地发挥学生的自主学习能力；组织学生开展协作学习；与学生一起对教学效果进行评价[②]。抛锚式教学方法重视学生在真实的情境中学习，要求学生解决真实的问题，这体现了知识的相对性与建构性，而不是让学生学习放之四海而皆准的抽象规则、原理等。

---

① ［美］伍尔福克：《教育心理学》（何先友等译），北京·中国轻工业出版社，2008 年版。
② ［美］伍尔福克：《教育心理学》（何先友等译），北京·中国轻工业出版社，2008 年版，第284—285 页。

随机进入学习方法是建立在建构主义学习理论的一种学习方法。由于事物的复杂性和问题的多面性，要做到对事物内在性质和事物之间相互联系的全面了解和掌握，即真正达到对所学知识的全面而深刻的意义建构是很困难的。往往从不同的角度考虑可以得出不同的理解。为克服这方面的弊端，在教学中就要注意对同一教学内容，要在不同的时间、不同的情境下，为不同的教学目的、用不同的方式加以呈现。也就是说，学习者可以随意通过不同途径、不同方式进入同样教学内容的学习，从而获得对同一事物或同一问题的多方面的认识与理解，这就是所谓的随机进入学习。随机进入教学主要包括以下五个环节：

第一，呈现基本情境：向学生呈现与当前学习主题的基本内容相关的情境。

第二，随机进入学习：取决于学生"随机进入"学习所选择的内容，而呈现与当前学习主题的不同侧面特性相关联的情境。在此过程中教师应注意发展学生的自主学习能力，使学生逐步学会自己学习。

第三，思维发展训练：由于随机进入学习的内容通常比较复杂，所研究的问题往往涉及许多方面，因此在这类学习中，教师还应特别注意发展学生的思维能力。其方法是：教师与学生之间的交互应在"元认知级"进行；要注意建立学生的思维模型，即要了解学生思维的特点；注意培养学生的发散性思维。

第四，小组协作学习：围绕呈现不同侧面的情境所获得的认识展开小组讨论。在讨论中，每个学生的观点在和其他学生以及教师一起建立的社会协商环境中受到考察、评论，同时每个学生也对别人的观点、看法进行思考并作出反应。

第五，学习效果评价：包括自我评价与小组评价[①]。评价内容与支架式教学的内容相同，包括：自主学习能力；对小组协作学习所做出的贡献；是否完成对所学知识的意义建构。

随机进入学习方法与支架式教学模式类似，也是分为五个环节，教师先设置支架或情境，学生进入学习情境，学生独立探索，小组协作学习，最后是学习效果评价。不同的是支架式教学模式是让学生在教师搭建的支架上逐

---

① 张舒予：《现代教育技术学》，合肥·安徽人民出版社，2003 年版，第 32—33 页。

渐提高自己的学习水平，这里强调支架的作用。但是随机进入学习方法关注学生在与学习主题相关的情境下，开展对学习主题不同侧面的学习，随机进入学习要求学生从不同的侧面来建构学习主题，在随机进入学习中，教师需要注重学生的发散思维，从不同的视角对同一个主题进行学习。

建构主义教学模式不同，呈现的特点也不同，教师需要在具体的教学过程中，根据教学的内容及学生的特点灵活地采取不同的教学模式，让学生获得学习效果的最大化。

第二章 建构主义背景下的韩国现代诗教育

建构主义学习理论提出知识是个体建构的、相对的、变化的，不再是客观的、绝对的，学生是学习的主体，学生在自己的先验基础上建构知识，学习是个体与知识相互作用的过程，同时在建构的过程中其他个体也发挥着重要作用。

建构主义学习理论应用到文学教育领域形成了建构主义文学观，建构主义文学观认为文学文本意义是读者建构的，文本意义不再只存在于文本之中与作者之中，阅读文本也不再是寻找文本的意义和作者的意图，而是读者根据自己的背景知识建构出来的。读者是阅读文学的主体，文学文本只有被读者阅读才产生意义，这就要求我们要改变传统的文学教育观，在传统的文学教学中，教师是课堂的主体，是知识的提供者与传达者，学生处于接受地位，教师向学生讲解文本的意义，并且这种文本的意义是固定的、不变的。现在教师要树立学生为主体的文学教育观，改变自己知识传达者的地位，做一个学生学习的引导者、组织者、促进者，重视学生的主体地位，让学生建构文学文本的意义。

建构主义文学观提出在文学教育中学生是学习的主体等内容，这种思想在高等学校外语专业教学指导委员会制定的《关于外语专业面向 21 世纪本科教育改革的若干意见》（以下简称《意见》）也有体现。《意见》的外语专业本科教育改革的基本思路的第 4 条是教学方法和教学手段的改革，21 世纪外语专业人才的培养目标和培养规格以及教学内容和课程建设的改革都需要通过教学方法和教学手段的改革才能得以实现。尽管教学方法和教学手段的改革有多种途径，但以下的原则应该是共同的：①教学方法的改革应着眼于培养学生的创新精神和创造能力，应强调学生的个性发展。在外语教学中模仿和机械的语言技能训练是必要的，但一定要注意培养学生的分析、综合、批评和论辩的能力以及提出问题和解决问题的能力。②改变以教师为中心的传统教学方法，突出学生在教学活动中的主体地位，注意培养学生根据自身条件和需要独立学习的能力。③将课堂教学与课外实践有机地结合起来。课堂教学重在启发、引导，要为学生留有足够的思维空间；课外活动要精心设计，要注意引导，使其成为学生自习、思索、实践和创新的过程。广播、录音、投影、电影、电视、录像、计算机、多媒体和网络技术的利用和开发为外语专业教学手段的改革提供了广阔的前景。但是，我们一定要正确地认识人与技术、教师与现代化教学手段的关系。新的教学手段有助于提高外语教学的效益，但永远不可能替代教师的作用。在使用这些高科技的教学手段时，我们应注重其实际效果，不要贪大求洋，盲目追随他人。

《意见》提出改变以教师为中心的传统教学方法，突出学生在教学活动中的主体地位，注意培养学生根据自身条件和需要独立学习的能力，这体现了一种建构主义教学观，建构主义教学观主要是重视学生学习的主体地位，让学生学会学习方法。

第一节　国内韩国文学教材分析

首先本节以国内最近出版的代表性教材为例，分析每种教材的韩国现代诗目录、内容构成与课后习题，通过分析来考察国内韩国现代诗教育现状。具体来看，本研究与第一部取了相同的最近 10 多年国内出版的 9 种文学教材，教材中收录的现代诗再次列举如下。

序号	教材名称	出版社	出版年度	作者	现代诗作品
1	韩国文学简史与作品选读	大连理工大学出版社	2006	韩卫星	7 篇 烟花（朱耀翰），女僧（白石），被掠去的田野还有春天吗（李相和），你的沉默（韩龙云），乡愁（郑芝溶），招魂（金素月），花（金春洙）
2	韩国文学选读	对外经济贸易大学出版社	2008	韩梅 韩晓	8 篇 金达莱花、山有花、招魂（金素月），你的沉默（韩龙云），被掠去的田野还有春天吗（李相和），序诗（尹东柱），花蛇（徐廷柱），在菊花旁（徐廷柱）

序号	教材名称	出版社	出版年度	作者	现代诗作品
3	韩国现代文学作品选读	北京大学出版社	2010	韩梅 韩晓	**17 篇** 后日、金达莱花（金素月），你的沉默、无法知道（韩龙云），被掠去的田野还有春天吗（李相和），石墙上窃窃私语的阳光、待到牡丹花开（金永郎），镜子（李箱），月亮、葡萄、叶子（张万荣），鹿（卢天命），游子（朴木月），在菊花旁（徐廷柱），佛国寺（朴木月），花（金春洙），芦苇（申庚林）
4	韩国文学史	上海交通大学出版社	2008	尹允镇 池水涌 丁凤熙 权赫律	**46 篇** 火花（朱耀翰），死的礼赞（朴钟和），被掠去的田野还有春天吗（李相和），我哥哥和火炉（林和），来来往往（金亿），金达莱花、招魂（金素月），你的沉默（韩龙云），待到牡丹花开（金永郎），乡愁（郑芝溶），您可知道那遥远的国度（辛夕汀），气象图（金起林），瓦斯灯（金光均），归蜀途（徐廷柱），岩石（柳致环），旷野（李陆史），序诗（尹东柱），游子（朴木月），道峰（朴斗镇），玩花衫（赵芝薰），快走吧（权焕），家事（赵碧岩），降下旗帜（林和），8 月 15 日（朴世永），在菊花旁（徐廷柱），生命一书（柳致环），在多富院（赵芝薰），最后的绘画（朴寅焕），望着无等山（徐廷柱），哭泣的秋天的江（朴在森），哈……没有影子、蓝天（金洙暎），躯体消失吧（申东晔），城北洞鸽子（金光燮），五贼、1974 年 1 月（金芝河），农舞（申庚林），思考之间（金光均），在污秽的江中洗铁锹（郑喜成），燃烧的春天（金正焕），屠杀 1、民众（金南柱），在沙坪站（郭在九），无法停止、对决（朴劳海），风葬（黄东奎）
5	韩国现代文学作品选	上海交通大学出版社	2005	尹允镇 池水涌 权赫律	**10 篇** 金达莱花（金素月），被掠去的田野还有春天吗（李相和），北青水贩（金东焕），待到牡丹花开（金永郎），乡愁（郑芝溶），您可知道那遥远的国度（辛夕汀），旷野（李陆史），游子（朴木月），在菊花旁（徐廷柱），序诗（尹东柱）

续表

序号	教材名称	出版社	出版年度	作者	现代诗作品
6	韩国文学作品选读（上）	外语教学与研究出版社	2008	金英今	5 篇 金达莱花（金素月），乡愁（郑芝溶），假如那一天到来（沈熏），草（金洙暎），归天（千祥炳）
7	韩国文学作品选读（下）	外语教学与研究出版社	2008	金英今	10 篇 燃烧的渴望（金芝河），鸟儿也去世了（黄芝雨），天空（朴劳海），弗兰兹·卡夫卡（吴圭原），假如爱像收音机随心关闭打开的话（蒋正一），幸福（朴世铉），问你（安度眩），摇摆着盛开的花（都钟焕），泪水为什么是咸的（咸敏復），想去那条江（金龙泽）
8	朝鲜－韩国文学史（下）	外语教学与研究出版社	2010	金英今	26 篇 大海致少年（崔南善），火花（朱耀翰），山有花（金素月），你的沉默（韩龙云），痛哭（李相和），玻璃窗 1（郑芝溶），石墙上窃窃私语的阳光（金永郎），鸟瞰图（李箱），丨字路口的顺伊（林和），在菊花旁（徐廷柱），家庭（朴木月），落叶聚居（赵炳华），落花（李炯基），对阳光说（郑浩承），花（金春洙），钢琴（全凤健），送信（申瞳集），空房子（奇亨度），家（郑镇奎），门（吴圭原），那一天（李晟馥），蓝天（金洙暎），五贼（金芝河），在沙坪站（郭在九），在污秽的江中洗铁锹（郑喜成），劳动的凌晨（朴劳解）
					《作品阅读》12 篇 招魂（金素月），服从（韩龙云），待到牡丹花开（金永郎），我哥哥和火炉（林和），望着无等山（徐廷柱），鸟（千祥炳），我爱的人（郑浩承），江（李晟馥），鸟（朴南秀），人为风景（郑玄宗），倒立（郑喜成），为了希望（郭在九）

续表

序号	教材名称	出版社	出版年度	作者	现代诗作品
9	韩国现当代文学经典解读	北京大学出版社	2011	金鹤哲	**21篇** 招魂、金达莱花（金素月），你的沉默（韩龙云），被掠去的田野还有春天吗（李相和），乡愁（郑芝溶），待到牡丹花开（金永郎），镜子（李箱），数星星的夜晚（尹东柱），青鹿（朴木月），您可知道那遥远的国度（辛夕汀），心语（金东明），归蜀途（徐廷柱），草（金洙暎），农舞（申庚林），在文义村（高银），燃烧的渴望（金芝河），我们流成水（姜恩娇），蜀葵（都钟焕），模糊的旧爱之影（金光奎），一块煤砖（安度眩），露水（郑玄宗）

从上表来看，每种文学教材中都收录了韩国现代诗，但是数量不同，最少的是外语教学与研究出版社出版的《韩国文学作品选读》（上），只收录了5篇韩国现代诗，最多的是上海交通大学出版社出版的《韩国文学史》，收录了46篇韩国现代诗，大部分教材收录篇数在10—20篇。另外在收录诗篇上，也呈现了多样化的现象，既有重复较高的诗篇（《金达莱花》等），也有仅仅收录一次的诗篇（《模糊的旧爱之影》（金光奎）等）。

教材是教学的指引，教学的重要组成部分。同时教材也是教学的载体，它在知识内容与教学目标上是教学大纲和教学计划的产物，在知识的呈现方式上是教学法的体现和应用。教材是教师在应用中学习的客体和在职培训的工具[①]。在具体的教学构成中，教师主要按照教材来组织教学，教材的内容构成在教学过程中发挥着重要作用。接下来我们看看教材章节的内容构成。

序号	教材名称	出版社	出版年度	作者	内容构成
1	韩国文学简史与作品选读	大连理工大学出版社	2006	韩卫星	诗全文＋生词表＋理解与鉴赏＋补充资料＋补充单词＋思考与练习

---

① 夏纪梅：《教材、学材、用材、研材》，载《外语界》2008年第1期，第29页。

续表

序号	教材名称	出版社	出版年度	作者	内容构成
2	韩国文学选读	对外经济贸易大学出版社	2008	韩梅 韩晓	背景知识＋作家介绍＋作品解读＋作品原文＋练习题
3	韩国现代文学作品选读	北京大学出版社	2010	韩梅 韩晓	作者介绍＋单词解释＋课后习题
4	韩国文学史	上海交通大学出版社	2008	尹允镇 池水涌 丁凤熙 权赫律	诗全文＋解释
5	韩国现代文学作品选	上海交通大学出版社	2005	尹允镇 池水涌 权赫律	诗全文＋作者介绍与作品理解
6	韩国文学作品选读（上）	外语教学与研究出版社	2008	金英今	诗全文＋单词解释＋作者简介＋作品鉴赏＋文学知识讲座＋补充单词＋练习题
7	韩国文学作品选读（下）	外语教学与研究出版社	2008	金英今	诗全文与解释＋单词注释＋作者介绍＋文学批评＋课后练习
8	朝鲜 韩国文学史（下）	外语教学与研究出版社	2010	金英今	诗全文＋单词＋理解与鉴赏＋补充资料＋补充单词＋思考与练习
9	韩国现当代文学经典解读	北京大学出版社	2011	金鹤哲	诗全文＋单词解释＋作品解读＋中文译文＋作者简介

　　从以上文学教材的内容构成来看，虽然各不相同，但是一般由诗全文、生词解释、作品解读、作者背景资料、课后练习组成，其中《韩国文学史》内容组成最简单，只有诗全文和诗解读两部分构成，这也可能是因为《文学史》定位的原因，《文学史》科目开设在高年级，是为了向学生提供基本的文学史知识。《韩国现当代文学经典解读》中提供了诗的中文译文，是这本文学教材的一大特点。《韩国文学作品选读》（下）中收录了关于诗的文学批评，通过让学生阅读文学批评来理解诗，是本教材的一大特色。

　　从9种文学教材的内容组成来看，可以看到国内韩国文学教材的几大特点。

　　首先，在文学教学中对学生交际能力的重视，《朝鲜-韩国文学史》（下）

《韩国现当代文学经典解读》《韩国文学作品选读》（上）等 6 种教材中设置了单词解释这个模块，突出了对学生学习词汇的重视，注重培养学生听说读写的能力。

其次，教材中向学生提供作品解释与作者背景，这 9 种教材全部设置了作品解读或作者介绍的板块，说明教材对作者背景的重视。

最后，文学教材注重学生的学习活动，培养学生的练习能力，《朝鲜—韩国文学史》（下）、《韩国文学作品选读》（上）、《韩国文学简史与作品选读》等 6 种教材里设置了练习题。

以上文学教材虽然在国内朝鲜语文学教育中发挥了重要作用，但是在内容构成上也存在一些问题。

首先，在教材内容结构上，还停留在文本、单词解读、作者背景介绍、文本解释等传统文学教学水平，缺少建构主义课程环节的设置。以《韩国现当代文学经典解读》为例，具体来看一看章节内容构成。

这本教材的第 15 首诗是高银的《在文义村》，首先列出了诗全文，其次是单词解释，对诗中出现的"文义村""岔路""勉强"等单词进行了解释，然后是中文作品解读。

这首诗以作者的朋友辛东门到故乡忠北清原郡文义村为母亲举办葬礼一事为背景，作者在送葬的路上不断冥思苦想，参悟生与死的意义，即生与死存在着距离，最终却要走向合一。

上半部描述了诗人对生与死的感觉：死希望路上像死一般寂静，生则在路上返回，在村里燃起纸灰。即生与死是两条不同的路。下半部描述了生与死只能殊途同归的参悟：死怀抱着生拒绝一个死亡，如同进行某种仪式，却在听到人声后走出一段才回首眺望。"走出一段路才回首眺望"暗示了生与死之间既有界限与距离，却又不得不相遇的无奈。不管怎么用力扔石头想要赶走死亡，却无法逃避死亡的降临，这就是人的宿命。既然死亡无法避免，对生就要更加虔敬。

现实中的文义村是朋友为母亲举行葬礼的村庄，而在这首诗里，是诗人参悟生与死这一终极课题的诗化的空间。

《韩国现当代文学经典解读》这本教材中，在诗全文后提供了诗的文本

解读，可以帮助学生理解诗文本，但是也有一定的弊端，那就是不能让学生发挥主动性来独立建构诗的意义，依然停留在向学生传达文本固定意义的传统文学教学水平。

接下来教材列出了这首诗的中文译本，中文译文可以让学生准确阅读这首朝鲜语诗，降低学生的阅读难度，但同时也限制了学生的想象。

在文义村

我去冬季的文义村看过了。

延伸向那里的路

跟其他几条小路

勉强汇聚。

死亡希望路上像死一般寂静。

在干涩的声音里一次次闭上耳朵

路各自朝寒冷的方向伸展。

可是生却从路上返回来

在沉睡的村庄里扬起烟尘

远山突然袖起双手

感觉近在咫尺啊。

雪啊 覆盖了死亡还能覆盖什么？

我去冬季的文义村看过了。

死怀抱着生

到最后在拒绝

一个死亡的降临

死听到人声喧哗

走出一段路才回首眺望。

世上万物太过低矮了

雪才飘落在这个世界

不管怎样用力 石头也击不中死亡

冬季的文义村啊 雪覆盖了死亡还能覆盖什么？

与单纯提供给学生诗译文相比，设置一些发挥学生主动性的活动更为重要。可以让学生翻译这首诗，然后让学生互相讨论，如何把这首诗翻译得更为准确与优美，这不仅可以让学生更加理解这首诗，也可以让学生发挥自己的想象力来构建这首诗的意义。

接下来《韩国现当代文学经典解读》提供了"关于作者"的资料，提供作者的背景资料是为了让学生了解作者背景，从而能够更容易阅读诗。

诗人高银 1933 年生于全罗北道群山，本名高银泰，法号一超。1952 年出家为僧。曾参加恢复民主国民会议、民族文学作家会等组织，积极投身民主化运动和劳动运动。1956 年创办《佛教新闻》并任主编，1958 年在赵芝薰的推荐下在《现代诗》上发表诗歌《肺结核》，后经徐廷柱的推荐在《现代文学》发表《春夜絮语》《雪路》等作品，开始受到关注。1962 年还俗后继续放浪生活，后投身社会福祉事业，在济州岛上建立图书馆并创办高等公民学校。1974 年开始投身民族民主运动，出任实践自由文人协会代表干事、解救金芝河委员会副委员长。1977 年被捕入狱。1979 年 6 月因反对美国总统卡特访韩，被当局以"违反特别措施法"再次逮捕入狱，后于年底释放。第二年又以参与金大中内乱阴谋的罪名入狱。1982 年因健康恶化，于 8·15 光复节时特赦释放。历任韩国民族艺术人总联合共同议长、民族文学作家会议长等职。

早期诗作带有虚无主义和唯美色彩，发表《在文义村》之后开始关注时代和现实，作品流露出批判现实意识和历史意识。

主要作品有诗集《彼岸感性》(1960)、《海边韵文集》(1963)、《新语言的村庄》(1967)、《在文义村》(1974)、《复活》(1975)、《出家》(1977)、《独岛》(1995) 等十余部；小说集有《彼岸樱》(1962)、《年幼的过客》(1974)、《日蚀》(1974)、《夜幕下的酒家》(1977)、《小说华严经》(1991) 等。另有随笔集《人为悲哀而生》，长诗《万人谱》《白头山》。

先后获韩国文学奖 (1974、1987)、万海文学奖 (1988)、中央文学奖 (1988)、大山文学奖 (1994)、万海奖诗文学奖 (1998)、佛教文学奖 (1999)、丹斋奖 (2004)。2002 年获银冠文化勋章。

教材中提供作者的背景资料一定程度上可以帮助学生更好地阅读诗，但是这种广泛的作者的背景知识不利于学生发挥主动性，可以让学生独立去查阅作者相关信息，锻炼学生独立的学习能力。在建构主义教学观下，知识不是客观的、记忆的，而是相对的、学生建构的，提供知识加大了学生的学习负担，对以后学习能力的提高帮助有限。因此增加学生独立探索知识的活动更有利于学生掌握学习方法，培养学生的学习能力。

其次，提供的文学文本解读观点单一，容易让学生对解读资料形成依赖心理，而限制了学生的想象力，影响学生自由、主动建构诗的意义。下面是《韩国现当代文学经典解读》中《草》的作品解读。

草具有柔韧、顽强、固执的特性，再大的外力也压不垮，岩缝里长出的柔弱小草常常象征顽强的生命力。而这首诗用在风中飘摇并且倒伏的草，象征坚韧不拔、不屈不挠的底层民众。因此这是一首典型的民众诗。

整个诗篇用象征手法描写了阴云密布的灰暗社会里，饱受压制的底层民众在风中哭泣，在风中重新站立起来的意志。风象征着压制民众的势力（权力），草随风起起伏伏，象征着民众的柔韧和顽强的生命力。

第一联，在风中哭着倒伏的草，暗示了底层民众的受动性和懦弱的特性；第二联，倒伏了又重新站起来的草，显示出民众很强的柔韧性和能动性；第三联，比风先站起来，比风先笑出来的草，隐喻了由草的能动性而发散出的包容、坚韧和不屈不挠的生命力。

在这首诗里，风和草形成了鲜明的对立格局，风吹则草伏，后伏下却先起来，后哭泣却先笑出来。这首诗的意境跟中国古代著名的民众诗人白居易的诗句"野火烧不尽，春风吹又生"如出一辙。

教材中金洙暎的《草》提供了解读，学生通过这种解读能够加深对诗的理解，但是教材中只提供了一种解读，这种解读把《草》与当时黑暗的社会背景结合，认为风代表了当时的黑暗统治势力，草代表了被统治、被压迫的民众。这种诗解释材料不仅容易让学生产生依赖心理，而且也限制了学生的思维与想象。

韩国现代诗与时代背景结合的解释比较普遍，金素月的《金达莱花》后面的解读同样也是与当时的殖民地情况结合的诗文本解释。

　　这是一首韩国传统民谣体的自由体抒情诗，以一个女性的视角抒发了对"离别"的感悟。整首诗充满了伤感、哀怨、期盼的感情色彩，开篇即是"假如是厌倦了我/我要默默为你送行"。所爱的人行将离去，没有挽留也没有泪水，不愿爱人离去的情感和泪水化作满怀的金达莱花撒在离径之上。撒花和送行本身即隐含着不忍爱人离去之意，反而表达出强烈的挽留之意。在金素月的诗歌世界里，金达莱的花开和花落，象征着相爱和分手、相聚和分离。这首诗也被认为是艺术性地再现传统离恨的经典作品，也是能代表金素月精神世界的作品。这种传统的离别之恨，从古代的《公无渡河歌》《归乎曲》《西京别曲》到民谣《阿里郎》到《金达莱花》一直得到了传承。作者通过简短的四联十二句，用伤感的语调把传统的"离恨"体现在深切的爱、献身精神、绝望、克制与坚忍四个阶段。

　　爱人离去的女性表面淡然地"采一怀金达莱花/遍撒你要离去的小径"，而内心却"至死我也不会流泪"，形成了一种强烈的对比。这种对照令人联想起《庄子·田子方》的"哀莫大于心死"。"心死"是一种封闭自虐式的情结达到极点的极度沮丧的心理状态。

　　而联想到作者创作这首诗时20世纪20年代的社会状况，不难发现这份沮丧与自虐情绪的根源——一个日帝殖民统治下的亡国奴的悲愤与抑郁。但是在残酷野蛮的殖民统治下，诗人无法大声地喊出来，只能用男女间的爱情，隐喻对祖国的难舍难弃的爱和离别之痛。他深爱的祖国已经被倭族夺走，一方面是对离去家园的深切眷恋，一方面是对无能为力的自己深深的自责："假如是你厌倦了我/行将离去/至死我也不会落泪"。韩龙云的那首著名的《伊的沉默》里的咏叹："深爱的你竟离我而去/啊啊——你虽已远去　我却从未把你送走。"表达的也正是这种失去祖国的离别之恨。

　　这首诗的艺术成就在于成功地继承了韩国古典文学的浪漫式抒情手法，娴熟地运用了民谣的韵律，跟高丽朝民谣体《西京别曲》和朝鲜朝时期的《阿里郎》有着一脉相承的相似之处，因此被誉为现代文学的经典之作。

　　以上这篇诗解释也是与当时的殖民地背景结合，诗中的恋人是指诗人的祖国与民族，通过离别之情表达了对祖国与民族的思念。这种解释思维固定，观点单一，让学生在阅读诗时陷入传统的诗阅读习惯，在时代背景下寻找诗的意义。

应该让学生先在自己的背景知识下建构诗的意义，即使提供诗的解读材料，也应该提供多种观点的资料，让学生以多种视角来阅读这首诗，并且最重要的是让学生意识到自己作为读者的能动性，阅读诗，并不是在诗文本及社会文化背景中寻找诗的意义，而是读者与诗文本相互交流的对话过程。对学生进行韩国现代诗教育不仅重视学生学习诗的结果，也重视学生阅读诗的过程，学生在与诗对话的过程中，感受诗的美，体验诗中的感情，最终学会阅读诗的方法，成为一个自由的读者。

最后，课后习题的构成以考查学生的记忆为主，单纯地确认学生对文学知识的记忆，缺少对学生主动性的考查。

---

1. 《山有花》中花的意义是什么，说一说。
2. 《伊的沉默》的主题是什么，想一想。
3. 《被掠去的田野还有春天吗》中"被掠去的田野"象征着什么？
《韩国文学选读》，105 页。

下面诗句的意思是什么，说一说。
阅读诗，然后选出下列问题的答案。
《韩国文学作品选读》（上），18—19 页。

教材中的习题多以《伊的沉默》的主题是什么、《被掠去的田野还有春天吗》中"被掠去的田野"的象征意义是什么、下面诗句的意思是什么这种形式出现，这些课后习题主要考查学生对诗客观知识的记忆，缺少培养学生主动建构知识的习题。

第二节　韩国现代诗教育展望

韩国现代诗教育是朝鲜语教育的重要组成部分，对学生进行现代诗教育，不仅能够增进学生的语言交际能力，而且能够提高学生的人文素质，使学生成为高素质的人才，为了实现这种目标，我们应该运用先进的教学理论进行韩国现代诗教育。

建构主义文学观与传统的文学观不同，在传统的文学观下，文学作品的意义是固定的、客观的，在具体的文学教学中，教师是作品意义的传达者，学生是作品意义的被动接受者。传统的文学教学忽视了学生的主体性，限制了学生的思维与想象。建构主义文学观认为文学文本只有遇到读者才有意义，文本的意义是读者建构的，在具体的文学教学中，重视学生的主体性，让学生在自己的背景知识下建构诗的意义。建构主义文学观不仅重视学生建构诗意义的过程，也重视结果，最终是要学生掌握独立阅读诗的方法。

建构主义文学观首先需要教师改变传统的教学观念，教师在教学中发挥着主导作用，教师不再是传统教学中的知识传达者，而是教学的组织者、引导者、促进者，教师要充分考虑到学生的特点来组织教学，并且要充分发挥学生的主动性。在学生阅读文学文本遇到困难时，发挥良好的引导作用，并且促进学生之间的交流与对话，实现学习共同体的集体建构。

教材是教学的重要组成部分。教学论的教材概念，是作为学生的知识体系所计划的事实、概念、法则、理论，同知识紧密相关，有助于各种能力的系统掌握、心理作业与实践作业的各种步骤、作业方式和技术，知识体系同能力体系的紧密结合，奠定世界观之基础的表现为信念的、政治的、世界观的、道德的认识、观念即规范[①]。教材与学生、教师、教学紧密相关，不仅包含着教学内容，而且对学生起着指引、激发与促进作用，同时也是教师组织教学的重要依据，在教学中发挥着重要作用。

高等学校外语专业教学指导委员会制定的《关于外语专业面向 21 世纪本科教育改革的若干意见》（以下简称《意见》）中提出了外语专业本科教育改革的基本思路，包括思想观念的转变、复合型人才的培养、课程体系改革和课程建设、教学方法和教学手段的改革、教材建设等，提出课程体系的改革必然会带动教材的建设。根据 21 世纪对外语专业人才的要求，现有的外语专业教材亟待更新和补充，有些教材需要组织人力编写。

同时《意见》指出 21 世纪的外语专业教材应该具备以下几个基本特征：

---

① ［日］欢喜隆司：《关于教材的若干问题与课题》（钟启泉译），载《外国教育资料》1988 年第 3 期，第 35 页。

教学内容和语言能够反映快速变化的时代；要处理好专业知识、语言训练和相关学科知识之间的关系；教材不仅仅着眼于知识的传授，而要有助于学生的鉴赏批评能力、思维能力和创新能力的培养；教学内容有较强的实用性和针对性；注意充分利用计算机、多媒体、网络等现代化的技术手段。

为了韩国现代诗教育的顺利开展，应该加强对教材的编纂与开发，在具体的教材编纂与开发过程中，应该坚持建构主义教材观。建构主义教材观认为，在内容上，这种教材观强调知识的生成性、境遇性和建构性，在教材组织上重视学习者的经验和心理感受，在功能上重视教材的对话功能和意义建构、情境提供的功能，在教学中，重视学生的主体地位和自主探究，教师只是发挥引导者和促进者的作用。建构主义教材观与以往的传统教材观不同，它有利于激发学生的学习兴趣、培养学生的创造精神和动手能力，在课堂教学中也有助于建构民主、平等、和谐的师生关系①。在韩国文学教材的开发与编纂中应该充分考虑诗的特点与学生的特点，选取教育价值高的诗文本，设置能够充分发挥学生主动性的学习活动，着重提高学生的鉴赏批评能力、思维能力和创新能力，同时应该运用多种教学资料及教学手段。

韩国现代诗教育的开展离不开教师及研究者的努力，我们应该不停地研究与学习，把先进的教学理论应用到韩国现代诗教育中，推动韩国现代诗教育事业的发展。

---

① 陈柏华、高凌飚：《教材观研究：类型、特点及前瞻》，载《全球教育展望》2010 年第 6 期，第 67—68 页。

第三章　对话主义背景下的文学教育

对话主义是巴赫金提出的文学理论，巴赫金非常重视人类言语活动双向交流的特性，在他看来，话语作为语言交际最基本的单位，具有内在的对话性。任何话语总是处在社会的、历史的语境中，无论一段对话看似多么具有独白性，实际上都是对他者的回应，都同先于它的其他话语处在不同程度的对话关系之中。同时，任何话语都希望被人聆听，得到应答。巴赫金指出，任何话语，其产生意义都只能发生在同他者话语的交往中，从而与他者话语形成对话关系。话语的这种对话性，体现了人类思维和意识的对话本质，只有对话的思想才能给思想带来生命和活力。在巴赫金看来，生活的本质是对话，思想的本质也是对话，新思想只能在与旧思想的对话和交锋中产生，而且也只有在与其他思想交锋时，思想才会生机勃勃、充满活力[①]。根据巴赫金的对话思想，人与他者同时存在，对话无处不在，人只有通过他者才能确认自己的存在，对话是人的本质，只有通过对话，才能获得思想的发展。

对话主义主张，要改变对于人是一种对立体的旧观点。首先，要确立一种人与人是相互独立、依存和交往的关系，我与他者是一种相互依附而又各自独立、平等的对话关系；人的生存是交往对话的生存，我的存在不可能没有他者——你的存在。你否定他者的存在，自以为压倒了他者，其实你只是孤立了自己，你被自己孤立于他者即人群之外。其次，至于人的思想，则是一种独立的、具有价值的思想意识，并非只有你的思想才有价值，才值得重视。人的思想的价值有大有小，但都是有价值的思想[②]。人的存在本质是与

---

① 祁晓冰：《对话：人的存在特性》，载《广西社会科学》2008 年第 9 期，第 67 页。
② 钱中文：《新理性精神和交往对话主义》，载《学术月刊》2003 年第 4 期，第 58 页。

他人的对话，人无时无刻不在与他人发生对话，在对话的过程中，人的思想获得发展。

第一节　对话主义教学理论

巴赫金的对话主义理论对教学产生了重大影响，课堂内存在各种形式的对话。以往传统教学主要是教师主导课堂，单方向向学生传递知识，但是对话主义教学把课堂看成是对话，倡导平等基础上的对话。对话基础上的教学或者对话教学具有不同于以往传统教学的特点，李燕提出对话教学具有民主平等性、创造生成性、人本性与情感性。对话教学首先是民主平等性的教学，在对话教学中，所有的个体都处于平等的关系之中，在平等的基础上进行对话；其次是对话教学的创造生成性，对话教学是创造生成的，而不是如传统教学那样是预成的。作为平等的对话者，学生与教师一样都是真理的发现者与探索者，在对话教学中，师生对话意味着教学从知识的传授走向知识的建构。再次是对话教学具有人本性的特点，对话意味着师生关系的人性化，只有民主、平等的对话性关系才是真正合乎人性的师生关系，因为对话在根本的意义上是指师生双方各自向对方的精神敞开和彼此接纳，是一种真正意义上的精神平等与沟通。最后是对话教学具有情感性的特点，传统教育忽视学生的情感世界，而对话教学则必须确立"人"的存在为教育之本的教育理念，因此包容与共享是现代教育区别于传统教育的根本所在[①]。对话教学倡导平等性、创造性与情感性，对话是平等主体之间的对话，这些主体不仅包括学生，也包括教师，教师与学生是完全平等的主体，教师在学生学习中是合作伙伴。对话教学还关注学生的人文性与情感性，体现了人文关怀。

对话主义教学思想有其独特的特点，产生了对话主义知识观、学习观、学生观、教学原则等，建构主义与对话主义都注重学生的主动性，主要知识由学生来主动建构，但是对话主义主要强调对话在知识建构中的作用。

对话主义的知识观强调知识的对话本质，它认为知识只有在交流中才会

---

① 李燕：《超越主智主义：从独白到对话》，载《山东师范大学学报（人文社会科学版）》2005年第4期，第137—138页。

使它的价值最大化，知识不但是用来武装我们头脑的武器，更是一种主体的存在，描述万事万物的知识都是有血有肉的，它渴盼着有求知欲的学生与它交流，因而与知识以及它描绘的事物进行对话学习将是一种亲切愉悦的行为。

对话主义的学习观人文学习具有目的意义，不全是工具意义，学习具有终极目的的意思，而不全是功利目的的意义，学习具有交流关怀意义，而不单是探索与发现意义，学习要用对话的态度方式，而不是倾听独白的态度方式，学习具有偶发相遇的特征，而不单是严格预设这一特征，学习的收获在于得到多少交流的机会，而不单在于得到了多少中介性知识。

学生观指学生既与知识互为主体，又与老师互为主体，是平等对话中的二重主体，学生既是关爱的享受者，又是关爱的传播者，善于倾诉的品格重于善于接受的品格，感性需求往往重于理性需求，情商的获得往往重于智商的获得，被动学习的平庸者与孤独前行的优秀者都需要得到关怀，众多的不同个性不同水平都有交流的必要，学习成绩将退出评价的核心地位①。对话主义知识观认为知识是在对话、交流过程中产生的，同时这种交流过程是人的存在需求，是愉快的。对话主义学习观认为学习过程就是一种对话过程，不仅需要学生的主动表达，也需要同伴的回答，是一种交流过程。对话主义学生观认为学生不仅是学习知识的主体，也是需要情感关怀的主体，学生之间只有不同，没有优劣，每个学生都应该得到关注与关爱。

对话主义教学突出强调了教育的育人本质与人文精神，重在关注学生的情感，提高学生的人文素养。对话教学是以人为目的的教学，对话的教学使教师和学生成为课堂的主人，知识则退居到"谈资"的位置。贯彻对话精神的教学，并不排斥学生对知识的掌握，也不会影响学生对知识的掌握。只是知识的掌握成为教学的一种副产品，教学的最终产品是具有对话理性的，具有社会交往、沟通的对话能力的人。这样的人，不仅会有健康的理性，还会有健康的人生②。对话教学体现了一种人文精神，关注的是学生的精神成长。

---

① 李旭山：《对话主义哲学与教育改革》，载《陕西教育（教学）》2010年第12期，第4—5页。

② 刘庆昌：《对话教学初论》，载《教育研究》2001年第11期，第68页。

这与新形势下对大学生提出的文化素质要求相吻合。在新形势下，高教司于 1998 年 4 月 10 日颁布了《关于加强大学生文化素质教育的若干意见》（以下简称《意见》），《意见》中对大学生的基本素质内容进行了说明，它提出大学生的基本素质包括思想道德素质、文化素质、专业素质和身体心理素质，其中文化素质是基础。我们所进行的加强文化素质教育工作，重点指人文素质教育。主要是通过对大学生加强文学、历史、哲学、艺术等人文社会科学方面的教育，同时对文科学生加强自然科学方面的教育，以提高全体大学生的文化品位、审美情趣、人文素养和科学素质。

《意见》提出通过对学生加强文学等人文社会科学方面的教育，来提高学生的人文素养等，提高学生的人文素养不仅是一种教育结果，也是一种教育过程，通过对话主义教学，让学生具有对话精神，可以有效提高学生的人文素养。教育的最终目的是培养具有健全人格、富有人文情感的人，我们应该把对话主义践行到教学之中，实现教育的最终目标。

对话主义教学模式与传统的教学不同，具有崭新的教学风格与特征。共同目标、平等参与，相互倾听、积极响应，对话合作、互惠分享，知识创新、共同发展是对话主义教学模式的特点[①]。学生平等参与目标的学习，通过对话进行合作，互相促进，共同合作实现学习目标，实现创新，最终促进所有个体的发展。

文学教育课堂内充满了各种形式的对话，首先对话主义理论基础上的文学教育认为文学本身充满了对话性，也就是巴赫金提出的"复调"，作品内部存在各种不同的声音，这些声音互相对话，作品本身就是一个对话体。

课堂内也充满了各种形式的对话，学生阅读文学文本是与文本的对话，在对话过程中文本的视界与读者的视界融合。理解是视界融合的过程，一方面理解离不开传统、成见、现在的视界，另一方面理解又不能离开解释的对象、过去的视界。不应把理解设想为某种主观性行为，伽达默尔认为，一种解释学的境遇是被我们自己具有的各种成见规定的，这些成见构成了一个特定的现在之视界，但是，这种视界融合不是同一或平均化，它必定同时包括差异和交互作用。视域融合后产生的新的融合的视

---

① 张豪锋、王小梅：《基于对话教学理论的课堂学习共同体研究与设计应用》，载《现代教育技术》2010 年第 2 期，第 47 页。

域，既包括理解者的视域，也包括文本的视域，理解诗是一种创造性的视界融合的过程①。文本是个开放的系统，充满了空白与不确定点，学生与文本进行不断的对话，在对话中填补空白与不确定点，在对话的过程中建构文本的意义。

文学课堂的主体是学生，学生之间进行着活跃的对话，学生之间的对话对于文本意义建构具有重要作用。学习者之间交流、争议、意见综合等有助于学习者建构起新的、更深层的理解；学习者之间的交流对话过程中，他们的想法、解决问题的思路都被明确化和外显化了，学习者可以更好地对自己的或他人的理解和思维过程进行监控；在对话中，学习者之间观点的对立可以更好地引发学习者的认知冲突；在学习者为解决某个问题而进行的交流对话中，他们要达成对问题的共同的理解，建立更完整的表征，这是解决问题的关键②。学生之间通过对话明确、整理自己的想法，建构更深刻的意义，引发认知冲突，从而扩大自己的认识。

课堂内的学生也是复数，学生在课堂内的学习不是一直独立进行，他们在不停地与周围的同伴进行对话，获得对文本的理解及相互理解。据巴赫金所说，理解不是重复说者，不是复制说者，理解要建立自己的想法、自己的内容，无论说话者还是理解者，各自都留在自己的世界中，话语仅仅表现出目标，显露椎体的顶尖。同时，说者和理解者又绝非只留在各自的世界中，相反，他们相逢于新的第三世界——交际的世界里，相互交谈，进入积极的对话关系。理解始终孕育着回答。说者的话语里总带着诉诸听者的因素，总以听者的回应为旨归，这一点在对话中表现得最为鲜明。对话中双方对语之间的关系，不同于独白语境中两个句子之间的关系，也不同于针对同一话题而发但无对话联系的两个话语之间的关系③。课堂内的学生之间的对话是为了谋求共同的理解，同时也是动态的，学生在自己话语表述的时候，会考虑到作为听者的学生，在表述的时候就带有一定的对话性，期待回答，同时听者在听到话者的话语或疑问时，总会回答。

---

① 韩秋红：《西方哲学的现代转向》，长春·吉林人民出版社，2007 年版，第 205 页。
② 殷建连、周友士：《创设对话情境：在对话中建构知识》，载《教育探索》2006 年第 4 期，第 51 页。
③ 巴赫金：《文本对话与人文》（白春仁等译），石家庄·河北教育出版社，1998 年版，第 190—191 页。

　　学生与教师之间也是一种对话关系，这种对话是民主、平等的对话。这种民主与平等不仅包括认识层面，还包括情意层面。从认知的角度看，教师与学生只是知识的先知者与后知者的关系，两者并不存在尊卑关系，教师与学生是平等的关系，不因为知识的多少而有差别。从情意的角度看，学生与教师一样，拥有独立的人格，每一个学生都有着自己丰富的内心世界和独特的情感表达方式，需要教师的理解和尊重①。教师与学生之间通过对话来学习知识，学生的学习不仅是对课题内知识的学习，还推动自己人格、精神的成长。学生与教师之间进行民主、平等的对话，在对话中敞开心怀，进行真正意义上的对话。

　　对话主义文学教育中的对话不仅局限于课堂之内的学习共同体的对话，也有学生与课堂外主体的对话。教师可以把高级读者（例如文学批评家）引入课堂，让学生与高级读者对话。罗森布拉特认为读者在阅读文本时总是非常好奇别人对作品的反应与想法，在与高级读者的交流中，可以让读者看到自己忽视的地方，也可以解答自己阅读作品时的疑惑。教师在教学过程中，可以把各种文学批评文本引入课堂，让学生与文学批评文本进行对话，学生通过与文学批评文本的对话，开拓自己阅读文学文本的视角，深化对文学文本的埋解，构建更深刻的意义。

　　在这种对话的过程中读者之间的思想发生碰撞，产生新的想法，也就是形成第三视域。每个对话都具有独白性，而每个独白在某种程度上都是一个对话，因为它处于讨论或者问题的语境中，要求先有听者，随后会引起争论，等等。对话至少包容两个主体的表述，但两人之间有对话的关系，互相了解、互相应答。这种联系反映在对话的每一个对语中，决定着对语②。对话主体通过对话、应答实现视域融合，这种视域既不单纯是说者的视域，也不单纯是听者的视域，而是融合了说者、听者视域的新的视域。当对话主体为复数时，这种视域融合就呈现了多重性，最终形成较高的视域。

---

　　① 徐洁：《民主、平等、对话——21 世纪师生关系的理性构想》，载《教育理论与实践》2000年第 12 期，第 16 页。

　　② 巴赫金：《文本对话与人文》（白春仁等译），石家庄·河北教育出版社，1998 年版，第 191页。

第二节 建构主义和对话主义教学结合

对话主义与建构主义都以学生为主体，重视发挥学生的主体性，但是对话主义是建构主义发展的结果，在很多方面要优于建构主义，李旭山具体提出了建构主义教育思想和对话主义教育的区别：①建构主义突出的是如何获得对象化的知识，对话主义强调的是知识也是一个有血有肉的另一个主体；②建构主义突出了学习行为的主观性能动性，对话主义哲学则是强调学生与知识的相遇；③建构主义强调借助学习者知识结构和联想获得知识，对话主义则强调直接原则，减少先入为主的副作用；④建构主义虽然强调学习者的协作，但协作的目的却是"一致对外"，是为了学习而使两个或更多人走在一起，对话主义同样强调协作，但协作并不是功利十足的手段，是为了使更多的人交流才去学习；⑤建构主义对教育学的关系界定模糊，教与学常常被说成主导与主体的关系，对话主义则对教与学界定清晰彻底，是平等对话的两个主体；⑥建构主义重视学生和老师关系的处理，对话主义在重视处理学生和老师关系的同时还重视处理老师与学校、老师与政府、学校与政府的关系；⑦建构主义便于训练人的竞争素质、探索精神，对话主义则更能培养人的合作精神、和谐观念；⑧建构主义长于训练人的科学思维，对话主义长于培养人的人文情怀和人道精神；⑨建构主义突出的是认识论、方法论，对话主义除了方法论、认识论外还突出世界观、人生观，如果说建构主义重在教书，那么对话主义则同时照顾了育人①。

建构主义与对话主义都反对传统的教学观，主张发挥学生的主动性，但是建构主义主要强调学生的主动建构，虽然社会建构主义也重视社会对学生建构的作用，但是对话主义主张对话是人存在的本质，假如说建构主义强调人的主体性的话，对话主义主要强调人的主体间性。建构主义有利于发挥学生独立的思维，让学生在自己的背景知识下进行意义建构，那么对话主义主要强调学生与建构对象、其他学生的对话交流，在合作中实现建构。建构主义与对话主义各有侧重点，在教学实际中，将建构主义思想与对话主义思想共同指导教学实践，既可以发挥学生的主动性，也可以促进学生之间的交

---

① 李旭山：《对话主义哲学与教育改革》，载《陕西教育（教学）》2010年第12期，第5页。

流，就是在重视学生主体性的同时，还要看到学生之间的主体间性，在培养学生理性思维的同时，也培养学生的感性思维，就是既要培养学生的科学思维，又要培养学生的人文精神，学生在独立学习探索的同时，也需要具有对话精神。这与本研究提出的人文学视域不谋而合，因此建构主义和对话主义的结合在教学中可以起到事半功倍的作用。

第四章　利用文学批评进行现代诗教育

在面向朝鲜语专业学生进行韩国现代诗教育时，需要教师利用多种手段和方法、借用多种资料进行教育。其中，文学批评是对韩国现代诗感到陌生的朝鲜语专业学生的一种有效资料。

文学批评有广义和狭义两种：广义的文学批评属于文学理论研究的范畴，既是文学理论研究中不可或缺的重要内容，又是文学活动整体中的动力性、引导性和建设性因素，既推动文学创造、传播与接受，又影响文学思想和理论的发展。其涵盖内容宽泛，从作品评介到理论研究都包含其中，在西方几乎是文学研究的同义语；狭义的文学批评属于文艺学的范畴，是文艺学中最活跃、最经常、最普遍的一种研究形态。它是以文学鉴赏为基础，以文学理论为指导，对作家作品（包括文学创作、文学接受等）和文学现象（包括文学运动、文学思潮和文学流派等）进行分析、研究、认识和评价的科学阐释活动，是文学鉴赏的深化和提高。

文学批评是文学批评家的产物，文学批评家不同于读者，是具有敏锐的洞察力与审美力、丰富的理论知识的高级读者。邓晓芒指出文学批评家必须具备四大素质，即对于他人情感和情绪的敏感性；对语言运用的敏感性；一定的理论训练和多学科素养；对时代精神的敏感性和自觉性①。文学批评家的高素质决定了文学批评具有较高的水平。在本章中主要考察文学批评的相关理论，在此基础上构建通过文学批评进行韩国现代诗教育教学方法。

---

① 邓晓芒：《文学批评家的四大素质》，载《中国政法大学学报》2008 年第 6 期，第 32 页。

第一节 文学批评与现代诗教育的理论基础

批评家的修养决定了文学批评是学生学习的"支架"。首先批评家具有艺术修养，应当具备作为文学家的高度的文学艺术修养，作为批评家来说，不仅需要掌握广博的文艺理论知识，还必须具有运用这些理论知识的能力，包括艺术感受力、艺术鉴别力、形象思维力和艺术表现力等；其次批评家还需要丰富的知识积累，文学批评家不仅要掌握丰富的文艺知识，而且要积累广博的社会知识、历史知识、科学知识……文学是社会生活的反映，批评家需要具有百科全书式的知识；最后，批评家还要具有高度的理论修养和品德修养。仅仅提高艺术修养，扩大知识积累还不能算是合格的批评家，要成为合格的批评家，还必须加强理论修养和思想道德修养。从事文学批评必须借助于理论思维，客观地考察作品，冷静地分析作家，科学地认识各种文学现象的内在联系和运动规律，才能生产出有价值的文学批评。文学批评家应当德才兼备，有精深的理论、丰富的知识、熟练的技能，还要有高尚的品德[①]。正是因为批评家具有高于一般读者的水平，才能生产出作为"支架"的文学批评。

文学批评是文学批评家的产物，是批评家经过一系列的批评过程生产出的文本，是文学批评家艺术、理论、品德修养的体现，文学批评具有一系列功能，如阐释、发现、创造功能。阐释是文学批评最基本的功能，也是一切批评活动得以开展的基础。阐释可以从广义和狭义两个层面进行理解。广义上的阐释，来自现代哲学解释学，它将阐释视为人类一切理解活动的基础，不仅包括分析、说明、解释、评价、判断、发现和创造在内的一切理解活动，更探究这些理解活动得以可能的基本条件。狭义的阐释，则主要针对文本的分析和解释，它的目的在于获得对文本内容、形式和意义的正确理解。文学批评的发现功能是指对文学作品的审美发现，对文学潮流的敏锐把握和对新的创作倾向的及时倡导和总结。它建立在阐释的基础之上，是批评主体审美能力的重要体现。审美发现功能之所以是文学批评的基本功能，就在于审美独特性构成文学作品最重要的价值；没有审美独创性的文学作品，将被

---

① 唐正序：《文学批评家的修养》，载《当代文坛》1985 年第 6 期，第 18—23 页。

历史淘汰，同样不能够进行审美发现的文学批评也将失去存在的理由，文学批评的审美发现功能体现其独特性，是文学批评固有的功能之一。文学批评的创造功能是有作品生发的批评主体的创造能力的发挥，是批评主体所进行的批评创造，它是借文本生发一种新的知识。批评的创造功能是将自己的创造力明确地向人们展示，批评也是一种"写作"，是对文本本身的语言"游戏"①。文学批评的阐释、发现与创造功能决定了可以利用文学批评对朝鲜语专业学生进行现代诗教育。

首先，文学批评在读者与作品之间架起桥梁，起着中介的作用。文学批评可以帮助接受者深入理解作品，对接受者的文学价值观念具有重要的影响与塑造作用。文学批评是加深接受者与作品沟通的桥梁。文学作品是一种审美的精神产品，它本身具有的价值只有在消费、接受过程中才能得以实现，也就是说作品首先要为读者所理解。一些艺术创新的作品，一些思想深刻、内涵丰富的作品，一些超出读者阅读经验和高出读者审美能力的作品，一些需要一定的背景知识才能把握的古代与外国作品，接受者往往会产生或多或少理解上的障碍。这就需要文学批评的中介，帮助接受者更好地理解作品的思想、艺术价值。学生可以通过文学批评的阐释功能理解韩国现代诗，朝鲜语专业学生在阅读韩国现代诗时，一是受自己朝鲜语语言能力的限制，导致在阅读韩国现代诗时出现单词、语法等语言理解困难，并且中国学生缺少对诗的社会文化背景的了解，因此学生不能完整、全面地理解韩国现代诗的字面意义。二是现代诗本身也具有抽象、含蓄的特点，导致学生在阅读时不能顺利地构建其意义，因此学生通过文学批评中对诗的阐释可以更好地理解诗的意义。

其次，学生可以通过文学批评的发现功能从多角度拓展对诗的理解、加深对诗的理解深度，批评家作为高级读者具有高度的理论能力、敏锐的洞察力、审美力，可以对文本的意义及价值进行新发现、新挖掘，学生可以通过文学批评从多个角度对诗进行解释，对诗有更深的体验。

最后，学生可以通过文学批评的创造功能意识到自己作为读者的能动性，文学批评不仅是对文本的阐释、审美价值的发现，更是读者的创造，文本不是一个闭合系统，而是一个充满了空白与不确定点的开放系统，需要读

---

① 蒋述卓等：《文学批评教程》，武汉·武汉大学出版社，2010 年版，第 28—34 页。

者去填充，学生在阅读此类文学批评时，可以发现读者的自由，从而成长为自由的读者。

文学批评种类繁多，艾布拉姆斯在《镜与灯》中根据文学批评对文本、世界、作者、读者四个要素的不同关注点，将文学批评分为不同的类型：关注文本与世界的关系是模仿理论、关注文本与读者的关系是实用理论、关注文本与作者的关系是表现理论、关注文本本身的是客观理论[①]。在此分类基础上根据文学批评的关注点不同，出现了新批评、社会文化批评、精神分析批评、读者反应批评、女性主义批评等，但是本文中只选取了三种批评，即新批评、社会文化批评与读者反应批评。

新批评学派坚持作品本体论，批评就是解释作品，批评家必须克服个人的偏见和嗜好，始终把目光指向作品。因为艺术作品表达情感的唯一方式，是寻求一个客观对应物，换言之，一组事物，一个情况，一连串的故事，批评就要对这一客观化的对象形态做出阐释。新批评派是明显的作品本体论者，他们认为作品是文学的主体，批评也必须从作品出发，又回到作品中去。新批评学派反对作家批评，避免"意图谬误"与"感受谬误"，新批评派认为研究创作意图，关心审美效应，都是外部批评，不是作品本身的因素。新批评还是要回到作品本身，对作品进行语义分析。新批评学派强调内部研究，批评既然以作品为本体，就要回到作品本身[②]。新批评从作品本身出发，关注文本的语言、修辞等形式问题。

文学是一定时期的产物，这种产物必定与当时的社会文化背景具有千丝万缕的联系，社会历史批评顾名思义，是从社会历史的角度来分析文学作品，探究文学与社会历史文化之间的关系。社会历史批评是文学批评方法中历史悠久、影响广泛的方法体系，同时也是人们最为熟悉和常用的批评方法。因为文学作品作为一种社会的精神现象，就其性质来说，是对社会生活的反映。社会历史批评认为，文学离不开社会与历史，文学在性质上是对社会历史生活的再现。因此，这一批评方法重视对文学和社会关系的考察，注重文学作品所产生的社会历史背景、政治经济和文化背景，强调文学与社

---

① ［美］艾布拉姆斯：《镜与灯》（袁洪军等译），北京·中国社会科学出版社，1991年版，第9—44页。

② 鲁原：《文学批评学》，济南·山东文艺出版社，2002年版，第35—36页。

会、时代与环境的关系，以及文学的社会功用和价值。社会历史批评将作品置于特定社会历史背景中，联系作家的生平创作与时代环境进行综合分析研究；注重对作品社会历史内容的阐释，强调文学反映社会生活的真实性及倾向性与社会认识功能；侧重于从人与社会关系的角度，联系作品的社会内容来分析作品的艺术形式与审美价值①。社会历史批评可以从社会与文学之间的视角，让缺少韩国社会文化背景知识的中国学生了解诗的社会文化背景、诗的社会意义。

随着读者作用的增大，文学批评从最初关注作品本身、作品的社会历史背景，开始越来越关注读者的作用，读者反应批评是以读者为中心的批评理论，它的核心在于：文本只有通过读者对于文本的反应而产生意义，而文本意义又只是在一个特定的社会历史环境中产生，读者反应批评具有独特的特点，即读者反应批评认为文艺作品是由读者和作者共同创造的，排除文本对读者反应的制约作用，从而赋予读者以中心地位；强调文本的价值和意义，在于读者对于文本的解释与体验，因而将不同读者的反应视为文学艺术研究的对象；强调读者接受过程的能动性与创造性，关注读者与批评者对于文本心智感受的分析，都具有一种主观的倾向②。学生阅读读者反应批评能够认识到自己作为读者的主体性与能动性，阅读文本是在自己的知识背景下建构诗的意义，是自己的期待视野与文本的期待视野相遇经过相互作用、视界融合形成新的期待视野的过程。

第二节　通过文学批评进行现代诗教育实践

本节通过选取具体的韩国现代诗文本建构通过文学批评进行韩国现代诗教育的方法，现代诗可以根据诗的特点分成现实主义诗、现代主义诗与纯粹抒情诗。不同的诗流派的特点不同，因此在具体的教学过程中要求也不同，下面根据这三种类型的诗来探讨一下具体的教学过程。

一、现实主义诗教学

现实主义文学是随着西方资本主义制度的确立和发展出现的产物，现实

① 蒋述卓：《文学批评教程》，武汉·武汉大学出版社，2010年版，第105页。
② 蒋述卓：《文学批评教程》，武汉·武汉大学出版社，2010年版，第149—150页。

主义侧重如实地反映现实生活，客观性较强。它提倡客观地、冷静地观察现实生活，按照生活的本来样式精确细腻地加以描写，力求真实地再现典型环境中的典型人物。现实主义最大的特征是反映生活的真实性，同时具有强烈的暴露性和批判性，在现实文学中，包含着浓厚的人道主义思想。

通过文学批评对韩国现实主义诗教学可以分为三个阶段，为了发挥学生学习的主体性与能动性，首先让学生独立阅读诗，构建诗的意义，其次让学生与文学批评文本对话，在对话的过程中，从多种视角对诗进行深刻的理解，最后让学生在学习共同体内进行对话，扩展自己的想法。

（一）第一阶段　学生独立阅读诗

首先教师把诗文本提供给学生，让学生独立阅读诗，在这里同样选取了第一部分已选过的韩国现实主义诗人代表金洙暎的《草》，这首诗写于朴正熙独裁统治时期，是韩国有代表性的现实主义诗。

学生在自己的知识背景下阅读这首诗，尝试理解这首诗，下面是诗全文。

草
金洙暎

草，倒伏了
在夹裹着雨意的东风中飘摇
倒伏的草
终于哭了
因天气的阴沉而恸哭着
又一次伏倒了

草，倒伏了
比风倒得更快
比风哭得更早
却比风起得更快

天阴了，草倒伏了
到了脚腕
到了脚底　深深地伏倒了
随着风倒下

却比风先站起来

随着风哭泣

却比风先露出笑容

天色阴霾 连草根也倒伏了①

(1968.5.29)

学生因为朝鲜语语言能力和社会文化背景知识不足，在阅读这首诗的时候可能会遇到困难，教师可以让学生把自己的理解写下来，然后把自己不明白或者疑惑的地方整理出来。

（二）第二阶段 学生与批评文本对话

学生在阅读现代诗时首先是从诗的文字出发，理解诗的字面意义，然后去探究字面意义背后深层的社会文化意义，这需要与当时的社会历史背景结合，最后学生在自己的背景知识下，形成自己的意义。因此教师给学生提供批评文本的时候可以按照新批评文本、社会文化批评文本、读者反应批评文本的顺序来提供。

教师需要提前了解诗文本及学生的特点，来选取恰当的批评文本。金洙暎的这首《草》虽然单词、语法理解起来并无很大的困难，高年级的朝鲜语专业学生已经具备了一定的朝鲜语语言能力，因此能够理解字面意义，但是这首诗的难点在于里面动词、名词等的对比。

这篇批评文本对诗中的"起来""倒下""笑""哭""草""风"等这些名词、动词对比进行了解释。诗中的草在第一联中表现了"倒伏""哭"的下降运动，但是在第二联中强调了起来的上升运动。第三联中再次强化了草的运动性。风起到了强化草的运动的作用，同时也妨碍了它的运动。在第一联中风是草倒下和哭泣的原因，即话者认为引起草的下降运动的原因是风。

在第二联和第三联中，草和风处于对立关系之中，在它们两者之间的关系中草处于优势地位，但是并不是把草和风放在相反关系或对比关系中，第一联的话者从夹裹着雨的东风中可以知道，引起草运动的媒介是风，话者认为草为了起来，需要借助风的力量。

---

① 金鹤哲：《韩国现当代文学经典解读》，北京·北京大学出版社，2011年版，第41页。

第二联和第三联中设置的词是"比风"和"更快",在与风对比的情况下,把风和草放在了对立关系之中,与此相反强调的是草具有更快的运动力和速度。风是引起这些运动的媒介,从后者的情况来看,草带有的强大生命力和目标指向性不仅仅包含着强大的意志力,而且也显示了诗整体的速度感。

另外我们需要注意草的拟人化和时态,在诗中草哭和草笑包含着"自然现象是现实"和"草是人类"的隐喻,话者通过草的拟人化,把哭和笑的主体想象为人。所以草的拟人化把草的运动性和目标指向性引向人类世界,引发了存在论和本质上的问题。并且哭了和倒下了的过去时态与站起来和笑的现在时态的使用强化了草的能动性的对应的模样①。这篇文学批评文本从这首诗的对比现象出发,对各种名词、动词的对比从运动的角度来进行了分析,学生通过与这篇文学批评文本的对话,可以从批评文本的视角来重新理解这首诗。

朝鲜语专业学生在阅读韩国现代诗遇到最大的一个问题是缺少社会文化背景知识,诗中的意象不仅有表面意义,也有深层的社会文化意义,作为外国学生由于缺乏相关的背景知识,因此难以理解诗中蕴含的深层意义。这就需要结合时代背景对诗进行分析的社会文化批评文本。

《草》的时代背景是开发产业化时代,韩国的第一次经济开发五年计划(1962—1966)获得了成功,城市开发政策导致了产业化时代。在这个过程中《草》的出现具有很大的意义。开发政策和产业化政策成了农村的子女们进入城市圈的契机。为了抚养家人,这些贫穷的人能做的就是在城市的工厂工作或当保姆。在维持生计的贫穷现实中,很多人去酒馆或茶馆中工作,韩国文学在这种时代困惑中产生了酒馆文学,并且这些通俗小说被改编为电影。

金洙暎的《草》是在 20 世纪 60 年代的时代背景下产生的,诗人通过"草根倒下"创造了生活的意义,伴随着当时产业化的产物产生了享乐主义,在这种商业逻辑中刻画了"草"回归人性的现象。

同情酒馆服务员的诗已经在 20 世纪 30 年代李庸岳的《像燕子一般的少

---

① [韩]李承哲:《金洙暎和赵泰一诗的"草"意义结构考察》,载《韩国诗学研究》2012 年第 35 卷,第 254 页。

女》中描写了"你是哪个村子中送来的牺牲者",表现了对黑暗时代的怜悯。比风更快倒下,比风更快站起来,彻底倒下的草是典型的卖春女的样子,这首诗表现了首尔 20 世纪 60 年代酒馆服务员的生存状态。金洙暎把因产业化的经济伦理导致的被牺牲的人员比喻为草,为以后酒馆文学的产生起到了桥梁的作用。

"草根倒下"要说明的是 20 世纪 60 年代的社会病态现象,在 20 世纪 70 年代的文学中,经常出现不从事正常的经济活动而提供性服务的酒馆服务员的形象。

《草》表现了开发为主的政策导致的家庭的疏远,并且表现了不得不选择那种道路的因果循环,展示了对于生活的深刻的反省,因此这首诗是社会隔离阶层的盾牌①。韩国当时处于朴正熙独裁统治时期,当时为了发展经济采取了振兴经济的五年计划,这种发展经济的产业政策给社会带来了两面性,既刺激了韩国经济,带来了韩国经济的腾飞,使后来的韩国成了亚洲四小龙之一,但是同时也带来了一系列不良影响,农村劳动力来到城市打工,但是由于各种条件的限制,从事的都是辛苦的工作,生活艰辛。金洙暎的这首《草》表达了对像草一样的劳动人民的同情,批判了当时的社会现实。

学生通过与社会文化批评文本对话,不仅可以了解这首诗的社会文化背景知识,而且可以在不同的视角下对这首诗进行阅读,学生在对话的过程中,理解这首诗深层的社会文化意义,并且在这种深层意义的基础上,发挥自己的想象力,构建不同的意义。

诗的意义是读者建构的,而不是客观的,既不存在于诗文本之中,也不存在于社会文化背景之中,而是在读者与文本的相互作用中建构出来的。通过文学批评文本对学生进行韩国现代诗教育的最终目的是让学生独立建构诗的意义,最终成为一个独立自主的读者。因此让学生意识到自己作为读者的自由非常重要,这个时候就需要读者反应批评文本。金洙暎的《草》通过第三人称观察者的视线,以独白的形式展开了叙述。通过日常的事物歌颂了自

---

① 〔韩〕金淑伊:《金洙暎的〈草〉的解释学考查》,载《语文学》2007 年第 96 卷,第 355—357 页。

然现象，在这一点上与其他的诗没有什么差别，但是在这首诗仅仅使用了几个词上，在名词、动词和副词对比或反复上，在诗的主体和对象对立上与其他的诗相区别。《草》中使用的全部词是"草""风""雨""天""草根"等五个名词和两对以上的动词，但是通过诗的主体草和风的融合过程展开的模样与阴阳运动的展开过程一致，阴和阳是互相压迫、奋发的对立的规则，也可以说是阴阳的对立和制约的法则。金洙暎的《草》通过核心词"草"和"风"的运动与对立和制约的法则生产出了鲜明的形象。

自然中存在的所有事物在发生变化时，通过妨碍因素"压迫"和前进因素"奋发"进行矛盾—对立—调和的阴阳运动。在金洙暎的《草》中阳是风，作为阴的草为了遇见阳的风，产生了奋发的形象，最后通过调和，形成了"交感"的形象。在"草"和"风"压迫、奋发的过程中，通过矛盾的协调创造出了草的生命力[①]。读者阅读诗的过程是视域融合的过程，即，读者的期待视野与文本的期待视野融合，形成一个崭新的期待视野，每个读者的期待视野不同，因此形成的视野融合也不同，学生与读者反应批评对话，可以认识到读者的自由，从而能够摆脱从文本、社会文化背景寻找诗的意义的固定思维方式，而在自己的背景知识下去建构诗的意义。

（三）第三阶段　学习共同体讨论阶段

学生在与文学批评文本对话之后，需要教师组织学生分成小组进行讨论，学生通过讨论可以更加丰富自己的意义，促进意义的建构。在小组讨论阶段，不仅局限于对诗文本意义的讨论，也可以对如何阅读诗进行讨论。通过文学批评对学生进行韩国现代诗教育的目的是让学生成长为一名高级读者，这就需要学生掌握阅读诗的方法，学生可以对今后如何阅读韩国诗进行讨论，总结阅读诗的方法，减少阅读韩国诗的压力与紧张。

教学方法并不是一成不变的，在具体的教学过程中，教师需要根据每首诗的特点与学生的特点来灵活选取教学资料、设计教学方法，从而取得良好的教学效果。下面是朴木月的《游子》诗全文。

---

① ［韩］李种玉：《金洙暎的〈草〉中表现的阴阳的想象力》，载《韩国文学论丛》2013 年第 65 卷，第 322—323 页。

游 子

朴木月

越过江边
大麦田间小路

像月亮穿越云彩
走过的游子

路是小路
南岛三百里

酒熟了的村子
红红的晚霞

像月亮穿越云彩
走过的游子

《游子》这首诗通过罗列一系列形象表达了一种悠然自得的情感，教师根据这首诗的特点来选取文学批评文本。高形真对《游子》中出现的形象进行了分析。《游子》的独创性随着井然有序的韵律美和独自意义的生成而得到彰显。第一联第一句"江边"与"越过"一起使用体现了声音反复的效果。这种语句的变形带来了意义的变形。诗第一句中体现的这种变化使这首诗成了具有淡淡的感情的诗。这首诗中的游子没有陷入某种情感，从一开始就具有从某种幽静中慢慢走路的神态。

并且这种游子的模样在第二联的比喻中引起了非常感性化的想象。在这首诗中两次重复的"像月亮穿越云彩/走过的游子"诗句是这首诗的核心表达，在这个比喻表达中使用的个别词语，全部体现了朴木月的独特人物认识和感觉。通过月亮与云的形象，表达了天上的物体在移动的感觉，这让读者联想到失重状态下物体的移动，表达了悠悠自得地走路的游子的形象，这种比喻可以说是最高境界的比喻了。

第三联中出现的"小路"和"三百里"是朴木月诗中的独特的表达，这种表达体现了游子内心世界的波动。"小路"和"三百里"虽然是形容路的样子，但是在这首诗中作为游子走的路，路的情感也就是话者的情感。"小路"的意思表达了孤独、寂寞和冷清。在"三百里"里也体现了类似的情感，"三百里"中的"三"作为微小的单数让读者联想到孤独和单调。五和七表示数量很多，但是虽然一是比三更小的单数，一百里表现了很满的感觉。三百里是七百里的变形，数量变少了，这不仅是数量的缩小，也比七百里更强烈地表达了游子孤独的情感。

在第四联中，描写了孤独的游子走过的路周围的村子，以晚霞为背景的村子表现了一幅优美的风景，酒和晚霞散发着让人陶醉的情感。

在《游子》中诗的情感浸染在风景中，这首诗每一联都以名词结尾，采取了控制着话者情感的语言形式，不仅如此，完全没有表现话者情感的形容词和副词。《游子》极大地控制着情感，只表现了游子上路的样子，这种如画般的风景包含着浪漫、和平的感觉和孤独的感觉。这种感觉藏在风景中，或者被包含在风景中，所以读者完全接受了这种感觉。我们在《游子》中可以安静地阅读游子的这种普遍命运。通过优美的风景画表达了游子浪漫、孤独的心情①。这篇批评文关注诗文本内部的语言、形象、修辞，从诗内部进行分析，学生通过这篇批评文本可以深切感受诗语言的流畅、形象的优美与情感的悠然自得。

这首诗是朴木月写于日本殖民时期，殖民地的农村绝不是诗人描述的这般美好，结合当时的时代背景可以从不同的角度来阅读这首诗。崔承浩从当时黑暗的殖民地现实出发指出这首诗表达了诗人对美好未来的渴望。在这首诗中刻画了非常理想的农村的样子，正面描写了水源丰富的江。水源丰富的江可以说是象征着富饶，越过那条江麦田一望无际，在那条江的岸边和麦田旁边有村庄，每个村庄都散发着酒酿熟的气息，这种美丽、富饶的农村是一种乌托邦。这不是被掠夺的殖民地现实中的农村，在这首诗中抒情主体游子不是在模仿现实中的农村，而是在模仿应当到来的、未来的农村。换句话说也就是模仿乌托邦的农村，即歌颂恢复乐园的梦想。想将来在这个土地上恢复理想的农村共同体，清楚地表达了浪漫的期待，现实越是不毛，这种对乌托邦的梦想越强烈。

上述作品中虚构了理想农村的样子，我们通过这首诗的创作背景可以轻

---

① ［韩］高形真：《赵芝薰的〈玩花衫〉和朴木月的〈游子〉的互文性研究》，载《韩国文艺批评研究》2013 年第 42 卷，第 151—153 页。

易理解。这首诗以朴木月的家乡为原型,在他的家乡中流淌着一个叫乾川的河,如名字所示,这条河不流水,是干河,所以附近的农田不可能是富饶的,但是在这首诗中河水变成了水源丰富的富饶的江,现实中他的故乡因为地理条件,并且因为时代情况,绝对不是富饶的地方,并且每个村子都散发出酒香,这在现实中也是不能理解的。这种虚构表达了朴木月自己梦想中的农村的样子,也就是自己的国家要变成的样子。

在这首诗中虽然表达了一种理想的故乡风景,但是也看到了孤独上路的游子的模样,那个游子不能被这种理想的村庄同化,如月亮穿梭在云中这个表达重复出现了两次,也可以看到游子不能被同化的样子,即使在这种理想的农村中,游子也表现了孤独、寂寞的感觉。通过"路是小路"也可以体会到,游子不能与现实妥协,但是也不能被自己创造的理想农村同化,因此陷在这种苦闷中的游子的路必然是孤独的小路。

在朴木月的初期诗中创造了自己梦想的理想世界,但是游子这个抒情主体不能轻易到达或者同化在那个世界中,体现了一种犹豫状态中的孤独情感[①]。诗人梦想中的家乡是美好富饶的,但是殖民地的农村满目疮痍,诗人通过幻想中的农村表达了对未来家乡的渴望,同时这种美好的家乡形象是诗人想象中的,并不是现实,表达了诗人与现实不能和谐的一种孤独。学生通过社会文化批评理解诗深层次的社会文化意义。

二、现代主义诗教学

随着资本主义向纵深发展,出现了现代主义文学,现代主义文学一般是指产生于19世纪末20世纪初至20世纪中叶的一种文学思潮或流派,它还包括诸如后期象征主义、表现主义、未来主义、超现实主义、意识流小说,以及存在主义文学等具体的文学现象和流派。现代主义文学是西方社会进入垄断资本主义和现代工业社会时期的产物,是动荡不安的20世纪欧美社会的时代精神的反映和表现。现代主义文学的产生和发展有其独特的社会、历史和文化语境[②]。

---

① [韩]崔承浩:《朴木月诗的游子意识》,载《韩国语言文学》2006年第58卷,第260—262页。

② 刘象愚:《从现代主义到后现代主义》,北京·高等教育出版社,2002年版,第25页。

文学中最早使用"现代主义"一词，始于 19 世纪末 20 世纪初西班牙语文学中的一次文学运动，这个运动既无宣言，也无纲领，思想倾向主要是通过作品表现出来的。其主要特征一是反对文学中的宗教性和教诲性，强调作品本身存在的价值，寻求新的文学形式；二是主张打破西班牙美洲文学的地区主义。现代主义的基本思想倾向主要可以归结为异化观念、非人性化、危机感、存在荒诞观念、悲观意识和梦魇意识。现代主义和后现代主义的基本艺术倾向表现为：以丑为主要审美对象的美学观、尊奉"形而上"的真实观、以反对传统为核心的求新意识[①]。现代主义反对权威、传统、一元主义，提倡多元主义。

后来随着资本主义的发展，社会矛盾加剧，阶级分化严重，阶级矛盾越来越尖锐，人的信仰出现了危机，内心充满了迷惘与恐慌，现代主义就在这种背景下产生，因此现代主义文学中主要表现了资本主义的堕落及资本主义背景下人们内心的痛苦及绝望。杜彩认为，从某种意义上说，现代主义是表现资本主义的精神危机和堕落的象征性的形式。现代主义的审美主体凭借敏锐的主观感受、痛苦的体验和消极的思想企图去改造他们处身于其中的外在世界，他们允许诸如痛苦、绝望此类当代的体验对他们敏感的内心世界产生作用，他们就能够部分地根据潜意识的过程，部分地由于批判认识的结果来创造崭新的艺术形式[②]。外在世界的现代主义引发了文学上的现代主义，现代主义社会中的审美主体通过现代主义文学表达了内心的痛苦、迷茫和绝望。

金起林是韩国代表性现代主义诗人，《大海和蝴蝶》是其代表作，下面是诗全文。

大海和蝴蝶

金起林

谁也不告诉它水的深度
白蝴蝶完全不害怕大海

[①] 罗明洲：《现代主义与后现代主义》，北京·中国国际广播出版社，2005 年版，第 1—65 页。

[②] 杜彩：《现实主义与现代主义的辩证法》，成都·四川大学出版社，2003 年版，第 11 页。

以为是青萝卜地飞向大海
稚嫩的翅膀被水波打湿
像公主一样疲惫地飞回来
三月的大海不开花充满悲伤
蝴蝶腰上挂着冰冷的蓝月牙

现代主义诗歌一个明显的特征是其形象性，这首诗带有一种强烈的视觉效果。首先还是让学生通过解读诗文本形式的新批评文本来理解诗的内部特征。

金起林的《大海和蝴蝶》通过鲜明的形象表达主题的方式非常独特，与他初期的诗不同，金起林在这首诗中通过鲜明的形象表达了现实主义的视觉性。在这首诗中，形象地表达了在近代文明面前遭受挫折的话者的样子。

金起林虽然在殖民期没有进行正面反抗，但是通过自己的作品，一直思考自己民族的暗淡现实。他没有逃避自己民族生存的问题和处于殖民地情况下的现实问题，而是表达了积极接受、改善的意志。他的这种意识通过积极的意志得以表达。

这首诗从题目开始就表现了一种象征的对比结构，大海是包围一切的广阔的世界，蝴蝶是象征柔弱、无力的生命体的形象，这两者形成了鲜明的对比，话者通过描写具有绝对力量的大海象征了粗暴、冷酷的现实世界，塑造了蝴蝶不畏惧、柔弱的生命体。

同时初升月更形象地表达了蝴蝶疲倦而归的悲凉的气氛，蓝色的初升月是话者遭受挫折的形象，话者通过水深这个象征表达，更清晰地描写了大海的深度。如此，话者形象地塑造了大海这个非生命体世界中的残酷的现实威胁。

另外一个象征对比是青萝卜地和大海，开花的青萝卜地的温暖和三月夜晚大海的冰冷形成了对比，花形象地表达了美丽和休息，也就是安息地，这种明显的感觉形象的对比更突出了效果。

尤其蝴蝶这种象征媒介象征了带有梦想旅行的单纯、柔弱的存在，这是在当时冷酷的近代文明面前，毫无防备的单纯的浪漫主义的存在，表达了诗人自己的青年时期，因此这首诗形象地表达了毫无防备的、带有幻想的无力存在对自己的反省和认识。

　　金仁淑把金起林诗中的象征原型创作了小说《大海和蝴蝶》，表达了在过去的意识形态中彷徨、挫折的情况，形象地刻画了即使翅膀被折断也要穿越大海的意志，作家把个人的悲伤升华为了时代的悲伤①。本诗中通过蝴蝶、大海、初升月、萝卜地等各种生动的形象再现了蝴蝶的鲁莽与脆弱，同时诗中的色彩鲜明，给读者以强烈的视觉效果。学生通过新批评文本不仅可以关注这首诗的意义，而且还可以了解韩国现代主义诗的特点。

　　同时这首诗也可以与诗人的传记事实、当时的时代背景结合进行分析。这首诗被收录在韩国国语教科书中，并且在"高考模拟考试"中也有出题，是被广泛收录在参考书或习题集上的作品，在诗教育现场中最重要的是"把握主体"，那么这首诗的主体是什么呢？

　　一方面，这首诗的主体与"大海和蝴蝶"的意义相关，之前的解释认为，象征着殖民时期的朝鲜民族的现实，或者象征着体验近代文明的朝鲜知识分子经历的怀疑和绝望，以上这些解释是主流。但是这些解释不明确，也没有说服力，因为在解释的过程中，没有把这首诗带有的最明显的特征"形象为主的倾向"说明出来。

　　对于诗解释来说，最传统也最容易的是历史主义方法，从反映论的立场来看，首先考虑时代和现实的诗解释方法是主流。研究者的这些解释被广泛收录在初高中诗教育课堂中。在《大海与蝴蝶》的解释过程中也大体如此，这首诗虽然强调"形象为中心的诗"，但是也往历史的、时代的历史意义解释发展。

　　另一方面，这首诗解释的根据与金起林是近代主义者或现代主义者相关，他在现代主义诗论中提出的浪漫主义及感想主义的批判是从《气象图》中表现出来的批判意识、结局意识等推论出来的。金起林被评价为"荒唐的世界主义者""形式逻辑者""肤浅的近代接受者"也是因为这个原因。这些"一般的评价"在解释每首诗时成了重要的根据，也就是不从诗的内部情况出发，而把诗的外部评价和观点作为解释诗的根据。不能从《大海和蝴蝶》中读出对近代文明的批判或结局意识，即使如此，对于金起林的评价或对金起林其他诗的解释标准都可以适用到这首《大海和蝴蝶》中。

---

　　① ［韩］赵润景：《〈大海和蝴蝶〉的象征性和叙事结构研究》，载《语文论丛》2007 年第 18 期，第 130—132 页。

　　那么从外部逻辑推出的根据怎么应用在金起林的《大海和蝴蝶》的解释逻辑中呢？

　　《大海和蝴蝶》具有近代文明批判等的主体意识，在这种解释上金允植的玄海滩情结发挥了重大作用。金允植认为这首诗表达了对挫折的领悟，金起林的蝴蝶不知道水深想穿越玄海滩，最终翅膀被打湿而归。近代文人的文学世界或精神世界中都有玄海滩情结，也就是说，日本带来了近代文明，同时也是侵略者，反而又不得不从日本那里学习近代文明，这种矛盾是日帝时期知识分子的矛盾。

　　金允植为了解释民族问题和文学的近代性问题，现实主义和现代主义，从而设置了玄海滩情结，拿《大海与蝴蝶》进行比喻，引出了大海和蝴蝶的象征意义。但是奇妙的是，这种比喻的方法成了解释诗的逻辑，以后《大海和蝴蝶》的解释具有了逻辑根据，也就是把大海和蝴蝶的关系设置为极端的对立和对比的关系，蝴蝶和大海象征了纯粹的诗人和冷酷的时代现实，因此这首诗表达了日本强占期的近代知识分子带有的纯粹的浪漫情感，从根本上来说，是以金允植的玄海滩情结为根据的。

　　把金起林的传记事实作为解释诗的根据怎么样，这首诗是金起林在1939年4月发表在《女性》杂志上的一首诗，金起林从1930年4月20日开始作为《朝鲜日报》的记者，1931年到1933年虽然有短暂的休息，但是直到1936年去日本留学，一直在《朝鲜日报》的社会部工作，他为了去东北帝大学习英文学，再次赴日，并于1938年回到首尔成了《朝鲜日报》学艺部副部长，这首诗是金起林从日本东北帝大留学回来后发表的诗，有趣的是，这首诗与经常被解释为表达了文明批判和结局意识的《气象图》不同，表达了体验近代文明的知识分子的怀疑和绝望。无论是《气象图》，还是《大海和蝴蝶》在近代文明批判的背景下，都具有相同的主题意识，但是我们关注一下这种不同的差异性的话，《大海和蝴蝶》带有的近代文明批判的主张变得无意义。

　　金起林的《大海和蝴蝶》带有的特殊性，首先与拒绝感想主义和浪漫主义的金起林的诗策略有很大的关系，这在金起林诗中作为一贯的理念发挥作用。在他的诗中存在着深深的忧郁和感伤主义。在他的诗论中主张的感伤主义和他诗中表现的实际之间存在差异，这一点很多学者已经探讨过，在这里就省略而过。金起林的《大海和蝴蝶》排除了诗人的感情，展示了对象鲜明的形象，与传统的浪漫主义有很大差别，他在殖民末期发表的诗中，表达了诗人在黑暗时代生活的内心的感受。

在这一点上，李崇原认为这首诗接受了他留学回国后的生活感觉，在他前期的诗中表达了对生活的疲劳感，但是这些诗缺乏对自己的自我反省，表露出了不安和消极的心情，表达了飞往另一个未知世界的结局。《大海和蝴蝶》表达了对为了寻找新事物的蝴蝶的轻率的反省和探索新世界必然遭受到的命运般的绝望。

因此《大海和蝴蝶》作为比喻的媒介，代表着探索新世界的金起林最终疲惫而归的状况。他盲目地去学英文，踏上了留学的路程，就像不知道水深而无所畏惧的蝴蝶，从日本留学回来的金起林的内心投影在疲惫的蝴蝶翅膀和蓝色的初升月上，从决定论立场上来看《大海和蝴蝶》的读法可能会减少诗的美学深度，但是结合他的传记事实来阅读《大海和蝴蝶》是非常自然的过程。

联系一下 20 世纪 30 年代后期的时代现实来解释一下这首诗怎么样呢，与时代现实的关系中解释诗的办法对于我们来说非常熟悉，因此这首诗被评价为反映了 1930 年后期的时代现实，经常用历史主义的方法来解释日本强占期发表的诗，不仅仅是容易的事情，而且也具有说服力，这种解释没有反驳，被认为是客观的解释。《大海和蝴蝶》发表于 1939 年，从这一点来看，这首诗部分地反映了 20 世纪 30 年代后半期朝鲜的现实。

尹汝卓认为《大海和蝴蝶》象征了沦为大陆侵略的前哨基地和兵站基地的现实，即蝴蝶这个客观对象象征了在日本强占期无所畏惧的朝鲜民族，蝴蝶这个客观对象或金起林代表的日本强占期的朝鲜民族的象征的说法成立的话，还需要更精密的分析，单纯地认为象征着日本殖民时期的社会现实，还需要超越理论层次上的反映论。

《大海和蝴蝶》的这些解释得以成立的原因是因为这首诗具有的特点，这首诗只是单纯的叙事，很难读出历史的意义，也很难读出诗人的思想和感情。但是这种"意义的不在"反而让人想读出诗人的传记事实或时代情况，所以反而伴随着飞跃和不合逻辑。

从作家论的过程来看，利用诗句赋予比喻意义的方式是可能的，但是假如这种方式成为解释诗的核心框架的话，反而失去的更多。这不是从诗的内部逻辑来寻找根据，而是从外部找到依据，并且从比喻的层面引出解释诗的逻辑。假如，学生在课堂里提出这种疑问，这种疲惫从外部来寻找根据的时候，那就是金起林在报社工作时，经历的精神挫折或压力、早期婚姻失败带来的抑郁。

日本留学回来后的疲劳，或日本殖民末期知识分子的挫折等的解释没有受到质疑的话，在报社工作时的疲惫感或婚姻失败带来的抑郁等也不违背逻辑①。不同的批评家从外界背景出发对这首诗进行了不同的解释，与诗人传记事实结合，认为蝴蝶这个形象代表了诗人金起林自己，他留学去日本，后来遭受挫折又回到韩国，蝴蝶不知道海的深度，意图穿越大海，最后翅膀被海水打湿，不得不飞回来，这两者的遭遇类似，因此诗人通过蝴蝶的遭遇表达了自己的遭遇。也有批评家认为《大海和蝴蝶》反映了当时处于日本殖民地的黑暗的社会现实。学生与多种文学批评文本进行对话，通过对话以开放性的视角去阅读诗，不仅能够对诗的理解更加深刻，而且可以认识到读者具有建构诗文本意义的自由，从而学生能够自主建构诗的意义。

三、纯粹抒情诗教学

抒情诗是抒发情感的诗，视抒情为至高使命，是诗人内心感受与外界客观景物的有机结合，或者说，作为形象思维的抒情诗创作，诗人总是努力寻求"客观之景"来表达胸中之情。② 抒情诗是诗人通过形象单纯地抒发自己内心情感的诗，与当时的社会文化背景关系不密切，在学习纯粹抒情诗的时候教师可以选取新批评文本、读者反应批评文本作为学生阅读诗的支架。下面是金永郎的《待到牡丹花开》的诗全文。

待到牡丹花开

金永郎

在牡丹花开之前
我还会一直等待着我的春天

---

① ［韩］赵英福：《诗文本的解释和诗教育》，载《语文论丛》2005 年第 43 卷，第 301—306 页。

② 董洪川：《中西抒情诗"情""景"表现模式比较》，载《重庆师院学报哲社版》1994 年第 3 期，第 33 页。

待到牡丹花瓣纷纷飘落

我才会沉浸在春逝的伤悲之中

五月的某一天 那个闷热的日子

满地的落英也终归枯萎

天地之间 牡丹花已无影无踪

满心的期待也终成泡影

牡丹花开花落 我的一年也就随之而逝

三百六十天 我都伤心流泪

我还将等待

我那灿烂凄美的春天①

首先教师选取对诗的语言、结构等进行分析的新批评文本，让学生通过新批评文本了解诗的内部。不同的学者对于《待到牡丹花开》的结构有不同的看法，但是根据时间或话者对于对象的态度可以分为三节、四节、五节。研究者分析各个分节对其他分节的影响，结构的重复和助词的重复也在研究范围内，金永郎的诗通过诗形式和意义的展开，表达了一种和谐的世界，回顾了自然和人类的位置及关系。但是金永郎的诗在梳理自我和自然的关系的同时，在与意义具有必然关系的音韵和结构的差异上也引起了形式的变化。

《待到牡丹花开》的第 1 行和第 2 行是一般叙述，第 3 行和第 4 行从文章形态和内容来看，属于一般叙述的展开。从第 5 行开始到第 8 行的部分列举了话者提出的对象特征，把第 2—3 行话者涉及的悲伤进行了具体化。第 9 行和第 10 行是第 5—8 行的特定状况的延伸，第 11—12 行是对前面叙述内容的综合和强调。

第 1—2 行，3—4 行，9—10 行，11—12 行形成了文章形式上的等价关系，第 5—8 行的情况具体化从内容上来看，与第 1—4 行和第 9—12 行连接，成了后面部分意义深化的根据。不是过去—现在—未来的叙述，而是为了有效传达主体的效果的句子的展开，开头和结尾不是对立，而是处在扩张的关系上。

第 1—2 行和第 11—12 行采取了相同语句重复的首尾呼应的形式。但是

---

① 金鹤哲：《韩国现当代文学经典解读》，北京·北京大学出版社，2011 年版，第 19 页。

这两部分的相同并不完全相同。第1行和第2行叙述的"在牡丹花开之前/我还会一直等待着我的春天"与诗的结尾的"我还将等待/我那灿烂凄美的春天"差不多相同，但是前者强调了春天。

"灿烂的悲伤的春天"是牡丹花开的情况与没有牡丹的情况，展示美丽的情况与陷入悲伤的状态反复结合的诗句。通过持续的状况的反复，可以理解对象的状态和感情的循环。第11—12行的对第1—2行的反复表现了开头和结尾的稳定的结构和对主体的强调。但是为了对话者的整体理解，在内容层面上也具有重要意义。通过音韵的分析，构成这首诗的韵律的"牡丹"和"春天"消除了季节循环的界限、悲伤和美的标准的明确性。

并且等待的对象从牡丹扩大到春天，从理解感情的循环来看，再次回归到第一行，诗人等待的态度也更坚定。话者依然在期待牡丹，在失去牡丹的情况下悲伤，但是绝望的状态并没有深化，反复产生了差异，并且通过认识差异的再次叙述是韵律的效果也是创造这首诗的美的价值的根据之一[①]。《待到牡丹花开》通过结构的循环表达了情感的循环，学生可以以批评文本为支架与诗展开更活跃的对话，培养学生的文学阅读能力，提高学生的文学阅读水平。

抒情诗有时候采取以抒情主人公为中心的方式，即主体中心主义的方式抒发情感。从这个视角来看，在金永郎的《待到牡丹花开》中，牡丹花开的瞬间是抒情自我感受到恍惚的时候。抒情主人公通过牡丹实现了与宇宙深处的深刻的交流，这个时候，牡丹花开是宇宙把自己的秘密瞬间展示给抒情主人公的行为。

与这种瞬间接触相同的体验，与神秘的体验相同的行为是非常主观的，因此抒情主人公不是在单纯地等待春天，而是在等待"我的春天"，是不轻易与任何人分享的"我那灿烂凄美的春天"，所以抒情主人公对于这个世界采取了非常以自我为中心的态度，只是通过牡丹来解释这个世界的自我中心态度。牡丹落地的时候，我才沉浸在失去春天的伤感中，假如不是牡丹的话，无论春天，还是这个世界，对我来说都没有任何意义。

如此，在这首诗中体现了非常主观的抒情化方式，自己成了中心，与世

---

① 〔韩〕张保美：《金永郎的诗〈待到牡丹花开〉的声音特征分析》，载《韩国诗学研究》2013年第37卷，第330—332页。

界形成了统一，这种自我中心主义、主体中心主义源自西方近代哲学。从形成以主体为中心的抒情化、同一化方面来看，抒情主人公与对象形成了非常非民主、暴力的关系。所谓的主体中心主义的抒情化方式最终抒情主人公成了中心，把周围的对象客观化。

这种否定性深化的话，从文化上、精神上会出现帝国主义化和法西斯主义。这就是现在的反近代主义者担心的近代性的否定性。浪漫主义者的主观性更进一步的话，自我和世界会隔绝，引起内在的分裂和崩溃。现代主义也由此而生，全世界掀起了对从西方浪漫主义到现代主义产生的主体中心主义美学的否定性的批判也是这种原因[①]。《待到牡丹花开》中的抒情主人公是主体，把周围的对象进行客观化，表达了一种自我精神。

学习抒情诗的时候，让学生了解抒情方式非常重要，学生通过上面对《待到牡丹花开》抒情方式的分析可以理解这首诗的抒情方式，进而掌握阅读抒情诗的方法。

同时这首抒情诗表达了诗人金永郎的一种唯美主义倾向，唯美主义是把美看作是绝对价值的思想，但是美的实体是什么，遇到这个问题的时候，对美下个定义是不可能的，所谓的美是很宽泛的，并且每个人根据标准不同定义也会不同。阿奎那认为美是眼睛看得见、给我们快乐的东西，司汤达认为是幸福的约定。但是佩特认为美是包含眼睛和耳朵感受到的奇妙世界的印象的一种宽泛的语言。一般情况下，唯美主义不是单纯的一种现象，而是相互关联的各种现象的集合，享受美体现了具有人生的价值和意义，那么只追求美是什么意思呢？

是排斥丑，过有意义的生活。换句话说，是提高自己存在的价值。我们生活的现实是丑恶的，对现实的厌恶和否定也包含在这里面，所以唯美主义自然和浪漫主义联系，约翰逊认为，唯美主义虽然受到了大陆的影响，但是从英国的浪漫主义文学和创作想象力上的浪漫观念发展而来的。

金永郎的唯美主义通过引用的济慈的优美和他的代表作《待到牡丹花开》表现的优美可以体现出来，《待到牡丹花开》是他的唯美主义的代表作，为了观看牡丹花开的几天，话者可以等待三百六十天。假如不是非常崇尚美

---

① ［韩］崔承浩：《金永郎诗的抒情化方式和纯粹性的社会意义》，载《国语国文学》2002 年第 131 卷，第 556—557 页。

丽的人，不容易理解这种态度。他的生活正是表达了这种唯美主义的生活，从他的传记来看的话，他在自己农村的家里建了台球场，经常打台球，他对音乐非常有造诣，喜欢韩国国乐、西方乐，并且会演奏鼓等乐器。在他的院子里有 300 多棵牡丹，首尔开外国人邀请音乐会或有名的音乐会的时候，他都会远途而来，参加音乐会。这种生活态度并不是单纯的"土著地主层"享受的豪华，而是追求美的价值、追求与现实分离的灵魂的修养的态度。他的另一首《五月》也体现了他的唯美主义倾向。

五 月

金永郎

田间小路伸进村子变得红彤彤
村子胡同伸向田野变得绿油油
微风千万缕
阳光万千条
大麦也害羞地挺起肚子
黄鹂无忧无虑飞翔
雌鸟被追
雄鸟追
黄金色的路
淡妆娇羞的
山峰呀，你今晚去哪里？

诗人通过这首诗想传达的不是有意义的主体，他只不过是歌唱眼睛里看到的田地、鸟、山的美丽。这种美无与伦比，是绝对的。他现在沉迷在自然的优美中，但是对于金永郎来说，这首诗很难看成是单纯的抒情诗，因为在他同时期发表的作品都表达了彻底的反日情绪。当然个人的情绪可以与殖民地的情况分开，但是这首诗中也表达了对日本的厌恶①。美是一种感觉，追求美本身就是追求一种价值，学生通过学习抒情诗可以提高自己的审美能

---

① ［韩］朴浩永：《金永郎诗的浪漫主义特征研究》，载《韩国文艺批评研究》2009 年第 29 卷，第 118—121 页。

力，提高对美的鉴赏与追求。

下面这首姜恩娇的抒情诗《我们流成水》表达了对生命的思考。

我们流成水

姜恩娇

假如我们流成水相聚

在哪个干涸的家不会欢喜呢

假如我们和高大的树并肩而立

哗啦啦 哗啦啦 流成雨声

不停地流淌直至日暮时分

躺在独自渐深的河上

浸润死树之根

啊啊 假如流到了还是少女的

羞涩的大海

可是此时的我们

却要以火相逢

已经烧成木炭的一根骨头

抚摸这世上燃烧着的一切

等候在万里之遥的你呵

等到火焰过后

我们流成水相聚

噗嗤嗤 噗嗤嗤 用火焰熄灭的声响交谈

来时 请来人迹罕至的

辽阔而纯清的天空①

《我们流成水》中显示的火和水的形象可以解释为死亡和生命的形象，话者最终踩着死亡向往生命，表现了一种一贯的态度。

---

① 金鹤哲：《韩国现当代文学经典解读》，北京·北京大学出版社，2011年版，第53页。

这首诗经常被解释为以生命的轮回为背景的诗。水和火对立的原型形象是还原生命力根源的形象，水是自我完成和充满优美、诚实的世界，与此相反，火是作为烦恼和欲望，让人意识到世界的痛苦和虚无的媒介。

但是这首诗成为人们传颂的诗不是因为火可以轮回为水的世界，而是表达了超越火成为水的话者的意志、渴望。火是欲望，可以把有限的肉体烧尽的形象。与此相比，水是灵魂，是生命，虽然看起来柔软、没有力气，但是可以流成江河，在流向大海的过程中可以把死去的东西唤醒、复苏。存在的有限性对于人类来说，可以让人陷入欲望或热情，但是也可以让人向往有意义、纯粹的人生。诗人选择的世界是后者，在那个世界里有房屋和死去的树根，通过分享生命，可以超越存在的有限性，我们在这首诗里可以读出这种有力、优美的意义[1]。人的生命是有限的，但是我们的精神可以超越有限，获得永恒。这首诗表达了对有限生命的无限追求，像流水一般，永远长流。

这首诗充满了哲理，学生通过批评文本的分析可以更加深刻感悟诗中的哲理，激起学生对自己生命的思索。诗是人类智慧的结晶，通过学习诗，我们可以更加充实自己的内心与精神。

通过文学批评对韩国现代诗进行教育并不是固定不变的，一定要选择新批评、社会文化批评、读者反应批评，可以根据诗的具体情况对批评文本的选择进行调整，有些诗的表面意义比较简单，就可以少选几篇新批评，有些诗与社会文化背景关系不大，可以不选择社会文化批评，多选择几篇读者反应批评，这就需要教师根据具体的学生情况与诗的情况做出调整。

例如，奇亨度的《空房子》与当时的社会历史背景关系不大，在选取批评文本时可以多选取其他批评种类的文本。下面是《空房子》的诗全文。

空房子
奇亨度

失去爱情的我在书写

保重，短暂的夜晚

---

① ［韩］宋智贤：《姜恩娇的诗世界研究》，载《韩国语言文学》2003 年第 50 卷，第 7 页。

　　在窗外缠绕的冬天的雾

　　一无所知的烛光，保重

　　等待恐惧的白纸

　　意味着等待的泪水

　　保重，那些不再属于我的渴望

　　像盲人一样的我蹒跚着锁上门

　　我的可怜的爱情被锁在空房间里

　　这首诗的题目是"空房子"，空房子在这首诗中是一个非常重要的空间，这首诗主要围绕空间展开。诗中想象力中的"家"的形象作为记忆或梦想的具体空间，或作为包含某种思想或感觉的观念的、修辞学上的空间来出现。但是奇亨度的"房间"不仅停留在现实空间上，而且通过新的变化带有观念上的意义。这个房间是诗中话者内心的空间化空间，把话者悲剧的世界观进行了形象化。所以房间是我们的内心与灵魂、意识，也是让我们回到原来的模样的根源性的空间与时间。

　　这首诗的表面内容是诗中话者抛弃了自己最珍贵的爱情，把离别的情感通过把爱情锁在空房间的比喻进行了表达。他自己把痛苦的内心锁在了门里面，实际上那个房间没有必要锁门，这表示了一种反讽。诗中话者失去了爱情，把过去与恋人之间的回忆锁在了空房间里，然后他想要离开。但是另一方面他没有战胜失恋的痛苦，好像是选择了死亡的壮士。恋人离开了，所以家成了空房间，在那里爱情被孤独地锁在里面。那个房间虽然因为恋人的离去成了空房间，但是因为充满了他们之间的回忆，所以诗中话者忘记不了那个空房间。

　　他通过淡淡地描述离别的痛苦来摆脱这种痛苦，因此在一般恋爱诗中经常出现的恋人离去时的哀切的失恋或想挽留的遗憾的情绪并没有体现在这首诗中，这首诗把这种离别的痛苦进行了客观化，引发了更悲切的悲壮美。这种客观化的语调是奇亨度诗的框架，因为这种客观化可以对自己的生活进行更深刻的反省和应对。这种反省和应对的视线不停地把自己的存在反馈到现实中去，表现出了一种自恋的态度。但是自恋的自我是幸福、积极的，与此相比，奇亨度的诗中话者是可怜的状态。这种态度不能重新净化或产生新的自我意识，最终引起死亡或离别，把自己锁在没有出口的、空荡的空间里。

诗人奇亨度不停地观察自己的内心世界，并且维持着一种冷静的、客观化的态度。他把自己的内心意识通过第三者"他"来进行观察，《空房子》的第一、三联通过观念的告别语调来表现自己的内心世界，在第三联中可怜的我的爱情被设置成和我一样的他者，我通过持续的观察来描述内心的痛苦和恐怖、悲伤。当然他的诗主要是通过形象的变化来展开，偶尔插入一两句诗的陈述。所以他的故事主要是形象的力量，甚至连故事都成了一个形象。一般情况下，这种客观化的叙事诗反映了体验形态的情感，但是在奇亨度的诗中诗的陈述或说明虽然是支配性的，但是诗的意义主要通过形象来延续，具有高度的抽象性。

这首诗的整体结构比较单纯，第一、三联，第二联中都押韵，并且第二联中所有离别的对象后面都是复数形态，并且使用了过去时态。尤其复数后缀和过去回想时态的重复使用表达了一种过去的反复，而不是一次性，这种手法表现了诗中话者过去一直忍受着痛苦和烦恼。"保重"的重复使用是小说中暗示主题或事件的伏笔，或者是为了表现强调的效果，因此带有强调的意思。

第一联和第三联通过传统的第一人称的抒情方式表现了诗中话者的内心体验，第二联中通过各种形象表现了对爱情抽象性的具体化和态度。因此诗中话者在第二联中通过使用夜晚、雾、烛光、白纸、泪水、渴望等词，用哀切的呼唤语调唤起了怜悯和思念的情感。呼唤语通过把生物或无生物、观念性的词进行拟人化，然后对这些对象进行呼唤，给语言带来生命力和直接性，但是从诗人的角度来看，不需要这种想象力，假如使用不当的话，会有可能陷入风格主义。

第一联通过把全部内容进行缩略，把诗中话者的失恋痛苦通过写作来表达、克服。这种写作通过深刻反省自己的内心，寻找自己的本质，但是诗中话者通过把自己内心的体验处理为新细腻的感觉，表达了一种体验的具体性。第二联把第一联中的观念上的词"爱情"通过具体的形象来列举。诗中话者通过拉开客观距离，表达了离别带来的悲伤情感，通过把夜晚、雾、烛光、白纸、泪水、渴望等锁在空房间唤起了爱情的本质。

韵文通过高度省略或压缩情感来扩大意义功能，但是它的本质是在具体性上，第二联中列举的各种形象很好地反映了情感上的效果。这些形象的罗列维持了相辅相成的关系，同时增加了情感功能，把爱情这种多种情感内容进行了统一。没有停留在单纯罗列词语上面，而是很好地扩大了形象的持续性和情感感染力[①]。批评家重点关注这首诗的空间与结构，分析了空房间的象征意义和诗各联之间的关系，学生通过这种分析可以了解诗结构的巧妙与空房间的美学意义。

《空房子》的主题是与过去的告别，《空房子》是奇亨度死亡之前，1989年发表在《现代诗世界》春天号上的作品，也就是这首诗是他生前的最后一首。在这首诗里完整地表达了他至今为止的苦恼，表现了他与亲近的对象告别的模样。

这首诗从外面来看具有两个明显的特点，第一个是离别的对象后面都是复数形式，第二个就是对过去时态的强调。这种词语的使用再次表现了诗中话者与对象之间的痛苦和烦恼。同时也表现了这个时期非常长久的现实。但是通过重复短暂的、回忆起、不知道、等待的、代替的等过去时态，我们可以知道话者在整理陪伴他的这些对象。但是其中引人注意的是，他罗列的那些对象的色彩形象，即明亮和黑暗的形象或白色与黑色交替出现。这与自然对象、人为对象和诗中话者的距离有关系。

他要与他爱过的那些亲密的对象进行分别的模样是从第二联开始，首先第二联第一行中的短暂的夜晚成了离别的对象。因为是夜晚，所以体现了黑暗，因此从色彩变化的角度来看，可以说是黑色，但是这种黑色的色彩不是人为制造的色彩，而是因为自然现象带来的，因此表现了与诗中话者的亲密。因为是短暂的夜晚，虽然没有说明原因，但是他在无数个夜晚烦恼，因此夜晚是与他最亲近的时间。

第二联的第二行中的"冬天的雾"是离别的对象，在奇亨度的诗中经常选择冬天这个季节，这种冬天的夜晚非常漫长。并且把黑暗和对象进行隔离的就是雾，这种冬天的雾虽然可以联想到白色，但是在掩盖的意义上来看，并且在夜晚或烛光来看，夜晚的雾虽然是向往白色，但是与黑色掺杂在一起。即作为黑暗的雾或自然发生的现象来看，也是自然的光。但是这种冬天的雾不是和诗中话者在一个空间呼吸，雾在窗外，所以虽然夜晚和雾是自然、亲密的对象，但是窗户把两者隔离开来。在窗户里面的自我是与外面世

---

① ［韩］辛益浩：《〈空房子〉的互文性研究》，载《韩国语言文学》2008年第64卷，第254—257页。

界不同的光明伴随的空间,这就是第二联第三行的烛光的设置。

他与夜晚和冬天的雾通过窗户进行隔离,他停留在封闭的空间里,那么烛光微弱的明亮是与诗中话者一起的存在。但是蜡烛带有短暂的白色,是明亮的形象。在第二联第一行的夜晚黑暗中,黑暗的夜光从冬天雾的白色变为了烛光的白色。但是这种烛光的白色对于话者来说不是亲近的对象,而是遥远的存在。是"一无所知的烛光",夜晚和冬天的雾虽然是被隔绝的外部世界,但是经常在他的周围,是与他一起呼吸的自然。

与此相反,烛光是人为的、有意图的明亮。这种明亮作为一无所知的对象,是与诗中话者隔绝的对象。实际上,烛光与诗中话者具有外在相似性,与他一起度过夜晚,第二联第五行中代替犹豫的眼泪的样子可以联想到蜡烛燃烧的模样。因此在《十月》中,起床后蜡烛已经消失,只剩下白白的、穿着坚硬衣服的空瓶子。这里我与烛光相同,流下眼泪,度过夜晚,即使如此,就像只剩下空瓶子的它的内心那样只剩下空虚。如此,蜡烛和诗中话者在表面上相似,但是在内心是非常遥远的。虽然在窗户里面共同呼吸,但是蜡烛的明亮与窗户外面的黑暗与冬天的雾相比,更具有异质性,更有距离感。蜡烛的白色光亮虽然是现在的诗中话者存在的空间的光,但是是与这种光无法融合的对象。

第二联第四行的白纸或燃烧着的蜡烛都是白色、明亮的形象。但是白纸是要写什么的纸,在这一点上来看,是以黑色为前提的白色。但是是等待着恐怖的白纸,所以他要写东西不容易被写出来。虽然他想写,但是因为恐怖,经常停下来。奇亨度作为诗人可以诉说这种痛苦。

写诗的过程是在思考的痛苦中产生的新语言集合,因此这种痛苦的同时伴随着恐怖。那么诗人有之前创作的结果,所以说是等待着恐怖的白纸。那么创作诗是痛苦的,与这种解释相比,更需要别的角度的解释。这首诗的空间形象与坟墓的形象相关,在他的其他诗中表现了对死亡的平和心态,也表达了渴望另一个世界的模样,因此写与这个世界离别的诗也可以联想到遗书。在这一点上,与至今为止陪伴自己的对象告别也表现了这个意义。这个白纸假如就是遗书的话,在这个纸上写上生与死的字,哪怕是通过树做成的纸,这纸就成了连接自然和我的媒介。

另外第二联第五行的眼泪是透明的,让人联想到明亮的色彩。那么这种眼泪的色彩不是与白纸一样明亮的存在,烛光和白纸是人类人为和有意图的产物，并且是诗中话者存在距离的对象，那么眼泪来自真诚的内心。在这里眼泪还代替了自己的犹豫。不知不觉与自然的对象一起呼吸的光带有了明亮透明的光。即使如此，这不是为了走向明亮世界的光，而是通过与这个世界的隔离获得的内心的明亮与透明。因此在第三联的第一行中，我像盲人一样摸索，锁上门。因为是盲人，所以我看到的世界是黑暗的，这与第二联第一行的夜晚相同。

但是他们之间没有明显的差别，夜晚根据自然规则，可以慢慢变成光的世界、明亮的世界。但是对于盲人来说，无论白天还是夜晚伴随的都是黑暗。也就是说没有任何变化的形态，也就是永远的黑暗。但是对于这种黑暗我也把它锁起来，是与这个世界的隔离，也就是把自己放进隔绝的空间里面。这对于诗人来说，反而是平安、明亮的自己的空间。现实世界的黑暗和封闭空间的憋闷对于他来说是亲密的，现在在永远的黑暗里，锁上门的他的内心反而找到了和平的安息地[①]。在这首诗中，诗人——与诗中的"夜晚""烛光""雾"告别，诗人与这些形象不能和谐统一，只能告别，诗人把自己封闭在空房子中，这不是一种封闭，反而是一种自我保护，是一种寻找自己心灵的平安。学生可以通过这种批评视角来体会诗中话者的情感。

有的批评文本中把诗人告别的对象解释为诗人内心的欲望，也就是诗人与自己内心的欲望告别，抛弃自己内心的欲望，在第一联中话者通过"失去了爱情的我在书写"进行独白，话者失去了爱情，想通过写作来填满失去的空间。也就是想通过作为社会性他者的符号的连续来代替被爱情填满的存在的残缺。话者从享乐主体中分离出来，成了欲望的主体。

在第二联中，话者通过重复三次"保重"来表达强调。第二联中话者告别的对象是"不再属于我的渴望"，话者强迫自己抛弃的渴望是第一联中失去的与爱情有关的渴望，渴望与幻想相同，是主体与欲望的对象建立关系的方式。那么意味着诗中话者的爱情被一般幻想以上的渴望的幻想包围。说着保重的同时，话者想起了陷入爱情渴望之前的幻想，想起了与短暂的夜晚带来的遗憾的瞬间、弥漫在窗外的冬天的雾一样神秘的存在，想起了一无所知的烛光照耀的两者的一体性。

---

① ［韩］权泰效：《奇亨度诗中投影的"空房子"的形象和指向》，载《市民人文学》2000年第8卷，第90—92页。

但是话者表达的渴望症状因为语言的延迟性，不能固定为表面的幻想性，因此与幻想背后的存在一起出现。想起了短暂夜晚的黑暗带来的混乱，与窗外弥漫的冬天雾气一样的不透明，像一无所知的烛光一样不知道根源的犹豫，与大地一样茫茫的混乱。主体通过叙述爱情的渴望，感受到了爱情的幻想背后的否定性。爱情的矛盾性，就是感受它的存在的东西。主体被自己和对象之间的幻想控制的时候，主体的不安扩散成对实在界的恐怖，话者通过再次重复"保重"匆忙与自己的渴望告别。

但是虽然失去了爱情，对于话者来说忘记爱情的渴望并不是容易的事情。末尾的"保重"虽然画上了终止符，但是话者像疯子一样再次延续了爱的话语。看着"等待恐惧的白纸"，话者提出那种恐怖不能填满爱的渴望，白纸是空白的地方。主体面对着被完全无意义填满的符号解体的恐怖，这种空白无法用爱的渴望来填满。

然后话者在空白的白纸前面不得不犹豫，并且因为犹豫流下了失意的眼泪。主体被爱情的符号带有的不确定性和那种不确定性带来的符号的无意义的恐怖包围。主体不仅通过爱情背后的否定性来解体幻想，而且也解体幻想的爱情背后的无意义的爱情符号本身。话者第三次说出"保重"，与"不再属于我的渴望"诀别。主体在支配自己存在的爱的渴望中，刺破了爱情带有的单方幻想和符号的无意义显示的欲望。

第三联中话者像盲人一样摸索着锁上门，把可怜的爱情监禁在空房间里。锁着门的外面是像盲人一样的我，门里面是可怜的我的爱情。像盲人一样摸索的我是失去了视线的残缺的主体，可怜的我的爱情是被锁在空房间的无意义的符号。残缺的主体和残缺的他者之间的交集领域是存在的不可能性和符号的矛盾性混杂的实在界的领域。话者把后工业时代，即享乐时代的"刺破爱情的幻想"监禁起来，后期产业时代的主体与实在界对决，也是监禁刺破幻想的具有死亡冲动的主体[①]。《空房子》表达了诗中话者与自身欲望的分离，即主体与欲望的分离。

理解是读者的理解，理解过程是一种创造过程。贝蒂认为理解是一种意义的重认和重构，针对这一说法，他提出这是对那个借助其客观化形式向另

---

① ［韩］郑金哲：《诗主体的疏远和不安的症状》，载《人文科学研究》2011 年第 31 卷，第135—137 页。

一个进行思维的精神进行讲话的精神的重认和重构，这种精神感觉到自己同这一个进行思维的精神具有共同人性的联系，这是这些形式同那个曾经产生它们而它们又与其相分离了的内在整体进行的回溯、共在和重新联系。这是这些形式的一种内在化，在这种内在化过程中，这些形式的内容当然被移植于某种同本来它们具有的主观性不相同的主观性之中。据此，我们在解释过程中就必须进行创造过程的倒转①。读者对诗文本的理解是一种意义的重构和创造，读者之间的交往对话促进了创造的融合。

"一千个人眼中有一千个哈姆雷特。"每个人的期待视野不同，阅读诗的视域融合也呈现出不同，学生与各种视角的批评文本进行对话，这就出现了各种视域融合，不再是单纯某个读者的期待视野，而是各种期待视野的综合体，在每一次视域融合的过程中，学生的期待视野会得到提高，学生经过与各种批评文本的对话，最终会成长为具有较高阅读能力的读者。

第三节　结　论

文学批评是高级读者文学批评家的产物，文学批评具有提供信息和对话的两大功能，简单地说，文学批评是诗文本与读者之间的媒介，可以帮助读者走进诗文本，因此本章把文学批评文本作为支架，建构了通过文学批评文本进行韩国现代诗教学的方法。

文学批评根据关注点不同可以分为新批评、社会文化批评、读者反应批评等各种类型，新批评从诗的内部出发，主要关注诗的语言、结构、修辞等诗的本身，社会文化批评结合时代背景来分析诗文本，是从外部来分析诗的意义，读者反应批评主要是在读者的角度对诗进行解读，文学批评因为这些属性是学生阅读诗时的支架，但是每种批评在学生阅读诗时产生的作用不同。

新批评主要给学生提供诗文本解释，帮助学生理解诗文本的字面意义与诗文本的美，社会文化批评给学生提供社会背景知识，帮助学生理解诗的深层社会文化意义，读者反应批评是让学生认识到自己作为读者的自由，帮助

---

① ［德］伽达默尔：《真理与方法下哲学诠释学的基本特征》（洪汉鼎译），上海·上海译文出版社，2004 年版，第 688 页。

学生在自己的知识背景下建构诗的意义。

　　诗根据体裁特点可以分为抒情诗、现实主义诗、现代主义诗，每种诗具有不同的特点，这就要求教师在教学过程中要关注诗文本自身的特点，在选取文学批评文本时要倾注更多的努力。同时教学过程并非静态过程，而是一种动态的过程，在这个过程中学生、教师、文本混合其中，教师需要时刻根据具体的教学情况来进行调节，尤其要关注学生的需求，这样才能提高教学效果。

第五章 利用影像文本进行现代诗教育

随着科技的发展，多媒体等技术日新月异，现代社会已经从传统的文字阅读时代进入了读图时代，这种变化也给我们的朝鲜语教学带来了很大影响，与文字资料相比，学生们更熟悉图像，这就要求我们韩国文学教育要与时俱进，加快教学方法和教学手段的改革。

在21世纪的新形势下，高等学校外语专业教学指导委员会制定的《关于外语专业面向21世纪本科教育改革的若干意见》（以下简称《意见》）提出要加快外语专业本科教育改革，其中外语专业本科教育改革基本思路的第四条是加快教学方法和教学手段的改革。

《意见》指出，21世纪外语专业人才的培养目标和培养规格以及教学内容和课程建设的改革都需要通过教学方法和教学手段的改革才能得以实现。尽管教学方法和教学手段的改革有多种途径，但以下的原则应该是共同的：教学方法的改革应着眼于培养学生的创新精神和创造能力，应强调学生的个性发展。在外语教学中模仿和机械的语言技能训练是必要的，但一定要注意培养学生的分析、综合、批评和论辩的能力以及提出问题和解决问题的能力；改变以教师为中心的传统教学方法，突出学生在教学活动中的主体地位，注意培养学生根据自身条件和需要独立学习的能力；将课堂教学与课外实践有机地结合起来。课堂教学重在启发、引导，要为学生留有足够的思维空间，课外活动要精心设计，要注意引导，使其成为学生自习、思索、实践和创新的过程。广播、录音、投影、电影、电视、录像、计算机、多媒体和网络技术的利用和开发为外语专业教学手段的改革提供了广阔的前景。但是，我们一定要正确地认识人与技术、教师与现代化教学手段的关系。新的教学手段有助于提高外语教学的效益，但永远不可能替代教师的作用。在使用这些高科技的教学手段时，我们应注重其实际效果，不要贪大求洋，盲目追随他人。

《意见》提出，教学方法和教学手段的改革是实现 21 世纪外语专业人才培养目标的保障，广播、录音、投影、电影、电视、录像、计算机、多媒体和网络技术的利用和开发为我们外语专业教学手段改革提供了基础，我们在外语教学中应该积极利用这些先进的技术手段提高教学效果。现在国内各高校普遍设有多媒体教室，为我们外语专业教学提供了良好的硬件设备，本章将探讨通过影像文本进行韩国现代诗教育，首先对影像文本概念、特点等理论进行梳理，然后在理论基础上构建利用影像文本进行现代诗教学方案。

第一节　通过影像文本进行韩国现代诗教育的理论基础

一、影像文本的概念与特点

随着多媒体技术的发展，现在已经进入了"视觉文化"的时代，影像文本也成了课堂教学的一种重要手段。影像文本是通过图像、声音等手段呈现的多媒体文本，它的媒介是多媒体手段，与传统的纸质文字文本不同。

影像文本具有文字文本所不具有的独特的优点，郭绍波等对英语教学中影像文本的特点从媒介、文本和文化等层面进行了探究。媒介层面带给学生的阅读体验，一是具有视觉冲击，就媒介形式而言，影像文本以屏幕为主要呈现载体，是融音、像和文字等形式与介质于一体的表意形式；二是具有多模态化与多感性，为了更鲜明和生动地表达意义，影像文本综合使用了多种符号系统，是一个多媒介的符号集合和典型的多模态复合文本，利用不同模态的相互交织，它能充分体现文本的整体意义；三是通感和移觉，影像属于多模态化的表意文本，因此受众在观影时常伴有另一种奇特的符号意义接收感受，即通感和移觉①。影像文本给学生带来了更全面、立体的阅读体验，影像文本触动学生的听觉、视觉，使学生能够多模态、多形式地去阅读文学文本。

影像文本首先呈现给读者的是图像，这与传统的文字资料不同，并且图

---

① 郭绍波等：《管窥英语教学中影像文本的视觉阅读》，载《教育评论》2015 年第 10 期，第130—131 页。

像文本带给读者视觉上的感官体验，影像文本除了图像的使用外还融合了其他诸如声音、色彩等多种表达手段。刘顺利提出了影像文本的三个特点。

第一，影像文本是以反语言的面目出现，来构建自己的语言体系的，是第一信号系统，这种新的语言是当之无愧的"一种新的世界性语言"。影像文本可以追求意义的"深度"，但是它是一种"平面"文本，因为影像文本的接受不需要任何学习，而且影像文本是对于所谓的"深度模式"的消解。影像文本是接受型文本，其语言是非约定性的，形象是确定的、一次成型的。

第二，影像文本给予我们真实的、具体的所指，它可以直接调动人们的感觉，而不是首先要进入超验的概念与形式的世界。

第三，影像文本还拥有自己独有的修辞与语法，影像文本对于声音和色彩、语言、表演等诸多方面的组织和利用，把人类的艺术表现形式提高到了一个新的阶段[①]。

影像文本与文字文本相比具有很多优越性，它以图像、声音、色彩等多种手段表达内容，具有表达手段多重性和复合性的特点，在有限的时间内浓缩了高容量的信息，把视觉、听觉、味觉等多种感官体验融合在一起。

二、文学影像文本的特点

（一）与文字文本形成互文

文学影像文本是在文学作品的基础上做出的改编，与文学作品文本具有互文性。影像文本还带给学生文本层面上不同于文字文本的独特的阅读体验。从文学文本到影视文本，不仅涉及载体或传播媒介的转换，而且是对原文文本的重构、再读或再阐释。而文本意义传播主导媒介的转换反过来会对这一阐释产生特殊影响，包含视觉理解及其意义解释传递过程的内在变化。影像文本和纸质原著之间的互文性阅读体验能从不同角度拓展学生对源文本的主题内涵、美学建构、文化延伸意义等方面的理解[②]。影像文本源于文字文本，但是在结构、形式等方面发生了改变，从不同的侧面对内容进行阐

---

① 刘顺利：《文本研究》，中国社会科学院研究生院博士学位论文，2002年，第64—66页。
② 郭绍波等：《管窥英语教学中影像文本的视觉阅读》，载《教育评论》2015年第10期，第132页。

释，学生通过影像文本学习文学作品，可以从不同的视角更广泛、深入地理解文学作品。

（二）丰富的文化阅读体验

文学是文化的一部分，一国文学中蕴含着丰富的本国文化，学生在阅读韩国文学时能了解到韩国文化，但是在解读韩国文化时，却受本国文化的影响。影像文本的阅读则能够更大地刺激学生的文化解读能力。影像文本能带给学生更深刻的文化阅读体验，影像文本的阅读过程并非一种"自然的"和普遍性的解读，而是一种受众积极调用内化的文化知识储备去建立某种"类比性"关系的文化解读，这种解读需要受众下意识地调动更大的参与性[①]。学生在阅读韩国文学文本的过程中，是一种跨文化交际的过程，在这个过程中，学生需要用自己的文化知识与结构去解读韩国现代诗影像文本的文化，是中韩两国文化交流的过程，是一种跨文化交际的过程。

三、利用文学影像文本进行韩国现代诗教育的意义

利用文学影像文本进行韩国现代诗教育具有很多意义，这不仅与影像文本的特点有关，也与现代诗的体裁特点紧密相关，还与现在的学生特点有不可分割的关系。现代诗具有含蓄性、抽象性、晦涩性的特点，通过影像文本可以以直观的形式来呈现，影像文本的直观性、复合性与诗文本的含蓄性、抽象性、晦涩性互相补充，给学生不同的体验。现在的学生生活在多媒体时代，与文字文本相比，对图像、影像更为熟悉、亲近。综合学生的特点、现代诗的体裁特点、影像文本的特点，利用文学文本对学生进行韩国现代诗教育具有以下几种意义。

首先，文学影像文本以图像的手段呈现，可以弥补学生朝鲜语语言能力的不足。学生在阅读韩国现代诗文本时，因为朝鲜语能力的不足，通常感到紧张或压力，通过图像等手段呈现的文学影像文本可以有效缓解学生的紧张与焦虑，让学生在轻松的氛围下阅读诗，发挥自己的想象力，在自己的知识背景下构建诗的意义。

其次，文学影像文本是动态的，通过图像、声音、色彩、表演等多种手

---

① 郭绍波等：《管窥英语教学中影像文本的视觉阅读》，载《教育评论》2015 年第 10 期，第132 页。

段来表达内容，影像文本的多种手段的复合性可以同时调动学生的各种感官能力，调动学生更大的参与性，学生在阅读文学影像文本时，通过视觉、听觉、味觉等各种感官手段来进行，能够获得更丰富的文学体验。

再次，影像文本可以培养学生的跨文化交际能力。从广义来看，文学本身就是文化的一部分，从狭义来看，文学中蕴藏着丰富的文化，是文化宝库。文学影像文本把这种文化以生动、具体的图像等手段表达出来，学生在阅读影像文本中的文化因素时，需要调动自己的文化结构与文化知识，对韩国文化进行解读，这个过程是跨文化交际过程，可以调动学生的跨文化交际能力。

最后，文字文本与影像文本互为文本，具有互文性，可以给学生提供多种阅读视角。影像文本是一种在诗文字文本基础上的建构，从不同的角度来解读文字文本，学生在阅读影像文本时，可以从不同的角度阅读诗文本，对诗文本进行全方位、多角度、立体的阅读。影像文本是对文字文本的再建构，里面包含着作者的权利与自由，学生通过阅读影像文本，能够认识到作为读者的主观能动性，能够从自己的立场出发，去建构诗的意义，从而发挥学生的读者权利与自由，最终成长为一个独立的读者。

第二节　利用影像文本进行韩国现代诗教育实践

一、文学影像文本选择

文学影像文本作为教学对象，除了符合课堂教学对象的一般要求外，还要求符合影像文本的要求。现代诗文本需要有较高的教育价值，多选取一些韩国代表性诗人的经典作品，还需要考虑诗的普遍性与特殊性，既表达了人类普遍感情，也表达了韩国的感情。并且这些诗文本被改编为影像文本，考虑到课题教学时间的限制，选取篇幅合适的作品。最后综合考虑以上各种因素，笔者选取了金素月的《离去的路》和高银的《某个劳动者》。

二、通过文学影像文本的韩国现代诗教学方案

利用影像文本的韩国现代诗教学过程可以分为四个阶段，首先是学生独立阅读诗文本阶段，其次是阅读影像文本阶段，再次是学生小组讨论阶段，

最后是内化阶段。

（一）学生独立阅读诗文本阶段

在这个阶段，教师把诗文本提供给学生，学生独立阅读金素月的《离去的路》，让学生在自己的知识背景下独立建构诗的意义，下面是诗全文。

离去的路
金素月

想跟你说会想你的
话还没说出口
思念已如潮水

你说不要回头
可我知道你在等我转身
再挥一挥手……

远山昏鸦点点，而陌上鸦声
此起彼伏
好像说西山的太阳快要落山了

潺潺的江水
前浪催着后浪
后浪挤着前浪
一刻不停地流向远方①

学生在建构诗文本意义的过程中，可以把自己不明白、不理解或者疑惑的地方整理下来，留到下一个阶段继续解决。

（二）学生阅读影像文本阶段

在这个阶段，教师把影像文本展现给学生，利用多媒体教室的多媒体设备，让学生一起观看影像文本，在观看影像文本之前，教师可以根据具体的情况给学生一些提示问题，让学生能够在观看影像文本的同时可以集中关

---

① http://www.zgshige.com/c/2016—10—17/1933572.shtml.

注、思考诗文本。

---

1. 影像文本与文字文本有什么相同点？

2. 影像文本与文字文本有什么不同点？

3. 通过影像文本获得了哪方面的体验？

4. 影像文本在理解这首诗上有哪些优点？

教师设置问题情境，让学生进入情境来建构知识。问题学习是学习者自身参与、体验，以合作的方式建构知识的活动。每一个学习的参与者在拥有习得与创造的两个侧面的问题学习中所建构的知识（应答），不是个人的所有物，而是协同的创造物，知识不是某种现成的东西，而是参与者借助交互作用，即兴地创造出来的①。问题学习有利于提高学生建构知识的自主性与创造力，以上问题的提出，可以让学生在观看影像文本时，提高关注度和注意力，引导学生更有效地观看影像文本。诗人主要是通过形象来表达思想，诗中充满了各种不同的形象。首先让学生关注《离去的路》中出现的形象。

这首诗的题目是离去的路，首先是路的形象。"离去的路"并不是别的路，而是向你走去的路。但是在这条路上话者陷入了想表白爱情的冲动、犹豫和徘徊中，通过自然的声音和模样表达了话者内心的情感纠葛。

自然的鸟声和江水的模样本身包含着伟大的隐喻，表达了隐藏在话者的犹豫背后的自然的情感。话者对你的思念如同乌鸦的啼叫或江水的流逝，虽然是非常自然的现象，但是具有很大的寓意性。

在这首诗中，"江水"不仅表现了视觉、听觉，而且表现了过去、现在和未来的变化，表现了一种无法阻挡的时间的流逝和生活，隐藏着人的意志无法克服的局限意识。

总的来说，这首诗的第一、二联表现了诗中话者的犹豫和克制的内心情感，随着到了三、四联，通过外部的情况（乌鸦、江水）表达了需要尽快决断的心理②。这首诗主要通过路、乌鸦声、江水的形象表达了诗中话者对恋人的情感，这里的路是走向恋人的路，这条路不是具体的路，而是抽象的、

---

① 钟启泉：《问题学习：新世纪的学习方式》，载《中国教育学刊》2016年第9期，第34页。

② ［韩］金慧景：《素月诗的律格研究》，明知大学硕士学位论文，1995年，第64—65页。

观念上的路，路的形象代表了诗中话者的心路，在这个路上，隐藏着诗中话者对恋人的爱与犹豫，诗人想要对恋人表白，但是充满了不定的犹豫和徘徊。

《离去的路》的影像文本①一共有5幅画面，诗中主人公以男性的形象出现，第一幅画面中诗中话者回头望向路途，脸上充满了忧愁与犹豫。

第一联的内容是下面这幅画面，在这幅画面中出现的形象是一双走路的脚，双脚交叉走路的模样，但是从脚步来看，并不是欢快、愉悦的，而是沉重、缓慢的。

诗的第二联是下面的这幅画面，一个男子站在路上，一只手提着手提包，一只手提着一个行李包，这表示男子在赶路，但是他站在路上，并未向

———

① http://munjang.or.kr/archives/141310.

前赶路，而是回头看着来时的路，表现了一个男子意欲离去却又充满留恋、犹豫不决的心情。

第三联的内容是下面这幅画面，依然是一个男子出现在画面中，手中提着行李包，在低头赶路，画面中的时间背景从红红的夕阳可以猜测出是傍晚时分，从男子的低头形象可以看出他心情的低落与犹豫。虽然他内心充满了留恋与犹豫，但是天色已晚，留给他犹豫的时间已不多，时间在催促他尽快决断去还是留。

第四联的内容表现为下面这幅画面，画面中的人物依然是赶路的男子，但是显示的是背影，时间背景从男子长长的影子可以看出是傍晚时分，空间是流水旁，在这幅画面中，男子已不再回头，而是向前赶路，男子的背影充满了落寞与孤独。

影像文本最大的特点是多种手段的综合利用，学生在观看《离去的路》的影像文本时，可以看到具体、生动的形象画面、色彩，同时通过视觉、听觉来收集诗文本信息，对诗文本中的抒情主人公、流水、夕阳等多种形象进行直观感受，更能深刻体会诗中的犹豫、离别情感。

首先，乌鸦和江水是视觉形象，乌鸦声一般出现在傍晚落日时分，代表着一天的即将结束，而江水的视觉形象是动态的，源源不断地流淌，也代表着时间从过去到现在、未来的流逝，学生通过影像文本中展现的视觉形象可以更加生动、具体地感受这种时间的流逝，更深刻地理解诗中话者内心的无奈与决断。

其次，乌鸦声和流水声还是一种听觉形象。乌鸦的啼叫声提示着夕阳的到来，流水的哗哗声提示着前浪后浪追逐着奔向远方，从听觉上也表现了时间的流逝，学生通过这种听觉形象可以切实体验诗中话者的情感，前半部分诗中的犹豫与徘徊，慢慢地被后半部分的无奈和决断代替。学生在文字文本阅读中，只能通过想象和联想来感受诗中的形象和情感，通过影像文本中的视觉形象和听觉形象，可以直观地阅读诗中的乌鸦啼叫声和流水声，深刻地体验诗中的情感。

让学生关注影像文本中的声音、色彩等多种表达手段，让学生通过声音、色彩等体验文本，通过听觉等来感受诗世界，学生在这种双重阅读过程中，不仅能够更立体地阅读诗文本，而且还能认识到两种文本的不同，在双重文本阅读中，更好地构建诗的意义。

（三）小组讨论阶段

社会建构主义和对话主义教学都注重学习共同体的合作，学生在独立阅读《离去的路》后，对诗文本意义进行建构，建构意义的过程中存在的问题通过小组互动讨论可以得到解决。对话是一种互动，互动意味着"一起生活"，互动是指在一定的社会背景与具体情境下，人与人之间发生的各种形式、各种性质、各种程度的相互作用和影响。互动必须发生在两个或两个以上的主体之间，因为一个主体产生不了相互作用和影响，互动还要求主体间必须具备"刺激—反应"的双向循环，真正的对话必须是一种互动，对话不是一方走向另一方，而是双方共同走向"之间"，在"之间"的领域中相遇。"之间"不可能在"我"之中发现，也不能在"你"之中发现，只能在"我—你"关系的互动中才能产生。对话的意义在于互动而不在于结果①。小组讨论必然是一种"你—我"之间的互动，在这种互动中"刺激—反应"循环进行，通过这种螺旋式循环，最终达到共同的理解。小组成员也可以把自己的想法分享给同伴，可以把自己的想法明确或者进行调整，并且学生小组可以围绕教师提出的问题进行讨论，可以最大限度地丰富关于诗文本的想法。

（四）内化阶段

学生经过自己独立建构和学习共同体的讨论后，通过与自我对话进行内化。学生与自我的对话，是学生通过对外在世界和自身内在经验的反思，实现对知识和自我身份的双重建构的过程。学生与自我的对话是一种反思性对话，学生与自我对话的反思性意味着学生必须从事自我监控、自我检测、自我反馈等活动，对知识内容及产生过程进行反思，及时了解学习效果，调整自己的学习方式，采取补救措施②。学生可以通过写读后感对自己前述阶段的学习过程进行内化，或者对整个学习过程进行元认知回顾与反省，总结阅读现代诗的方法，最终提高自己阅读诗的能力。

本章还选取了韩国代表性现代诗人高银的《某个劳动者》诗文本对学生进行教育，高银的现代诗《某个劳动者》描述了一个底层劳动者的形象，诗全文如下。

---

① 张祥云、罗绍武：《对话的意蕴》，载《高等教育研究》2011年第7期，第33页。
② 王向华：《学习的意义及其实现》，载《高等教育研究》2009年第2期，第23页。

某个劳动者

高　银

罕见又罕见的事情

一只眼睛失明的他

制作一块砖

花了 30 分钟

不合心意

反复了多次

穿着棉服的老板赶出来

他开始独自做砖

那些砖卖得很好

罕见的事

他垒一块砖

花了 10 分钟

垒了后

几次歪着头

重新垒

工头赶出来

被赶走的他

盖了一栋房子后去世了

实现愿望

很久不倒的房子

罕见的事

罕见的事

他钉上钉子

钉上后

为了永远不掉下来重复钉

锤子非常兴奋

可以真实地爱某人

（2013.7.22 斗江）

　　在教学中教师还是首先让学生独立阅读诗文本，在自己的知识背景下构建诗的意义，同时把自己迷惑、不理解或想知道的内容整理下来，接下来让学生观看《某个劳动者》的影像文本。

　　高银的《某个劳动者》描述了一个劳动者认真建房子的场面，表达了劳动者对待一件事情的专注与虔诚。《某个劳动者》的影像文本①共由四个画面组成，第一个画面是一双劳动者的手，这双手上沾满泥巴，这双手的主人在做砖坯，是一双饱经风霜的手，表现了主人艰苦的生活与工作。

　　下面这幅画是一名劳动者拉着车的画面，劳动者低着头艰难地拉着沉重的车，车上满满堆着一车砖头，这名劳动者戴着帽子，低着头专注地拉着车往前走。他的前方还堆着很多砖头。

① http：//munjang. or. kr/archives/175256.

下面这幅画是劳动者在用砖头盖房子的场面，劳动者在用心地垒好每一块砖头，非常认真地对待每一块砖头，哪怕速度慢，哪怕被工头责骂驱赶，劳动者对每一块砖头的位置都打量好久。

下面这幅画是劳动者在低头拿砖头建房子，劳动者站在高高的支架上，浑身沾满了灰尘与泥垢，劳动者建好的房子非常整洁有序，劳动者非常认真地建房子，虽然是微不足道的底层工作，但是劳动者像对待一份高尚的工作一样虔诚。

《某个劳动者》的影像文本中通过"双手""拉车""建房子"的形象表现了劳动者对待工作的专注与虔诚，学生通过影像文本中的形象可以直接感受劳动者的专注与艰辛，影像文本中的信息与文字文本中的信息互相补充，学生可以获得更多的信息，从多种角度阅读诗文本，激起学生更多的情感反

应与审美体验。

针对学生在阅读影像文本时的困惑与问题可以组织小组进行讨论，通过协同学习获得解决。借助数人的交互作用而相互学习，就是"协同学习"。这里的"协同"有合作、协作之意，合作被视为在集体内部成员之间同时达到目标的交互作用，协同并不是作业的平均分担或是以成员的均质性为前提，而是以成员之间的异质性、活动的多样性为前提的，指的是通过与异质的他人的交互作用而形成的活动状态。就课堂教学而言，指的是拥有独特的学习经验与生活经验的学生们，以多样的学习参与为前提，集合起来共同分享认识的一种活动状态①。学生针对《某个劳动者》影像文本的问题通过小组成员之间的讨论与合作获得解决，从而达到一种共同认识。

第三节　结　论

随着多媒体技术的发展，现在已经进入了读图时代，与传统的文字文本相比，学生更熟悉图像、影像文本，在这种形势下，把影像文本引入韩国现代诗教学课堂，可以充分发挥影像文本的优点，让学生能够更深刻、更广泛地体验诗文本。

在多媒体技术高度发达的现代社会，我们朝鲜语专业教育从事者要积极与时俱进，利用电影、音乐、图像等各种手段开发或改进教学手段和教学方法，提高教学效果。

---

① 钟启泉：《"协同学习"的意涵及其设计》，载《上海课程教学研究》2017 年第 1 期，第 3 页。

第六章 利用比较文学进行现代诗教育

对学生进行韩国现代诗教育比较文学也是一种行之有效的方法，在建构主义文学教育观下，学生总是在自己的背景知识下建构韩国现代诗的意义，朝鲜语专业学生在基础教育中已经有丰富的母语文学学习经验，因此学生在阅读韩国现代诗的过程中，经常联想以前语文课程中学习过的文学作品，比较类似的文学作品之间的异同，学生在这种联想、比较的过程中可以更容易地阅读韩国现代诗。

第一节 通过比较文学进行现代诗教育的理论基础

比较文学兴起于 19 世纪，进入 20 世纪以来，特别是在第二次世界大战以后，在世界各国蓬勃发展起来，比较文学是由"比较"和"文学"两个词组成，比较文学是对两种或两种以上民族文学之间相互作用的过程，以及文学与其他艺术门类和其他意识形态的相互关系的比较研究的文艺学分支。它包括影响研究、平行研究和跨学科研究。

影响研究是指实际存在于两个或多个民族文学之间的相互影响、相互联系。例如，从接受的角度来研究 A 民族文学中的外来影响因素，或者从放送者的角度来研究 A 民族文学对 B 民族以及对其他民族文学的影响。这种文学间的相互关系、跨越称之为"亲缘关系"。平行研究是指在两个或多个民族文学之间，有些文学现象虽然并不存在亲缘关系，却在一定意义上具有某些相关之处，其中的相同与相异，都存在比较研究的价值。这种文学关系，可称为"类同关系"。跨学科研究是指文学与其他学科之间存在相互孕育、相互阐发、相互影响、相互借鉴、相互渗透的关系。这种关系虽然不同于文学范围内的相互关系，然而，也是了解和研究文学作品、文学规律所不可缺少的环节，也是一种跨越性的文学现象，同样也是比较文学研究的对象，这种学科之间的关系是"交叉关系"①。比较文学研究包括影响研究、平行研究与跨学科研究，其中本文所说的比较文学主要是指平行研究，让学生比较中韩现代诗的异同，通过比较来学习韩国现代诗。

中国与韩国共处亚洲，有很多的共同点，同受儒家文化的影响，同时也有很多不同之处。这些相同点与不同点会反映在文学之中，一国文学既有普遍性，也有特殊性，这些普遍性与特殊性是进行比较文学教学的基础。学生在比较中韩两国文学的相同点与不同点的过程中，不仅可以反观自己国家的文学，还可以促进对韩国文学的理解。

第二节　通过比较文学进行韩国现代诗教学实践

在具体的教学实践环节，本书首先选取了徐志摩的《再别康桥》与金素月的《金达莱花》进行比较，徐志摩与金素月是中韩两国的代表性诗人之一，并且这两首诗从主题层面来看，都是反映人类普通感情——离别情感的现代诗。具体的教学过程可以分为以下四个阶段：首先是准备阶段，在准备阶段，教师让学生提前查阅相关的资料等，为引入课堂做准备；第二阶段是学生独立比较阶段；第三个阶段是小组讨论阶段；最后一个阶段是学生内化阶段。

一、第一阶段　准备阶段

在这个阶段，为了让学生能够更好地对《再别康桥》和《金达莱花》进行比较，需要让学生提前了解比较文学相关知识，让学生通过图书馆、网络等各种渠道去了解比较文学，尤其是比较文学的比较层面。

平行研究可以对文学的主题、题材、情节、人物形象、背景和环境等进行比较，除了以上在内容上的比较之外，文学作品的形式也可以作为平行研究的一个方面。文体、风格、意象、象征、格律、语言、结构以及创作技巧等方面均可以进入比较领域②。通过对以上比较文学内容的了解学生可以了

---

① 李标晶、黄爱华：《比较文学与中国现代文学》，长沙·岳麓书社，2000年版，第178页。
② 方汉文：《比较文学基本原理》，苏州·苏州大学出版社，2002年版，第67页。

解从哪些层面对两首诗进行比较，通过比较相同点与不同点，在寻找同中有异、异中有同的过程中，学生能够更好地理解韩国诗。

在学生具备关于比较文学的一定基础知识后，教师把两首诗展示给学生，让学生独立查阅资料了解这两首诗的背景、字面意思等信息。

下面是徐志摩的《再别康桥》的全文。

再别康桥

徐志摩

轻轻的我走了，
正如我轻轻的来；
我轻轻的招手，
作别西天的云彩。
——

那河畔的金柳，
是夕阳中的新娘；
波光里的艳影，
在我的心头荡漾。
——

软泥上的青荇，
油油的在水底招摇；
在康河的柔波里，
我甘心做一条水草！
——

那榆荫下的一潭，
不是清泉，是天上虹；
揉碎在浮藻间，
沉淀着彩虹似的梦。
——

寻梦？撑一支长篙，
向青草更青处漫溯；
满载一船星辉，

在星辉斑斓里放歌。

——

但我不能放歌，
悄悄是别离的笙箫；
夏虫也为我沉默，
沉默是今晚的康桥！

——

悄悄的我走了，
正如我悄悄的来；
我挥一挥衣袖，
不带走一片云彩。

    关于这首诗的写作背景大体如下，此诗写于 1928 年 11 月 6 日，初载 1928 年 12 月 10 日《新月》月刊第 1 卷第 10 号，署名徐志摩。康桥，即英国著名的剑桥大学所在地。1920 年 10 月至 1922 年 8 月，诗人曾游学于此。康桥时期是徐志摩一生的转折点。诗人在《猛虎集·序文》中曾经自陈：在 24 岁以前，他对于诗的兴味远不如对于相对论或民约论的兴味。正是康河的水，开启了诗人的心灵，唤醒了久蛰在他心中的诗人的天命。因此他后来曾满怀深情地说："我的眼是康桥教我睁的，我的求知欲是康桥给我拨动的，我的自我意识是康桥给我胚胎的。"

    1928 年诗人故地重游。11 月 6 日在归途的中国南海上，他吟成了这首传世之作。这首诗最初刊登在 1928 年 12 月 10 日《新月》月刊第 1 卷 10 号上，后收入《猛虎集》。可以说"康桥情结"贯穿在徐志摩一生的诗文中，而《再别康桥》无疑是其中最有名的一篇。

    关于这首诗的意义可以让学生自主去查询，也可以教师提供一些解读的文章让学生去阅读。教师在给学生提供背景知识和诗解读资料的时候要选择一些合适的资料，在选择这些资料的时候需要考虑学生的水平、文章的长度、文章的观点等要素，尤其在选择诗解读资料的时候，要注意选择从不同角度、不同观点阐释诗的资料，这样可以有效扩大学生对诗的理解，并且可以避免学生过度依赖解读资料。针对内容较多、篇幅较长的诠释资料，教师可以根据实际授课情况对资料进行摘取、压缩等加工。

李洪先从新批评的视角语音层、风格层、隐喻层、文本价值层四个层面对《再别康桥》进行了解读，从诗的形式、修辞，到诗的深层意义、美学价值进行了仔细的分析。

（一）语音层

徐志摩受西方近代诗歌的影响，在创作中实践着他的"音乐美、绘画美、建筑美"三美理论。这首诗共七节，每一节各自押韵。在这里，每节首句不入韵，为次句换韵创造条件。节内隔句押韵，每一节诗内部韵律和谐，读来有音乐美感。而每节换韵又造成一种参差错落感，曲折地表达了诗人内心温馨而凄美、充实而失落的难以言传的复杂情感。第一节和最后一节在用韵上的回环复沓，营构了一种悠远、怅惘、淳厚的氛围，表现了依依惜别的深情，增强了诗歌的表现力。

（二）语言修辞、风格层

《再别康桥》的语言简洁明快而诗意盎然，是新诗形式美的典范。在语词的选择上，本诗首节三处使用了叠词"轻轻"，结尾两节三处用了"悄悄"。"轻"和"悄"本身就有柔和的音乐感，加上重叠，就更显细腻缠绵。在全诗中，诗人大量使用了双声叠韵，如艳影、荡漾、招摇、斑斓、别离等，创造出纷至沓来的音乐效果，充分表现了作者的一腔柔情，不尽思念，渲染出全诗的情感基调。叠词和双声叠韵词的灵活运用，强化了诗歌的表意功能，极大地震撼了读者的心灵。不仅在选词上，而且在句式选择上也可以称为诗歌语言类的典范。"作别西天的云彩"与日常说的"向西天的云彩作别"不同，这种细微的句式变化给人以"陌生化"的感觉，有力地增强了日常语言的表现力，提高了诗的艺术价值。作者与西天的云彩作别而不是向康桥告别，看似矛盾，实则是以西天的云彩指代康桥。剑桥大学以其丰富的人文资源和追求自由民主的精神传统深深地吸引着作者，凝成康桥情结，成为作者的精神家园。作者似乎只有拿璀璨无比的西天云彩作比才能表达自己对剑桥大学的崇敬之情。语言极富诗情画意，体现了徐志摩诗歌追求绘画美的创作观。

（三）意象、隐喻层

这一层面是诗歌最核心的部分。意象是"意"与"象"的有机结合体，是诗人在对客观事物进行审美观照时物与心会、思与境偕，将主观情意与客观物象统一起来而达到的一种审美契合。徐志摩的这首诗，通过一系列的极富诗情画意的意象来表达诗人对康桥的深深依恋和无限痴情。"河畔的金柳""夕阳中的新娘""软泥上的青荇""水草""清泉""天上虹""梦""星辉斑斓""别离的笙箫"与"轻轻的""悄悄的"交相辉映，构筑了一种充满温馨、静谧、令人痴迷、沉醉而难以忘记的情景和氛围，创造出了一个超然物外、通透空灵、和谐完美的意境，委婉地表达了诗人对康桥难以忘怀的无限深情和无比眷恋。而康桥之所以令诗人依依难舍，不仅仅是由于那些宜人的景致，更是因为那里曾留下他初恋的美好情感、青春的足迹和对自由生活的憧憬。诗人眼中的康桥不只是自然的景观，更是他曾经有过的一个用浪漫、唯美和性灵构筑起的"彩虹似的梦"。这个梦虽然早已被残酷的现实击碎，难以找寻，只能无奈地悄悄作别，却永久地珍藏在了诗人心里，是他无论何时都不忍挥手、不忍作别的。这"梦"也以其神秘莫测的魅力牵引着读者的心绪。诗中还用了隐喻的手法，"在康河的柔波里，我甘心做一条水草"，隐喻了诗人为追求自由，愿放弃一切而与康桥相伴的意愿。这种难以实现的愿望十分有力地表达了一种物我合一、难以言喻的情感，增强了诗歌的表现力与感染力。又如"悄悄是别离的笙箫"，其中"笙箫"本来是用来指代声音或音乐的，而作者独辟蹊径，将声音比作笙箫，反衬别离之际的静谧，这是一种不常见的比喻，也是作者丰富想象力的绝好体现。同时，整首诗又隐喻了一个求之不得、挥之不去的人生美好理想，形成了极富弹性的情感张力，引发了一代又一代青年人的情感共鸣。

（四）文本价值层

《再别康桥》继承了中国诗歌传统中的意象、意境说，采用现代诗体形式，改变了传统别离诗的低沉、悲情、伤感情绪，赋予它曼妙洒脱而又有一丝惆怅落寞之特性，以一种"诗化"的别离，被誉为现代离别诗的经典。离别中隐含的对"爱、自由、美"的理想追求和诗歌本身韵律的和谐错落、意境创造的空灵悠远以及言外之意的无尽阐释，直至今天仍散发着她的无穷魅力[①]。

徐志摩的《再别康桥》具有优美的韵律感，读起来朗朗上口，诗中出现

---

① 李洪先：《新批评的层面结构细读法与〈再别康桥〉的解读》，载《中学语文》2009 年第 Z1 期，第 98—99 页。

了"轻轻""悄悄"等叠词，表达了一种婉约清新的气氛。诗中出现了"河畔的金柳""夕阳中的新娘""软泥上的青荇""水草""清泉""天上虹""梦""星辉斑斓""别离的笙箫"等各种形象，这些形象轻松优美，既有色彩的表现，也有声音的表现。诗人通过这些优美的形象表达了一种淡淡的离别之情。从这首诗的表面来看，表达的感情是淡淡的，但是恰恰是通过这种留白的方式表达了一种深刻的忧思，通过淡淡的笔触表达了一种意味深远的悲伤。

贾忠良从《再别康桥》的结构上对这首诗进行了分析，将《再别康桥》分为三个部分。第一节为第一部分，二、三、四、五、六节为第二部分，第七节为第三部分。

第一部分写诗人与梦想告别，表现了诗人飘逸、洒脱而优雅的翩翩风度。

"轻轻的我走了，正如我轻轻的来；我轻轻的招手，作别西天的云彩。"

"再别康桥"不是和某个具体的人告别，而是和康桥告别，和母校告别，和母校的校园告别。但在第一节中，诗人又明明告诉我们，他告别的对象并不是校园和母校，也不是康桥，而是"西天的云彩"。

"云彩"在这里喻指诗人的梦想、人生理想。和云彩告别，就是和诗人的记忆、梦想、人生理想告别。"西天"指代西方。从这首诗的篇末标注"中国海上"的地点可知，当时诗人是在归国的航船上，地理位置是在东方，康桥则在西方。在中国人的文化积淀和文化想象中，阴阳两界都把西方当作极乐世界。阴间把人死后灵魂要去的地方称为"西天"。在现实社会，"五四"的时代精神就是向西方学习，西方已经成为当时中国知识分子的理想和梦想之所在。在这个意义上，"西天的云彩"实际上就是"康桥"的借喻。康桥在徐志摩的心中就是西方文化的象征，是他的社会理想、人生理想和艺术理想的象征。"作别"是暂别，而不是诀别、永别。"作别西天的云彩"就是暂时和诗人的记忆告别，和诗人的梦想告别，和诗人的理想告别，和西方的文化告别。如有机会，诗人还会与康桥相见。在这里，和云彩告别不过是一个诗化的想象。

第二部分写诗人回忆寻梦的经过。表达诗人对康桥的眷恋。这一部分可以分为两层，二、三、四节为第一层；五、六节为第二层。

第一层写诗人康桥漫步，追忆曾经的梦想。

"那河畔的金柳，是夕阳中的新娘；波光里的艳影，在我的心头荡漾。

"软泥上的青荇，油油的在水底招摇；在康河的柔波里，我甘心做一条水草！

"那榆荫下的一潭，不是清泉，是天上虹；揉碎在浮藻间，沉淀着彩虹似的梦。"

在二、三、四节，诗人选取了"金柳""青荇"和"潭水"三个意象来渲染和表达他对康桥的眷恋。通过新娘、水草和彩虹三个比拟隐喻诗人的理想和梦境。那，指示代词，"远"指康河，黄昏夕照，云水相接，金光四射，艳霞满天。"回望西方"，诗人仿佛又回到了记忆的校园，回到了"梦想的神圣境界"。第二节是"难得的知己"的再现；第三节是"精神依恋之乡"的再现；第四节是"理想生命的鲜花""缠绵的梦境""生命的泉源"和"内府的宝藏"的再现。可以说，二、三、四节，就是对《康桥再会吧》《康河晚照即景》《我所知道的康桥》一再描绘的"缠绵梦境"和"理想生命的鲜花"的再现和重塑。正是当年梦一样的生活让徐志摩对康桥念念不忘。

第三部分写诗人与梦想告别。表达诗人对旧梦的依恋和珍视。

"悄悄的我走了，正如我悄悄的来；我挥一挥衣袖，不带走一片云彩。"

诗人悄悄地离开了神圣而寂静的校园，留下的是梦想的神圣境界与美感记忆，带走的是梦幻后的甜蜜与精神安慰，飘逸、潇洒而优雅。

"悄悄"，意谓寂静，小声地，偷偷地，不声不响地。这一节中的"悄悄的"与第一节中的"轻轻的"意义相同，一方面是生怕惊扰"神圣的梦境"，另一方面是表达"告别"的艰难。与康桥的再别，是感情纯真的诗人与自己灵魂的隐秘生活的告别，与灵魂的伴侣的告别，与理想的明珠的告别。这是一种无法与他人共享的情感，只能一个人悄悄的、无声的、秘密的回味与陶醉。"我挥一挥衣袖，不带走一片云彩"，意谓一片云彩也不带走，让神圣的梦境以最完整的面貌保存下来，完好无损地留在康桥，留在诗人的记忆中。由于全诗采用的是复沓的表现方法，诗的结尾在情感表达上不但留下了回味的余地，也为诗人此后再回康桥留下了足够的空间[1]。

这首诗可以分为三部分：第一部分写诗人与梦想告别，表现了诗人飘

---

[1] 贾忠良：《徐志摩〈再别康桥〉主题论析》，载《齐齐哈尔大学学报（哲学社会科学版）》2014 年第 2 期，第 92—94 页。

逸、洒脱而优雅的翩翩风度；第二部分写诗人回忆寻梦的经过，表达诗人对康桥的眷恋；第三部分写诗人与梦想告别，表达诗人对旧梦的依恋和珍视。诗的三部分层层递进，通过寻梦、追忆梦、与梦告别表达了诗人的离别之情。

学生通过独立查阅资料和教师提供资料等多种方式对徐志摩的《再别康桥》的创作背景及意义进行了解，通过阅读这些背景资料唤起之前的学习记忆、激活关于本诗的潜在知识，为与金素月的《金达莱花》进行比较做好准备。

二、第二阶段　学生独立比较阶段

学生在一系列准备活动后，教师引导学生进入具体的比较阶段，在这一阶段，学生是比较的主体，教师是引导者，教师给学生提示比较的方面，学生按照教师的提示，独立比较两首诗。下面是金素月的《金达莱花》全文。

金达莱花
金素月

当你厌倦我
将要离去
我会默默地任你离去

江边那满山绚烂金达莱花
我会掬来一捧撒在你离去的路上
请你一步一步走在撒下的花瓣上
徐徐地碾着离去

当你厌倦我
离我而去
我宁死也不会落泪

为了引导学生对《再别康桥》和《金达莱花》进行比较，教师可以给学生列出如下提示问题，学生围绕着这些问题独立开展两首诗的比较。

> 1. 两首诗的主题是什么？有什么异同点？
> 2. 两首诗在表达离别情感时，有什么异同点？

（一）离别主题的双重性

《再别康桥》与《金达莱花》的一个突出的共同点是表达主题的双重性，徐志摩诗中与康桥告别表达了两个层面的告别，一个是个人层面，一个是社会层面，从个人层面来看，是个人爱情理想的破灭，徐志摩个人抱负与林徽因之间爱情的失败。从社会层面来看是对当时国内现实情况的失望。《再别康桥》诗中表现的悲伤、惆怅、失意主题具有双重性。

徐志摩的《再别康桥》是一首寻梦破灭之作，这个"梦"具有双重意义，首先这个"梦"是指诗人对政治理想、社会理想的追求。1918年徐志摩出国赴美留学，他后来说："我父亲送我出国留学是想要我将来进金融界的，我自己最高的野心是想做一个中国的汉密尔顿。"徐志摩留学的目的是想做中国的汉密尔顿，梦想成为一个政治家。为了这一凤愿，他忘却了父亲的叮嘱，醉心于研究西方资产阶级民主政治，为此，于1920年又转到英国康桥学习，并在此确立了他的政治理想和社会理想，要在中国建立英美式的资产阶级民主政治。归国后，他沉醉在实现自己伟大的理想之中。但是当时的中国是半殖民地半封建的中国，中华民族正受着帝国主义和封建军阀的双重压迫，外国列强蚕食鲸吞，国内封建军阀连年混战，民不聊生。几年的国内生活，残酷的现实无情地打击了诗人那颗高傲的心，使他渐渐地失望，在中国建立英美式的资产阶级民主政治的愿望最终化为泡影。这对于信仰坚定并拥有远大的政治抱负，一心想成为一代政治家的徐志摩来说，无疑是极其痛苦而又无可奈何的，故地重游，重温旧梦，聊以抚慰心灵和精神的伤痛，实出自然①。

其次《再别康桥》的"梦"的另一个主要内容是对个人生活理想尤其是情感理想的追求和渴慕。1915年徐志摩奉父命与张幼仪结婚。一方面他无法违背父命，另一方面由于从小在一个比较开明的家庭环境中生活，而后在外地求学，更多地呼吸的是民主自由的空气，接触到一些新思想、新思潮，养成了喜欢浪漫幻想的天性，但是张幼仪是受传统思想影响较大的旧式女子，这与徐志摩想象的"新式女性"格格不入，因此徐志摩饱受折磨。赴美留学，他在康桥认识并爱上了林徽因，因此康桥成了徐志摩对林徽因爱的一

---

① 张新民：《文学鉴赏：既要"还原"，还要深度阐释》，载《名作欣赏》2005年第15期，第104页。

个象征，一个载体。他为了林徽因与张幼仪离婚，为此他承受了来自家人、朋友和社会的各方面的压力，但是他与林徽因的爱情却无果而终①。

由上可知，《再别康桥》中的悲伤情感具有双重性，不仅是因为徐志摩政治理想的破灭，也是因为徐志摩爱情理想的破灭，但是这种悲伤的情感通过轻描淡写表现出来，透着深沉的忧郁以及无可言状的悲哀。

同样，金素月诗中的"你"也具有双重性，首先从诗的字面来看是一首爱情诗，诗中的"你"是诗中话者深爱的人，"你"已经厌倦了我，将要离我而去，我要与"你"分别，这是《金达莱花》表现的第一重离别。其次《金达莱花》表达了对祖国现实的悲叹，《金达莱花》创作于 20 世纪 20 年代，韩国在日本殖民下，处于民不聊生的黑暗时代，尤其"三一运动"前后，为感伤主义浸染，韩国诗坛呈现出逃避现实的倾向。在这种氛围下，金素月选择民谣格律和现代诗性相结合，将民族融入世界，以民族精神遗产对抗被剥夺的文化。他在《金达莱花》中借用传统民谣的格律，将传统民谣的格律和本土语感结合，融入现代人的诗性，创作出很多富有格律美的民谣体现代诗。《金达莱花》是金素月的成名作，也是民谣体诗歌的代表作之一。金达莱是朝鲜的国花，象征着长久的繁荣、喜悦和幸福。在这首诗中，诗人用象征永恒和幸福的金达莱花铺垫离愁，更是烘托出诗人心中难以言说的离恨。以"当你厌倦我，将要离去"开篇，又以"当你厌倦我，离我而去"结尾，一唱三叹、余音袅袅。"我宁死也不会落泪"，却不知"你"离开的每一步都踩在心头，痛楚的心也如遍地扯碎的花瓣，虽无泪，却是四分五裂，早已愁断了肠②。金素月诗中的"你"也具有双重性，既象征了诗人所爱的人，也象征着诗人的祖国与民族。

学生通过比较两首诗表现主题的双重性，可以通过自己在《再别康桥》中积累的文学经验，来理解韩国现代诗《金达莱花》主题的双重性，两首诗中都表达了离别情感，这种主题都具有双重性，同样表达了对"恋人"和"社会现实"的离别，但是也有一些差异，金素月与徐志摩的个人情感感受不同，两人在诗中表现的社会现实也不同。教师需要引导学生仔细进行比

---

① 张新民：《文学鉴赏：既要"还原"，还要深度阐释》，载《名作欣赏》2005 年第 15 期，第 105 页。

② 靳诗君：《绽放于乡间的金达莱——"民众诗人"金素月诗歌研究》，载《韩国语教学与研究》2016 年第 1 期，第 99 页。

较，在比较的过程中感受两首诗离别主题的异同。

（二）离别情感的中庸性

两首诗都是表达离别情感，这种离别情感都很深沉、淳厚，但是在表达离别情感时都具有一种中庸性。徐志摩的《再别康桥》通过一系列的意象与诗语表现了离别情感，这种离别的情感是徐志摩追求理想破灭的悲情，原本这种情感是很痛苦的，但是诗人却通过一种轻描淡写的手法表现了这种悲伤，悲伤的同时透露着一种隐忍。

《再别康桥》诗中意象的特点是柔美，诗的意象是情感的形式符号，情感转化的意象在诗中并不孤立地存在、起作用，也不是相加在一起发生作用，而是由意象构成一定的结构形式在起作用，而这种意象的结构形式正是诗人"为主观经验赋予形体"的另一种艺术符号创造。诗的开头和结尾与中间这种意象结构符号组合在一起，形成了一种新的整体性的艺术符号：诗人的"再别"就是中间意象结构所表现的情感内容；而中间意象结构所表现的情感内容是对美、爱和理想的依恋和眷念。这样看来，诗人"再别"的就是他所依恋和眷念的情感。这种"再别"的轻轻就是失恋、失落和失意的轻轻；是与美、爱、诗意和理想诀别的轻轻；是苦恋、痴情和迷醉的瓦解的轻轻；是用整个生命曾经拥抱过的梦幻的破灭的轻轻；是灵魂紧紧依凭的寄托的空缺的轻轻；是曾经有过的美好的丰富的化为乌有的轻轻；是深深痴恋的情感从此无以依傍的轻轻；是精神从此变得漂浮无所依凭的轻轻；是人生意义被掏空了之后的轻轻。因而，这"轻轻"就是精神的空、无和虚，就是灵魂的漂、浮和游，就是情感的苦涩、酸楚和沉重[①]。

同样，金素月的《金达莱花》也表现了离别的伤感，但是这种伤感不是爆发式的发泄，而是伤感中又透露着隐忍，即一种中庸性。徐东日等提出金素月的诗作，多体现为怨而不怒、哀而不伤的中庸性特征。在《金达莱花》中，抒情主人公对因"厌倦"自己而离去的"你"表现了极尽克制的离别之情，这里没有埋怨与自叹，而是极为理智地在最后离己而去的你面前，郑重地表露自己恋君的情怀。按理来说，一旦诗人无情地弃己而去，必然会引起内心的悲哀、怨愤、冲动乃至去自杀，但是诗作的主人公却表达了"宁死也不会落泪"这一有悖于常理的意愿。这使诗作悲剧的紧张性升华到了悲美的

---

① 杨朴：《苦涩、酸楚而又凝重的"轻轻"》，载《名作欣赏》2004 年第 8 期，第 13—14 页。

极致。因此，金素月的《金达莱花》当怨则怨、当悲则悲，但绝无"过"或"不及"。即毫不逾越人之常情与人之至情，表达的是一种有节制的正常合理的健康的社会性情感，是一种出自真挚情感的表露（思无邪），进一步讲，他的诗悲哀之情与憧憬之情相伴，即金素月的感伤诗所表现的悲伤情调，不是令人绝望的爱戚，而是促人愤慨、促人追求真善美、促人拥抱未来的悲愤[①]。

教师通过提示问题让学生关注两首诗中情感的中庸性，诗中表达的离别情感的中庸性与东方文化的含蓄有关，《再别康桥》表达了中国古典美学中的留白，通过淡淡的笔触留下了深远的意境，虽然诗人内心充满了无尽的悲伤、惆怅、失意，但是在诗中没有直接表达这种悲痛之心，而是通过"轻轻""悄悄"这些轻松的词表达了一种淡淡的离别。让学生关注诗中情感的中庸性。

让学生通过《再别康桥》情感的中庸性联想金素月的《金达莱花》的情感特点，《金达莱花》中的诗中话者的恋人要离去，诗中话者忍住悲伤，表达了一种积极的心态，诗中话者面对恋人的离去，没有直接表达悲伤之情，而是无论如何也要忍住眼泪，把悲伤之情推向顶峰。学生需要重点感受诗中情感的中庸性。

但是《再别康桥》和《金达莱花》情感也有差异，教师需要引导学生在这种共同点中寻找差异。《金达莱花》诗中话者对于离别用一种积极的心态来面对，这种心态体现了一种乐观、追求美好的精神，虽然是一首离别诗，但是最终通过一种拥抱未来的心态表达出来。《再别康桥》的离别没有这种感受。学生通过体会诗中情感的异同来加深对《金达莱花》的理解。

三、第三阶段　小组讨论阶段

课堂内是一个学习共同体，学生独立比较《再别康桥》和《金达莱花》之后，教师可以把学生随机分成3—5人小组，让学生在小组内分享自己的想法，解答问题，在对话中扩大自己对诗的理解、加深对诗的感受。

学生之间开展讨论有利于学生共同进步，在讨论中学生通过体验差异、

---

① 徐东日、崔松子：《试论金素月诗作的艺术特色》，载《延边大学学报（社会科学版）》2001年第3期，第66页。

体现差异、接受差异，感受到了新思维、新观点、新视角和新方法的角逐过程，这种过程带给讨论者的是不断求新的努力和不断感受新奇的体验。在争论和对话中，思想上的求新求异，语言上的与众不同，观念上的推陈出新，都将给予参与讨论的学生新感受、新思维和新知识。它可以激发学生主动学习、主动探究的人情，引导学生尊重相异思想和相异人生，达到相互影响、相互学习、共同进步的目的①。在小组讨论中，学生把自己的想法分享给小组成员，把自己不理解的地方寻求成员的帮助，在这种对话过程中实现思想的碰撞，获得更丰富的理解与感受。

四、第四阶段　内化阶段

学生经过前面几个阶段的学习，已经对两首诗，尤其是《金达莱花》有了一定的理解，最后这个阶段需要让学生对前面学习的内容进行内化，写读后感是一种有效的方法。让学生以自由为主题写一篇读后感，在写作的过程中学生对自己的理解过程进行回顾与反省，明确自己的理解。

本研究构建了通过比较文学进行韩国现代诗的教学方案，在具体的教学过程中，需要教师根据具体的诗文木，学生情况进行灵活的教学。下面我们再让学生对余光中的《乡愁》与郑芝溶的《乡愁》进行比较。首先还是让学生通过阅读诗及相关的资料激起学生的背景知识。下面是《乡愁》诗全文。

乡　愁
余光中

小时候／乡愁是一枚小小的邮票／我在这头／母亲在那头
长大后／乡愁是一张窄窄的船票／我在这头／新娘在那头
后来啊／乡愁是一方矮矮的坟墓／我在外头／母亲在里头
而现在／乡愁是一湾浅浅的海峡／我在这头／大陆在那头

余光中的这首诗被多次选入中学语文教材，也是一首广为传颂的思乡诗，表达了身在台湾的诗人对祖国大陆的思念之情。学生首先阅读余光中的

---

① 梁中贤：《讨论法：不仅仅是一种教学方法》，载《中国高教研究》2012 年第 1 期，第 105 页。

这首《乡愁》来激活背景知识，进入学习情境。然后教师让学生阅读郑芝溶的《乡愁》开始独立比较学习。

乡　愁
郑芝溶

朝着东方一望无垠的原野尽头
涓涓溪水蜿蜒在古老故事的脉络里
斑斑驳驳的黄牛
在落日的金辉里慵懒哞叫的地方

——这方热土又怎能遗落在梦里

小泥炉的灰烬渐渐冷却
夜风呼啸在空寂的旷野里如跃马疾驰
睡意渐浓的年迈父亲
正垫起稻草枕的地方

——这方热土又怎能遗落在梦里

我那在泥土里长大的心灵
因为眷恋蔚蓝的天色
去寻找胡乱射出的箭
被草丛的露水浸透的地方

——这方热土又怎能遗落在梦里

如同传说之海上翩然起舞的夜的波涛
乌黑鬓发飘逸的年幼的姐姐
和我那平凡而朴实的
一年四季赤脚的妻子
肩负着酷热骄阳抢拾稻穗的地方

——这方热土怎忍心梦中遗落

夜空中点缀稀疏的冷星
挪脚迈向未知的沙堡

霜落乌啼掠过破旧的屋顶
围坐在昏暗的灯光下低声细语的地方

——这方热土又怎能遗落在梦里①

郑芝溶的这首《乡愁》，描写了对自己幼时故乡的思念。郑芝溶于 1902
年出生在旧邑的青石桥旁边的村子里，这里距离忠清北道玉泉邑有一段距
离。他出生后长大的地方是悠闲的村落，郑芝溶在 1918 年 16 岁的时候进入
徽文高等学校，从而去了庆城，他幼年的记忆都是关于农村的，在《乡愁》
中出现的故乡的形象全都是因为他幼年的农村经历。《乡愁》是 1923 年 3 月
创作的作品②。

诗中话者把和平、美丽的农村描绘为人与自然和谐、个人与家庭共同体
之间的纽带关系和谐的世界。我们不看最后一句诗句的话，这首诗分为五
联。每联里都充满了能够唤起诗人记忆中的故乡的形象，第一联中首先展示
了故乡的自然空间，那个地方是拥有宽阔的土地、溪水和黄牛的典型的农
村；第二联是对故乡的冬天夜晚的风景，或者对父亲的回顾；第三联是对幼
年的童心和梦想的回忆；第四联是对年轻的姐姐和赤脚的妻子代表的故乡的
女人的回忆；第五联刻画了虽然寒酸但是有趣的农家情境③。这首诗通过回
忆的笔触描写了幼年故乡的情景，表达了对幼年时期故乡的思念。

这首诗写于日本殖民时期，当时的社会现实比较黑暗，即是 1923 年郑
芝溶去日本留学后创作的作品。把话者记忆中无法忘记的故乡的样子通过那
个地方进行描绘，给我们展现了全景般的美丽。这首诗集中体现了怀念近代
以前的故乡的情感，这也是这首诗的最大特点。在这里话者的故乡不是指某
个特定的物理空间，他的故乡是朝鲜民族的根源性的故乡，把韩国人心中对
故乡的一般情感升华为了普遍的情感。因此他的故乡是充满传说、溪水流
淌、黄牛哞哞叫的悠闲、和平的韩国典型的农村，也可以说是韩国人内心中
的原型空间。在那个故乡里，还存在幼年的记忆，把箭射向天空，然后在草

---

① 金鹤哲：《韩国现当代文学经典解读》，北京·北京大学出版社，2011 年版，第 15—16 页。
② ［韩］裴浩南：《郑芝溶诗的故乡意识研究》，载《人文学研究》2012 年第 22 卷，第 272
页。
③ 同②。

丛中来回寻找，故乡里有黑发飘逸的年轻姐姐，漂亮的一年四季赤脚的妻子，虽然艰苦，但是有亲爱的家人，有宽阔的田地、溪水、天空、星星、草丛等亲切的自然，还有层层落落的温暖的家。构成家乡的因素是家人和亲人等人的因素，山和水等自然因素，房屋等物质因素以及食物和风俗等因素。在这个作品里对所有的这些都具有亲切感和热爱，在故乡里没有生活的矛盾和痛苦，穷困和孤独，是充满着和平、爱的地方①。诗中表达的这种思念感情是人类的普遍感情，每个人心中都有故乡，都有一种乡愁。

教师可以列出一些提示问题，引导学生在具体的层面上对两首《乡愁》诗进行比较。

> 1. 两首诗的主题是什么？有哪些异同？
> 2. 两首诗的形式如何？有哪些异同？
> 3. 两首诗为了表达情感使用了哪些修辞？有哪些异同？

《乡愁》的提示问题

（一）主题的比较

这两首诗的主题都是乡愁，但是两人的乡愁有不同点。余光中和郑芝溶的人生经历和生存体验在一定程度上具有相同性和相异性。其相同性在于二人都同时受深厚的本国传统文化积淀和西方现代主义诗学影响，同时，在精神层面上都有迷失故国、流离失所的痛楚；相异性则体现在对"失国"的精神体验上。余光中的"失国"是在祖国的"一国二分"的"对望"中，表达出"寻根"的精神体验，而郑芝溶的"失国"却是一种对祖国被殖民的"无根"精神体验②。学生通过两首诗"乡愁"主题的异同比较，来理解韩国现代诗《乡愁》的思念故国的感情。

（二）形式的比较

在诗歌形式方面，余光中的《乡愁》的形式之美主要表现为结构与音乐之美。在结构上，该诗寓变化于统一之中。全诗共四节，每节四行，节与节

---

① ［韩］李时活：《韩中现代文学中表现的故乡意识比较》，载《中国语文学》2003年第41卷，第69页。

② 王巨川：《试论余光中与郑芝溶的现代乡愁诗之异同》，载《徐州师范大学学报（哲学社会科学版）》2011年第1期，第27页。

之间相当均衡对称。但诗人注意了长句与短句的变化调节，从而使诗的外形整齐中有参差之美。《乡愁》的音乐美表现于朴素的民谣式的回旋往复之中，再三咏叹其中的"乡愁"与"在这头……在那头"的四次重复；加之四段中的叠词"小小的""窄窄的""矮矮的""浅浅的"在同一位置上的使用，因而使得全诗低回掩抑，如怨如诉。"一枚""一张""一方""一湾"等数量词的运用，也加强了全诗的音韵之美。郑芝溶同样也非常注重诗歌形式的塑造，他的《乡愁》共五节，每节四行，在节与节之间增加了一个单句，这样不但使得全诗形成一个统一的结构，而且增强了感情的凝聚，使情绪的表达不至于"散而不收"①。

郑芝溶的《乡愁》一共有五联，每一联最后都有一句重复诗句"——这方热土又怎能遗落在梦里"，通过一系列农村场景的形象"原野""小泥炉""年迈父亲""泥土""蔚蓝的天色""姐姐""屋顶"等表达了美好的乡村场景。通过每一联最后一句的重复强调了对过去美好故乡的思念之情，把这种感情表达得越来越强烈、浓厚。

学生通过两首诗形式的异同点可以体会事情表达感情的异同，余光中的《乡愁》是淡淡的游子对祖国的思念，但是郑芝溶的《乡愁》表达了一种希望祖国获得解放的强烈渴望与期待。

（三）修辞的比较

最后，教师引导学生对两首诗中的修辞方法进行比较，余光中的《乡愁》用了四个比喻，来表现人生四个阶段的乡愁。诗人用邮票、船票、坟墓、海峡来寓意人生四个阶段的乡愁：母子情、夫妻情、生死情、爱国情。乡愁就是一次次的分别，时空的阻隔酿成了乡愁的全部悲痛②。余光中诗中的感情是递进的，是人一生中经历感情的缩影。

与余光中诗中的比喻修辞方法不同，郑芝溶的《乡愁》直接通过一系列农村中的美好形象表达了对过去故乡的思念，对处于日本殖民地的祖国获得解放的期待与渴望。

---

① 王巨川：《试论余光中与郑芝溶的现代乡愁诗之异同》，载《徐州师范大学学报（哲学社会科学版）》2011年第1期，第29页。

② 董正宇等：《乡愁的两种表达式》，载《湖南工业大学学报（社会科学版）》2012年第3期，第142页。

在中韩现代诗比较教学中，教师需要根据具体的现代诗文本、学生的特点来引导学生进行比较，在比较的过程中，可以借助比较文学研究成果，更新教学内容，让学生以各种视角对中韩诗文本进行比较，最终通过比较，在回顾自己民族文学的同时，加深对韩国文学的理解，构建现代诗的意义。

第三节　结　论

外国文学本质上是一种比较文学，本章提出通过比较文学的方法对韩国现代诗进行教学，对比较文学的理论基础进行了梳理，并且在比较文学理论基础上建构了具体的韩国现代诗教学方案。

朝鲜语专业学生在学习韩国现代诗时，在自己的知识背景下构建韩国诗的意义，学生在语文教育中接受的文学教育组成了知识背景，也就是说学生在构建韩国诗文本意义的时候，会联想自己之前的文学知识与文学经验，这本质上是一种比较文学。

文学具有世界文学的普遍性，也具有国别文学的特殊性，因为人类文学必然反映普遍感情、思想，但是因为各国社会、文化等的不同，也在文学中表现出特殊性。文学的这种普遍性与特殊性也是进行比较文学的前提。

在通过比较文学进行韩国现代诗教育的过程中，学生是进行比较学习的主体，教师发挥着引导作用、组织作用、促进作用。通过比较文学的教学方法可以发挥比较文学的开放性，不再把韩国文学教学局限在一国范围之内，打破了之前传统教学的封闭性，让学生以开放的视角来学习韩国现代诗，培养多元文化视角。